Hisago Amazake-no
天酒之瓢
插畫／黑銀
騎士&魔法
Knight's & Magic
5
（啊啊，兩邊抱著的人都好可愛……
這是多麼幸福啊！）
亞蒂被艾爾以及
埃莉諾夾在中間，
藏不住內心的喜悅，
臉上露出笑容……

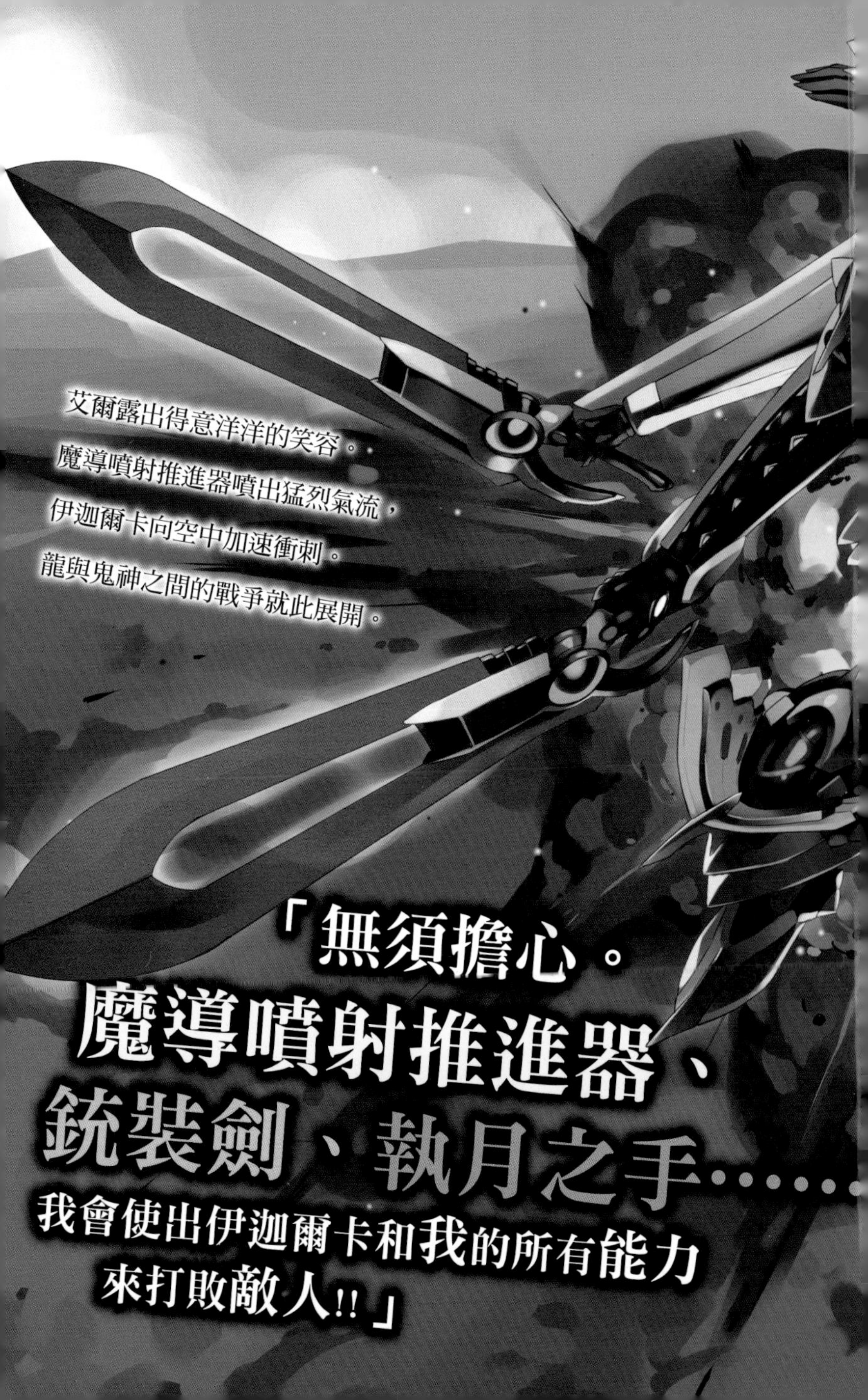
艾爾露出得意洋洋的笑容。
魔導噴射推進器噴出猛烈氣流，
伊迦爾卡向空中加速衝刺。
龍與鬼神之間的戰爭就此展開。
「無須擔心。
魔導噴射推進器、
銃裝劍、執月之手……
我會使出伊迦爾卡和我的所有能力
來打敗敵人!!」

「就差一點了！澤多林布爾，
衝啊！！」
奇德駕馭著澤多林布爾。
人馬騎士穿越迎面而來的密集法擊，
揚長而去。

「全體進攻！
取回國家與被奪走的王都！
……我軍將贏得勝利!!」
埃莉諾深吸一口氣，環視齊聚於此的騎士團。透過搭載在國王騎上的擴音器，女王的聲音傳遞到各個角落。

阿凱羅力克斯 Alkelorix

主要搭乘者／克里斯托瓦爾·哈斯洛·甲羅武德

spec

總高度／10.7m

啟動重量／18.7t

裝備／長劍 ×2

背面武裝 2 門

explanation

專為甲羅武德王國王族打造的最高級機體。只建造足夠王子和王女使用的數量，代替無法動作的國王騎，實際肩負起旗機的職責。花費大筆資金打造，其性能在甲羅武德軍之中亦屬出類拔萃。同時兼具重裝機狄蘭托的臂力以及標準機的敏捷，堪稱最強機體。

貝羅奇諾斯 Veylocinos

—— 主要搭乘者／凱希爾・歇塔康納

spec

總高度／ 11.2m

啟動重量／ 16.2t

裝備／穿甲劍

可動式攻擊腕

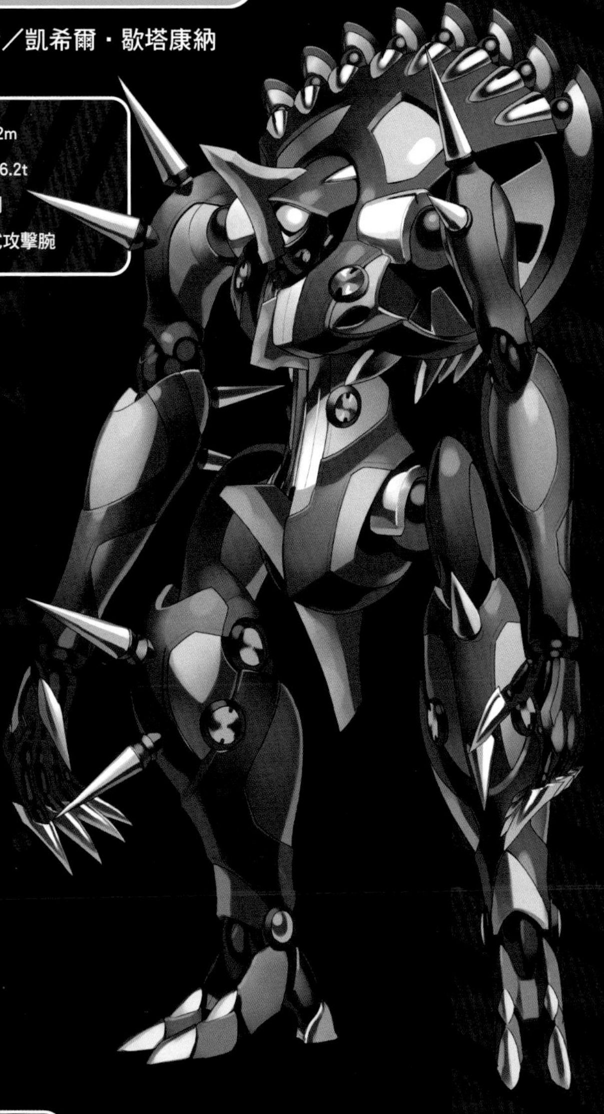

explanation

銅牙騎士團團長專用機體。以銅牙騎士團配備的維滕多拉為基礎，大幅度強化攻擊性能。活用原本的輕巧機體，主要採取打帶跑和突襲兩種戰術，而搭載特殊攻擊武裝之後，轉變成正面迎敵亦能發揮戰力的強力機體。相反地，若要完全發揮其性能，騎操士必須具備極為複雜的操作技術，是架不易操縱的機體。

騎士&魔法 5
Knight's & Magic

INTRODUCTION

相隔 1 年的騎士團之戰

從去年４月出版第４集以來，隔了**將近１年**才推出這一集。

實在讓各位久等了!!

「什麼時候會發行呢？」

「不出版第５集了嗎？」

我收到諸多這方面的詢問，很多讀者非常擔心，

總算能向各位獻上最新一集。

正因為讓各位久候，

第５集的份量和內容充實度都會比前幾集更加提升。

尤其在戰鬥場面，相信各位能夠體驗到**艾爾**和**銀鳳騎士團**

宛如躍於眼前的擬真感受。

「衝啊啊啊啊啊!!」

來吧，**盛宴**就此**揭開序幕**！

（以上為日本出版現況）

輕小說

L

騎士＆魔法 5

天酒之瓢

插畫/ 黑銀　譯者/ 郭蕙寧

illustration 黒銀

騎士&魔法 5

Knight's & Magic

CONTENTS

序幕

將澤特蘭德大陸一分為二的險峻山嶺——歐比涅山地。

以橫亙的高大山稜為背景，山腳下有片開拓森林所形成的平地。遭到粗暴剷平而裸露出的大地上，如今呈現一幅屍橫遍野的慘狀。這些殘骸有的被砍斷、被火焰灼燒過、或被尖銳物體貫穿，還有像是承受巨大衝擊因而破碎。全都嚴重扭曲變形，看不出原本的形狀。

若是仔細觀察，應該就能看出這些殘骸是狀似人類四肢的部位或破洞的頭盔等等。這些原本都是『人形』的一部分，但奇妙的是，不管再怎麼耐心尋找，裡面都不存在構成人體所不可欠缺的要項：『血』與『肉』。只有結晶質纖維、金屬骨骼、鎧甲和遍布其上的銀色細線——沒錯，這些元素不屬於人類這種生物，而是由魔導和機械所組成的巨人兵器『幻晶騎士』被破壞後的殘骸。

在這片或許該用巨人墓地來形容的地方，除了偶爾吹過的風以外，別無動靜。彷彿萬物皆銷聲匿跡，徒留寂靜包圍這塊土地——

◆

時值西方曆一二八一年。

澤特蘭德大陸西方的國家群——『西方諸國』先前不幸遭受猛烈戰火的洗禮，即將迎接這場被後世稱作『大西域戰爭』、將許多國家捲入的大規模戰亂時代。

首先敲響戰鼓的是西方聞名的大國『甲羅武德王國』。該國先是踏平了幾個較小的國家聯盟，目標直指另一個大國『克沙佩加王國』。甲羅武德王國顯露他們旺盛的野心，發動了大規模的侵略戰爭。

當初，甲羅武德王國的暴行只被看成是一如既往的小衝突。因為兩國之前過去也不時會發生同樣的爭執，一直處於敵對的狀態。然而，事態發展卻讓眾人跌破眼鏡，衝突愈演愈烈，甚至出現一面倒的局勢。

甲羅武德王國接連投入前所未見的航空兵器『飛空船』，以及強大的新型幻晶騎士，配合一次次顛覆以往常識的戰術，達成稱得上巧妙精湛的閃電侵略行動。克沙佩加王國在首戰就失去了等同國家中樞的國王，首都淪陷後更被逼上滅國的生死關頭。其中不願放棄而起身抵抗者，最後都被強力的最先進幻晶騎士『狄蘭托』用鐵鎚一一擊潰。勉強逃過一劫的王族，則有飛空船在空中守株待兔，準備一舉殲滅。這塊過去被稱為克沙佩加王國的土地，想必在不遠的將來就會被甲羅武德王國吞噬殆盡吧——正當每個人都對這樣的末路深信不疑時，卻又因為出現另一個無法預測的因素，扭轉了整個局勢。

開戰後過了幾個月，有個集團穿越歐比涅山地來到克沙佩加。他們自稱『銀鳳商會』，阻擋在甲羅武德王國的野心面前。

所謂的銀鳳商會——他們的真實身分不必多說，就是名震弗雷梅維拉王國的暴力團體『銀鳳騎士團』——擁有足以擊敗甲羅武德王國黑騎士的強大幻晶騎士。甫一踏上遙遠的東方邊境，就對駐守的甲羅武德軍發動猛烈攻擊。他們前進的步伐無人可擋，最後也成功救出被關起來的克沙佩加王族，嚴重打亂了甲羅武德王國的計畫。趁著甲羅武德軍亂成一團，銀鳳商會協助舊克沙佩加殘軍，並提供新型幻晶騎士『雷馮提亞』，連怎麼對付飛空船的方法都幫他們規劃好了。

大為震怒的甲羅武德軍總司令——克里斯托瓦爾決定出動大規模部隊，一舉殲滅舊克沙佩加殘黨，雙方終於在東方邊境的『米謝利耶』附近開戰。經過長達一整夜的激戰，最後贏得勝利的是銀鳳騎士團與舊克沙佩加殘黨軍。他們徹底擊潰了甲羅武德軍的主要戰力『黑顎騎士團』及『鋼翼騎士團』，並乘勢收復了舊東方領的領都『馮塔尼耶』。

自亡國以後便節節敗退的舊克沙佩加軍，因為打贏這漂亮的一仗而士氣大振。軍隊集結在倖存的王女『埃莉諾・米蘭妲・克沙佩加』麾下，在她登基成為女王的同時，也向各國做出復興『新生克沙佩加王國』的宣言。

西方曆一二八二年，看似即將終結的大西域戰爭再次回到了出發點，戰事的走向則隱身於無人能看穿的迷霧之中。短暫成為勝利者的新生克沙佩加王國，以及雖敗猶剛的強者甲羅武德王國——這兩國均為了獲得下一場勝利，而在暗中磨利了獠牙等待著。

◆

這個堆著大量幻晶騎士殘骸的地方，原本是為了使用神祕的乙太飛上天空、威脅敵人的『飛空船』而設置的起降『機場』。

大量的巨人骨骸幾乎要填滿這塊絕對算不上狹小的土地，若是仔細觀察，應該可以看出機體上有著奇妙的特徵。從鎧甲上的細節處可以發現許多共同點，這意味著堆在這裡的全是同一機種的幻晶騎士。不用說，這些亡骸都是屬於在『米謝利耶攻防戰』中，被擊潰的甲羅武德王國制式量產機『狄蘭托』。

之所以將再也不會動的殘骸集中在一個地方，是基於『新生克沙佩加王國』和『銀鳳騎士團』之間所訂下的『契約』。雙方的契約內容如下──『銀鳳騎士團所擊破的敵方幻晶騎士，其所有權均歸屬於銀鳳騎士團，以此為戰鬥的回報』。

──同時也意味著，這全部會成為銀鳳騎士團團長『艾爾涅斯帝・埃切貝里亞』的所有物。

嚴重毀損的殘骸不可能排列得多整齊，只是雜亂無章地被堆在一起，這些已經無法啟動為幻晶騎士了。它們的用途，頂多就是拿去熔掉，當成廢鐵再利用而已。收到這些破銅爛鐵還高興得起來的怪人，找遍全澤特蘭德大陸八成也只有一個人吧？這裡說的不是別人，當然就是興趣嗜好與眾不同的艾爾。

該名當事人，現在也是高興地駕駛藍色幻晶甲冑，在山一樣高的殘骸裡面挖掘尋寶。他用的幻晶甲冑算是最初期型的機體，沒有搭載魔導演算機的『摩托比特』型。他和摩托比特懷著滿腔熱血，並運用靈巧的雙手將拿到手的殘骸解體，不斷地挖掘著小山。

片刻之後，他抱著大量的殘骸，一臉心滿意足地從小山裡探出頭來說：

「解體的零件堆得不少了，差不多該搬到那邊去了吧。」

「咦──已經堆那麼多了嗎!?艾爾你太拚了啦！」

聽見艾爾高興的低語，從小山的另一頭傳來帶著抗議的聲音。跟他一樣駕駛摩托比特型的幻晶甲胄、把手扠在腰上挺起胸膛的，是他的童年玩伴，同時也是銀鳳騎士團團長輔佐『亞黛爾楚・歐塔』。

亞蒂是來幫忙艾爾的沒錯，但就算他們駕駛幻晶甲胄，要陪著完全不打算休息、只顧埋頭沉浸在解體作業中的艾爾也是很辛苦的體力勞動。就算受不了他，艾爾依然熱情地把拆得支離破碎的零件堆上貨架然後運走。若是沒有幻晶甲胄的動力輔助，這實在不是光靠他們兩人就能搞定的作業。

他們爬下殘骸小山，山腳下還有另一個穿著幻晶甲胄正在進行作業的人，將之前兩人搬過來的零件排好並仔細檢視。他是艾爾的另一個童年玩伴，騎操鍛造師『巴特森・泰莫寧』。

矮人族出身的巴特森體格結實壯碩。雖然個子和艾爾差不多，身材寬度卻幾乎多了一倍。他駕駛維修專用的幻晶甲胄『重機動工房』，巧妙地操縱四隻手臂檢查零件，並且把檢查得知的事項寫到紙上。

「巴特森，情況怎麼樣？新一批貨到了喔。」

「嗯——挺順利的。啊，追加的貨放到那邊。」

他那副沒停下手邊作業、漫不經心地回應的模樣與艾爾有些相似，巴特森在艾爾的童年玩伴中也是不可多得的幻晶騎士同好。

把貨架放到他旁邊後，艾爾停下了摩托比特。軀幹的裝甲隨著壓縮氣體放出的聲音開啟，嬌小的艾爾跳了出來。他很快湊上前去看巴特森所寫的筆記，專注地確認結果。從肉體勞動到腦力勞動，只要是有關機器人的事情，他都會不辭辛勞地進行。看著這些馬不停蹄投入下一項作業的機械狂，亞蒂也只能聳聳肩，然後跳下摩托比特，有氣無力地從背後抱住艾爾。

「我好累喔，艾爾。我要暫時這樣休息，恢復幹勁儲存量～」

這位嬌小少年恰好容納進她懷裡的感觸，讓亞蒂滿意地吐出一口氣。雖說幻晶甲胄擁有萬能的作業能力，長時間操縱還是會消耗體力和魔力，給駕駛帶來不小的負擔。話是這麼說，她以前做的那些訓練也沒有輕鬆到讓她因為一點小事就筋疲力盡，但這畢竟不能混為一談，凡事都需要動力。艾爾支撐著亞蒂軟軟地掛在自己身上的體重，輕輕整理亂掉的頭髮。

「謝謝妳幫忙，亞蒂，辛苦了。在整理調查結果的時候請好好休息吧，等這邊結束以後還要再繼續解體作業。」

「艾爾還是老樣子，毫不留情又有幹勁呢……」

艾爾看起來不是很在意一下子變得憔悴的亞蒂，馬上又開始投入挑選零件的作業中了。不管怎樣，亞蒂還是很瞭解他的，所以也不去妨礙他，不過還是穩穩將他抱在懷裡。她呆呆地望著艾爾的作業好一會兒，接著疑惑地問道：

「艾爾，你好像從剛剛開始就一直在檢查同一種類的零件？」

「看得出來嗎？對，這個可能就是他們的技術核心。」

這時，原本一直在比對各種零件和手上圖紙的巴特森抬起頭說道：

「果然是這樣！喂，艾爾，你和這邊的設計圖比對看看。這裡……很像，這種機能是同樣的東西，那艘船會飛的祕密就在『這裡』啊！」

那張圖紙上畫著在米謝利耶所擄獲的飛空船的心臟部位所得到的調查結果，也就是提供船隻浮力的祕密來源『源素浮揚器』概略圖。

「哦哦，這樣我們的推測就有了根據呢，或許我們已經得到前往天空的邀請函也說不定喔！」

艾爾凝視著巴特森所指的零件。那個裝置來自於從黑騎士們殘骸中搜集而來的諸多零件，中心裝著一個發出黯淡七彩光芒的結晶石。艾爾用手指撫過裝置，臉上緩緩綻開笑容。他在發現新機能、新技術時總是伴隨著喜悅，如果是關於飛空船，甚至是幻晶騎士的話就更不用說了。

「過去一直以為沒有價值的『結晶』……也就是說，有人從中發現了某種價值。其中到底蘊含著什麼樣的祕密呢？真想找人來好好問個清楚。」

「艾爾又露出非常壞心眼的笑容了……」

將結晶的祕密弄到手後，艾爾到底會做些什麼，那種事情不說也知道。亞蒂和巴特森只能面面相覷，臉上露出半是無奈的神色。這時，從殘骸的山稜另一頭，傳來叫他們名字的嘹亮呼喚聲：

「喂——！銀色少爺和你那幫小夥伴跑去哪啦!?被埋起來了嗎!?真是的，這些殘骸堆在這裡也太浪費了，早點拿去熔掉重鑄不就得了。」

「唔，在這裡。老大，這邊——」

聽到他的回答，銀鳳騎士團鍛造師隊隊長——老大『達維・霍普肯』吃力地越過殘骸形成的小山。達維在山腳下發現被大量零件和圖表圍繞著的艾爾與他愉快的小夥伴們，不禁先深深嘆了口氣道：

「……喔，我看你快活得很嘛。」

「是的，因為它們看起來真的、真～～的非常美味，讓人忍不住想快點把它們吃光呢！」

「就像給貓木天蓼一般，只要給少爺這些就正中少爺下懷啊……你們一直窩在這邊，我還想說發生什麼事了。唉，我猜也是這樣啦。」

見艾爾露出陶醉笑容、熱情注視殘骸的模樣，老大只能受不了地搖頭。艾爾簡直有精神過了頭，根本用不著擔心。對他來說，眼前這堆殘骸正是寶山，也是一頓大餐。情況大致如他所料，艾爾只顧專注地解析殘骸。

艾爾的行動看似完全沒考慮到自己的立場，但那並不只是興趣失控使然的結果。說好聽點是幻晶騎士技術的權威，其實只是個幻晶騎士迷的埃切貝里亞騎士團長表示——他這麼做正是為了調查甲羅武德軍的武器技術。說是這麼說，堂堂騎士團長丟下其他工作不管，一頭栽進破銅爛鐵裡頭也並非完全無所謂。

「調查是很重要沒錯，但也要適可而止，你如果太勉強自己身體，倒下了才麻煩。何況雷馮提亞的開發也告一段落，已經進入量產階段了，用不著那麼著急吧。」

如同老大所說，新生克沙佩加王國的最新銳機體『雷馮提亞』模型機的測試、除錯作業也完成了，已經獲得可以量產的成果。現在正進入量產階段，馮塔尼耶四周不論是民間或者是軍方的工房都全力運轉著。鍛造師們雖然都被沒完沒了的大工程追著跑，但也由於新生王國的成立，他們的表情顯得開朗且士氣高昂。照理說，負責設計的銀鳳商會應該多少會變得清閒一點才對，可是這一切卻跟艾爾無關。

「我當然明白可是我這麼說絕對絕對不是只為了滿足好奇心甲羅武德擁有的技術特別是這種叫作飛空船的前所未見的兵器不只能在天上飛還具備運輸幻晶騎士的能力是極具威脅性的存在分析並將之運用在實戰上對我們來說也非常有益主要是我會覺得超級高興進而為全人類的進步盡一份力並且造福大家所以才想盡快把它的原理從頭到尾調查清楚。」

「好好，我懂了。那你打算弄到什麼時候？」

「這個嘛……我覺得似乎快抓到那個祕密的核心了。啊，請放心，一旦查清楚那個美妙的祕密是什麼，我不會藏私，一定也會向各位仔仔細細地分享！」

眼看艾爾滿懷興奮期待地說著，一點都沒有停下來的意思，老大終於舉起雙手表示投降：

「喔……喔，嗯，啊啊，我懂，你不必再說了。就在不會累垮的範圍內放手去做吧！」

老大也明白對這個狀態下的艾爾說什麼都沒用，畢竟也相處了這麼長一段時間了。幸好他們的敵人甲羅武德王國在這段期間內沒有動靜，這陣子的狀況應該不會有什麼變化。目前讓艾爾放手去做，也不會有問題吧——老大幾乎是半放棄地做出了這樣的決定。

◆

就在艾爾他們如此愉快地度過每一天的期間，位於馮塔尼耶遙遠另一頭的『前』克沙佩加王國王都『戴凡高特』發生了某件事。

這座首戰便落入甲羅武德王國手中的都市，如今成為統治克沙佩加領的象徵『中央護府』所在地。由於過去曾經是一國首都，這個城市裡頭有著各式各樣的設施。俗稱工房區的地方也是其中之一，維修、建造幻晶騎士的大型工房櫛比鱗次，是支持國家軍事機能的戰略要地。

甲羅武德軍的士兵和騎操鍛造師們，在維修中的狄蘭托腳下來來往往。在這樣忙碌嘈雜的氣氛中，一名男子略顯突兀地悠然走過。那不是別人，正是甲羅武德王國開發研究工房長『奧拉西歐・高加索』。他無精打采地在工房裡來回巡視，四處對部屬們下達各式各樣的作業指示。

「……很好，這裡就像這樣弄一弄。嗯，差不多那樣就可以了。那之後交給你們了，我在裡面的工房還有非做不可的工程。」

新生克沙佩加王國成立以後，更正確來說——是在米謝利耶一役敗北後，甲羅武德王國便加緊補充失去的戰力，並研究如何應付對飛空船用兵器群。這個問題不先解決，他們就很有可能在這場戰爭中徹底失去優勢，所以他們也是拚了命在趕工。鍛造師們接受各式各樣的委託，手頭上的作業量日益增加。儘管如此，身為領導眾多技術人員的長官，奧拉西歐卻在大致給出一輪指示後，便馬上離開了那個地方。

今天也是如此，被留下來的下級鍛造師們嘆著氣，緩緩開始動作。要是長官給的指示不夠準確，會讓人無所適從。

奧拉西歐總是輪流穿著那幾套舊衣服，給人不甚起眼的印象。話是這麼說，但他確實是飛空船技術的創始者，而他身為技術人員所擁有的淵博學識無庸置疑，否則也無法坐上工房長的位子。

奧拉西歐傳達指示給部下們，然後離開了工房集中的地區，前往專門為他準備的工房。那裡擁有從獲得第一艘飛空船墜落的消息那天起，就開始進行的實驗與研發成果。

「鋼翼騎士團的覆滅，使得飛空船失去空中霸者的地位，就算做出同樣的船也很危險。明明是不久前才發明的東西，這業界真不好混啊。」

他看上去連對自己發的牢騷也興趣缺缺，一步步走近固定在工房中央、一台奇形怪狀的機器旁。那個機器以『筒狀裝置』為中心，再將銀線神經和刻著紋章術式的銀版以複雜離奇的方式組合而成。

「那麼，還是得趕緊把這個『推進器』完成才行……」

奧拉西歐之前從生還的多羅提歐・馬多尼斯和黑顎騎士團那裡問出了大量情報，其中有項情報讓他抱以極高的興趣。

「竟然有從全身上下噴出『爆炎』，進行異常加速……甚至飛到空中的幻晶騎士……!?那玩意兒還毀了我的飛空船!!」

那台幻晶騎士光是用『異常』一詞還不足以形容，它展現出猶如鬼神般的力量，可說是擁有龐大飛空船艦隊的鋼翼騎士團毀滅的主要原因。

「飛起來，幻晶騎士飛起來了！開什麼玩笑。如果幻晶騎士能夠想飛就飛，我做源素浮揚器幹什麼!?」

他煩躁地拉動裝置上的控制桿。外部魔力轉換爐發出的低鳴聲漸漸變強，用來吞噬結晶肌肉中儲存魔力的裝置迅速啟動了。很快地，利用魔力轉換爐構造的進氣裝置發出巨大聲響，開始吸進大氣，接著依照組合好的紋章術式產生魔法現象。連結火基礎式系統的魔法——被壓縮的空氣化為爆炎，循著術式的誘導朝同一個方向排出。

爆炎眩目的光芒，卻在男子臉上投下強烈陰影。

「噴出火焰飛上天……把火焰！把爆炎系統的魔法給……！這傢伙『讓自己承受爆破的力道，靠反作用力移動』!!哈……哈哈哈……怎麼會有這麼天才的笨蛋!?做出這玩意兒的傢伙腦袋絕對有問題!!」

它產生的爆炎氣流——或者該稱之為噴射魔法的威力相當於戰術級魔法，幾乎要颳走整座裝置。若是沒有牢牢固定在地面上，現在八成會猛地撞上工房牆壁吧。

在使用爆炎系魔法的情況下，原本不會在身邊引爆，因為使用者不可能從爆炸的衝擊中全身而退，更何況還是故意承受這樣的衝擊。這絕對不是正常人想得到的方法，實在太過瘋狂、扭曲了。

奧拉西歐歪著臉，口中不斷發出大笑。把走錯一步就會招致自滅的爆炎噴射用來當作推進力，怎麼看都是自殺行為，連他這個算不上正常的人也深受震撼。而對於將這種瘋狂構想化為實際成果的敵方技術人員，他在莫名感到尊敬的同時，也生出一股瘋狂的忌妒。

「飛空船靠著『純乙太作用論』飛上天空！但是這個笨蛋卻只靠爆炎的力量就飛起來了！呵呵、哈！我們一族所想出來的理論居然會輸給一個笨蛋!?」

根據調查的結果，奧拉西歐知道敵方幻晶騎士是靠噴出火焰移動。光憑這項情報就能推測出是利用爆炸的反作用力，他的想像力實在驚人，毫無疑問稱得上是個天才。也許——其中有著為某種事物瘋狂著迷的人，才能體會的特別要素。

「利用魔力，獲得風力所遠遠不及的強大推進力！只要利用這股力量……這麼一來，就有足夠的力量啟動『那東西』了。」

他模仿的這個魔導噴射推進器，很有可能成為擁有空前力量的強力推進系統。由此所帶來的結論只有一個，也就是更巨大、更強大的——

不知不覺間，耗盡結晶肌肉魔力的推進器停止了運轉。奧拉西歐再度走近機器，臉上露出深深的笑容。

「一旦『那東西』獲得完整的軀體，一定能將天上的一切全掌握在其利爪下。沒錯，所有的空域都是屬於我的……!!只要把這個完成，就不必再被那些雞毛蒜皮的小事情干擾……！啊啊，是輸是贏都好，這場無聊的戰爭就不能快點結束嗎？那我就能盡情在空中翱翔了！」

這名以蒼穹為目標的技術人員，只為了自己的願望而行動，根本沒考慮過國家的勝敗與否和他人的生死。不知是幸或不幸，至今仍無人察覺到他的瘋狂。

大西域戰爭——這場戰役最大的特徵就是其中所投入的大量新技術。勢力最大的甲羅武德王國與新生克沙佩加王國，這兩陣營各自擁有的技術人員們可謂異常的活躍表現，將更大的混沌帶入這場戰事。

第九章 飛龍誕生篇

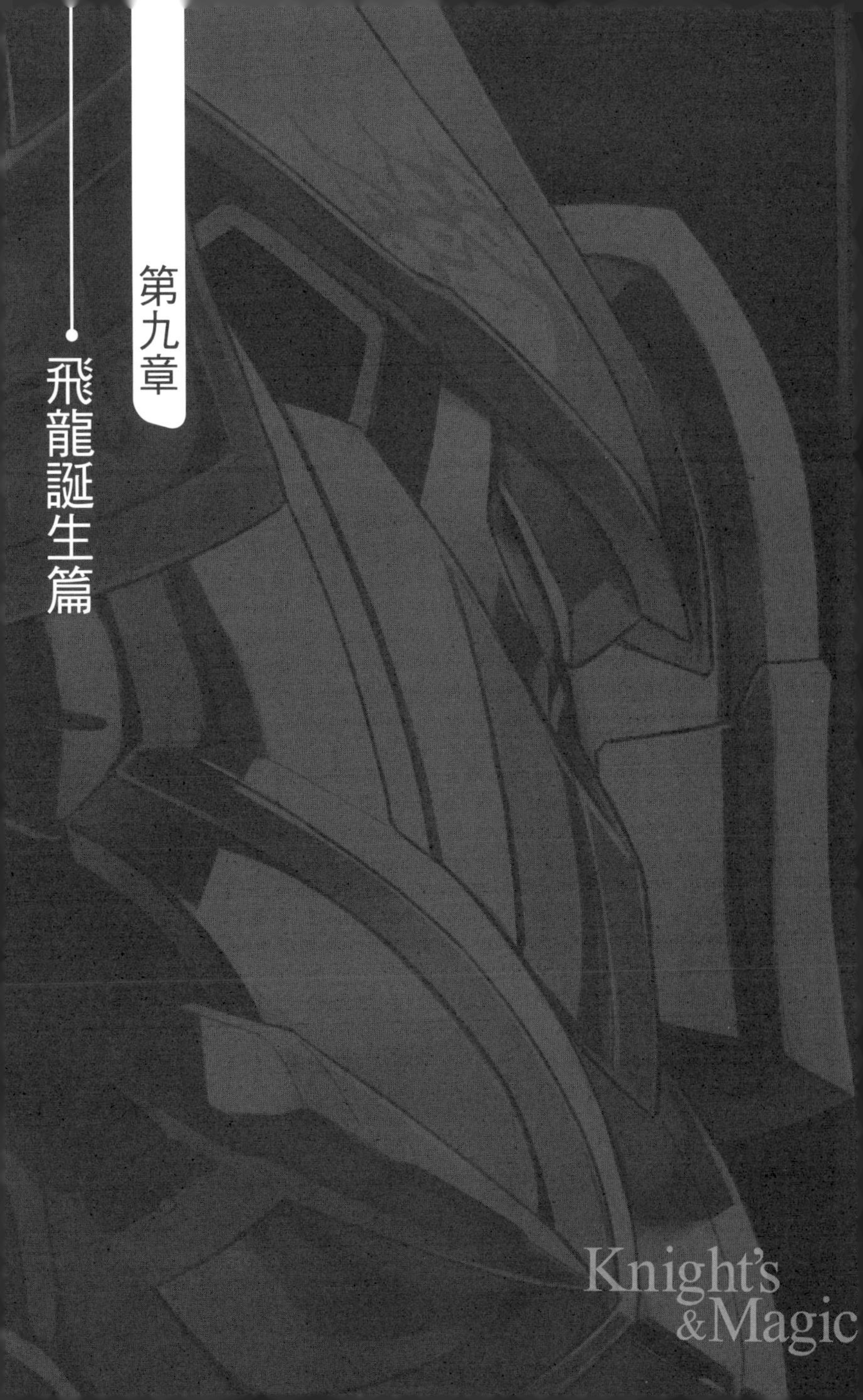

第三十八話　新生克沙佩加王國進軍

雲緩緩流動的天空下，清風吹拂過坐在椅子上的少女那頭飄逸柔順的髮絲。

少女將手上的茶具輕輕放回桌上，然後按著頭髮緩緩起身離席。她慢慢走近欄杆，下方景色赫然躍入視野。

眼前是以四座尖塔為特色的『拉斯佩德城』，以及從城堡呈放射狀延伸出去的城市──這是屬於新生克沙佩加王國首都『馮塔尼耶』的景緻。

在甲羅武德王國的統治下顯得死氣沉沉的這座都市，回到原本的主人手中後，也慢慢恢復了活力。這是因為他們重新開始與東方歐比涅山地的另一頭，越過『東西大道』的弗雷梅維拉王國展開貿易活動的緣故。

這樣的流通對百姓來說是求之不得，同時，對至今仍陷於困境的新生王國來說，也可謂救命的稻草。

「城市和國家都像這樣慢慢恢復原本的樣子了……」

少女名為『埃莉諾・米蘭妲・克沙佩加』，是幾天前才登基成為新生克沙佩加王國女王的人物。

「您怎麼了？女王陛下。」

此時，有人輕聲向她搭話，是一名腰上掛著奇妙手杖及銀色短劍的騎士。從他一身較為輕便的裝束來看，可以知道他就是駕駛幻晶騎士的『騎操士』。原本有些悶悶不樂的埃莉諾，臉上的表情變得柔和起來。

「……阿奇德先生。」

相較於露出笑容的女王，出聲搭話的騎操士少年『阿奇德・歐塔』則顯得有點不知所措。

「嗚呃，我也跟您說過了……陛下，我只是區區一名騎士，不需要那麼恭敬地加上『先生』……」

「不行，阿奇德先生，這無關立場，而是我個人想這麼稱呼您……而且您不必那麼畢恭畢敬，請像當初那樣自然一點說話……不行嗎？」

埃莉諾的表情轉眼間沉了下來。奇德搔搔頭，不曉得該怎麼辦。

那是在她還是王女，身陷甲羅武德王國魔掌中時的事情了。銀鳳騎士團為了拯救被囚禁的王族而出擊，在那一次的任務中，奇德向埃莉諾發誓，說他會成為她的騎士並為了她戰鬥。

她似乎也很信賴他——這樣是很好啦，不過總覺得她的態度變得莫名親暱。多管閒事的騎士團長和少爺還親自下達指示，讓他在銀鳳騎士團成員的身分以外，又多了埃莉諾的直屬騎士這個頭銜。

最近在擔任她的護衛、兩人一起行動的時候，埃莉諾那不時興起的惡作劇之心更是把奇德耍得團團轉。

「那實在有點……不對，沒有不行啦。呃，這先不說。我看妳在嘆氣，是不是有什麼擔心的事情？」

埃莉諾用手抵住臉頰，一副驚訝的模樣。

「不是的。我只是想，幸好馮塔尼耶平安恢復了活力……」

嘴上是這麼說，她臉上的表情仍顯凝重。奇德疑惑地偏著頭，然後將視線轉向欄杆外面的景色。

他們所在的地方是拉斯佩德城上方的露臺，這裡平常樸素且缺乏裝飾，如今卻滿盈奢華的氛圍。

四處排著桌子，上面擺滿色彩繽紛的茶點。侍女們在相談甚歡的參加者之間勤快地穿梭來去，忙著幫大家添茶水，這裡正在舉辦一場小規模的茶會。

「啊——！又只有你們兩個人在那邊聊天。哪，茶會冷掉喔？」

一手端著蛋糕的亞蒂硬是介入不知為什麼接不上話的兩人之間。在她身後，侍女們正準備更換變冷的茶水。亞蒂目不轉睛地盯著埃莉諾看了好一會兒，然後突然握住她的手。

「真是的，艾莉。老是低著頭就太可惜妳那張可愛的臉蛋囉！來吧，吃點美味的蛋糕，打起精神來！」

「說得也是。對不起，亞蒂小姐。不能連這種時候都悶悶不樂的呢……我已經決定要積極向前看了。呵呵，請一起來享用蛋糕吧。」

雖說年齡相近，但是面對身具女王這等地位的人物，亞蒂的態度可說是相當不拘小節。儘管奇德對妹妹的言行舉止感到頭痛，身邊的人卻好像不是很在意的樣子。至於埃莉諾本人更是露出笑容，開始幫亞蒂盛裝她的蛋糕。那模樣實在和印象中的『女王』相差太多，根本只是個普通的少女。

「哈哈，這個地方除了我們以外不會有人看到。大家不用客氣，盡情享受就好。」

『馬蒂娜‧歐魯特‧克沙佩加』面帶微笑地看著她們。她代替已故的丈夫成為拉斯佩德城的城主，同時也扮演輔佐女王的角色。正因為在最近的位置協助埃莉諾，最瞭解她身上的擔子有多重。

「對啊～茶和蛋糕都很美味呢！」

「妳也太不客氣了吧……」

雖說這場茶會不需要在意禮節，但這位名為亞蒂的少女原本就沒在跟人客氣的。就在奇德模糊地想著『也對啦，太過畢恭畢敬也讓人喘不過氣』的時候，一塊蛋糕忽然出現在眼前。

「阿奇德先生要不要也來點蛋糕？」

「嗚欸!?喔啊，好，那我不客氣了……呃，那個，妳放在盤子上，我會自己吃……」

不曉得為什麼，蛋糕不是盛裝到盤子上，而是用叉子刺著朝他遞過來。奇德有種非常不祥的預感而試圖抵抗，但在埃莉諾溫柔的笑容面前只顯得軟弱無力。

「來，請這樣直接吃。」

奇德被她笑咪咪的氣勢壓過去，不用多少時間就做好了心理準備。

女王埃莉諾從小被養在深閨，直到遭逢戰爭這樣的巨變。當她從打擊中恢復過來，也逐漸產生身為女王的責任感，學會如何扮演這樣的角色。但也許是壓力造成的反作用，她偶爾會像這樣表現出非常喜歡惡作劇的一面，特別是跟奇德在一起的時候。

「嗯，看艾莉這麼有精神就好！」

望著已經超越『有精神』，正漸漸熱鬧起來的隔壁桌，『埃姆里思・耶爾・弗雷梅維拉』豪爽地點頭，然後一把抓起桌上的點心，打算就那樣放進嘴裡，卻被坐在隔壁的『伊莎朵拉・亞達莉娜・克沙佩加』啪地一聲拍掉手。

「唉，里思哥哥的動作老是那樣粗魯。不行，要好好用刀叉吃。」

「小口小口吃不合我的個性啦。」

被伊莎朵拉一言不發地板起臉用目光威嚇，埃姆里思沒辦法，只好將叉子插到蛋糕上，然

後直接把整塊蛋糕塞進口中。見到這一幕，伊莎朵拉只能受不了地扶額低嘆。

◆

如此這般，在參加茶會的人們各自稍作休息的時候，艾爾突然現身了。

「對不起，我來晚了。」

「啊，你終於來啦！這邊這邊，來，蛋糕還有剩喔～」

見亞蒂興沖沖地準備好茶點，然後砰砰地拍著自己旁邊的椅子示意他坐下，艾爾也老實地坐到她身邊去。啜飲一口亞蒂迅速端過來的茶，他呼地吐出一口氣。

（啊啊，坐在兩邊的人都好可愛……這是多麼幸福啊！）

亞蒂被艾爾以及埃莉諾夾在中間，藏不住內心的喜悅，臉上露出笑容——先別管她。

「忙完一輪後喝的茶特別美味呢。」

「辛苦你了，埃切貝里亞卿，我們在各方面都太依賴你了。」

「不需要掛懷，我就是資料收集得太過愉快，所以茶會才遲到啦。」

相對於一臉歉疚的克沙佩加方，銀鳳騎士團成員則是擺出「團長又發作了」的傻眼態度。

實際上，若是就那樣放著他不管，艾爾可是會沒完沒了地埋頭調查下去。

在短暫的片刻後，馬蒂娜和埃莉諾的表情一下子轉為嚴肅。這場茶會的確是為了讓埃莉諾休息而準備的，但同時也是商量某件重要事情的場合。

「……埃切貝里亞卿，我有件事想跟你商量。」

「稱呼『卿』太讓我過意不去了。雖然大老爺委託我管理騎士團，可是我並沒有爵位，請您平常一點稱呼我就好。」

這個世界所謂的『騎士』並非指爵位頭銜，而是泛指具有操縱幻晶騎士的技能，擁有『騎操士』這個稱號的此種職業。

他才開口說出第一句話，埃莉諾就已經不曉得該如何接下去了。她擔任女王的經驗或許還不夠充分，但即使不考慮這一點，這位名為『艾爾涅斯帝·埃切貝里亞』的人物也是令人難以捉摸的存在。

他的年紀與埃莉諾一樣都是十七歲，身為男子，身材卻幾乎和她一樣嬌小，還有那副讓人誤認為少女的可愛容貌。他纖細的身軀乍看之下與粗暴之事沾不上邊，實際上卻是騎士團中最強的騎操士。更別提他和他的座機『伊迦爾卡』單騎就擁有非比尋常的性能，在米謝利耶一役中的彪炳戰果，讓他獲得了死神和鬼神等稱號，甚至被敵我雙方所畏懼。

克沙佩加的人已經很清楚他把幻晶騎士看得比什麼都重要，而且會依照稍微有點不可思議的價值觀行動。說起他的行動力，偶爾也會發揮在無聊的事情上，幫我方的幻晶騎士進行強化改造，或者開發魔導飛槍都還算好的，可是從把打倒的敵機殘骸一隻不剩地占為己有等等事蹟來看，最近似乎有失控的傾向。

再加上他還是協助新生克沙佩加王國復興的最強戰力——銀鳳騎士團的團長。『銀鳳騎士團』的存在對克沙佩加的人們來說，原本就充滿了謎。馬蒂娜的外甥埃姆里思為了助他們一臂之力，從弗雷梅維拉王國帶來的這支騎士團完全無法用常識判斷，是個不按牌理出牌的集團。

擁有最先進且強大的幻晶騎士和特殊的人馬騎士，並且以頂尖的戰鬥能力自豪，僅僅如此就有很高的價值了，他們還陸續提供新型幻晶騎士的製造技術，在短期間內便成功擊退未知的兵器——飛空船。其活躍程度已遠遠超出『騎士團』一詞所能形容的範圍，若要和他們的騎士團長打交道，即使埃莉諾貴為女王仍然不可有所怠慢。

原本女王該溝通的對象是埃姆里思這個弗雷梅維拉王國第二王子才對，可是事情沒有那麼單純。比起王族埃姆里思，銀鳳騎士團似乎更傾向以騎士團長的發言為優先。儘管有時候大家對他感到很傻眼，又或者以隨便的態度對待他，不過可以肯定的是，他們對彼此的信賴無可動搖。

結果，埃莉諾就必須面對這個雖然沒有爵位，卻強得像怪物一樣的騎士團長。從血統主義、貴族主義這些在西方諸國算是常識的觀點來看，這個少年的存在本身就很不合理，她還必須採取比對待王族更高的規格來禮遇他。

「……那麼，我就稱呼你艾爾涅斯帝先生。」

猶豫片刻後，埃莉諾決定把他當成奇德的友人鄭重對待。這樣的稱呼比想像中來得拘謹，讓艾爾朝她身後投以詢問的視線，奇德一語不發地對他搖搖頭。

「……好的。如果陛下希望如此的話。」

埃莉諾的表情稍微放鬆下來，然後淺淺地吸了一口氣，開門見山地說：

「要與你商量的事不為別樁，是有關艾爾涅斯帝先生所擁有的那些幻晶騎士殘骸。」

關於被破壞的敵方戰力，新生克沙佩加王國和銀鳳商會之間曾訂下一個契約。在使用巨人兵器的戰鬥中，被破壞的機體也屬於重要的報酬之一。壞掉的機體能夠當成器材重複利用，而在多數情況下，極為頑強堅硬的心臟部位更可以直接拿來使用。

這裡的問題在於銀鳳騎士團的戰果實在太過巨大了。以伊迦爾卡為首的銀鳳騎士團光靠幾個中隊就殲滅了敵方一個旅團規模的戰力，而那些殘骸就那樣如數成了他們的所有物。

「我們復興了新生王國，今後將正式儲備戰力，向甲羅武德王國做出反擊。為此……我們需要更多幻晶騎士，哪怕只多一架也好。」

繼雷斯瓦恩特・維多後，克沙佩加王國在那場戰役中緊接著投入了強大的新型機『雷馮提亞』，但那終究是臨陣湊數的先行模型機。儘管現在馮塔尼耶與附近鎮上的工房正如火如荼地加緊生產，也很難說湊齊了足夠的數量。至於占有現行戰力多數的塔之騎士，則是由於行動極度遲緩，因而不適合進攻。在建造出足夠數量的雷馮提亞之前，他們不可能主動出擊。因此無論是心臟部位還是鋼鐵，都需要盡可能多收集資材。

「所以才想將根據契約屬於艾爾涅斯帝先生所有物的殘骸重新改造，並且加入我方戰力。」

艾爾乃至於整支銀鳳騎士團，是從馬蒂娜的故鄉——弗雷梅維拉王國借調而來的戰力，採取全方位的協助機制。不過，新生克沙佩加王國對他們並沒有完整的指揮權，對方純粹來擔任幫手，因此他們的立場就需要細膩的調整。

「現在還有許多貴族留在敵方的支配之下，我們一直處於戰力不足的窘境中。這麼說雖然有違契約內容……還請你給予協助……」

「好的，我明白了。」

露出笑容的艾爾非常乾脆地答應了。埃莉諾等人有些摸不著頭緒，但又很快繃緊了神經，她們也漸漸瞭解到這名少年的笑容相當危險。

沒有違背大家的期待（？），艾爾的話還有下文——

「我想想，那就這麼辦吧。我們建造幻晶騎士的技術再厲害，要處理那麼多的殘骸也太麻煩了。看在重建所需的時間和勞力上，我就多少讓出一點吧。其餘就當成在這場戰爭中借給貴國的，您看這樣如何？」

看來她們是白擔心了，艾爾的回答完全在常識可接受的範圍以內。

「謝謝你，這樣我們也有足夠戰力……」

埃莉諾心中的大石才要放下，艾爾的話卻還沒說完。他接下來所說的話讓埃莉諾倏地繃緊身子：

「……到時候，我會把出借的幻晶騎士視為我方所有的戰力，而且最初的契約仍然有效……既然用我們的戰力打倒的敵人，都是屬於我們的東西——當然，這一點也適用於出借的機體對吧？」

她們馬上察覺了艾爾的意圖。只要契約仍然有效，那麼打倒敵方愈多戰力，屬於銀鳳騎士團的機體就會繼續增加。等到重建的機體回到戰場上，再打倒更多敵人——持續到敵人全滅為止的暴食循環就這樣成立了。

埃莉諾就別提了，甚至連馬蒂娜都說不出話來，兩人凝視著笑臉盈盈的少年。艾爾的態度一如往常，也就是說——這個少年再正經不過地打算把一整個大國吞噬殆盡。

「喂，銀色團長，你害伯母不知道怎麼反應了啦！那樣太為難人家了吧！」

就在現場開始生出一股詭異氣氛時，一向不懂察言觀色的埃姆里思突然張手抓住艾爾的腦袋。接著她們看到艾爾就那樣被揉亂了頭髮，同時發出輕笑聲。

「呵呵，開玩笑的。就算拿到那麼多殘骸，也只會增加更多搬運和重建的工作而已，那樣我也傷腦筋。所以，關於契約裡面的條款，就在這裡改成等到新生王國復興後再說吧。當然，重建的機體也會出借給貴國，畢竟我們可不能錯過這個反擊甲羅武德王國的大好機會。」

艾爾終於逃脫埃姆里思的魔掌，整理著亂掉的頭髮，悠哉地這麼說。

「而且比起讓幻晶騎士壞掉，我還是比較喜歡它們動起來的樣子。」

「嗯，是嗎？也對……感謝你的協助，艾爾涅斯帝。」

在僵硬的女王身邊，馬蒂娜總算從啞口無言的狀態中回復過來。雖然克沙佩加方算是如願以償地談出結果，她們卻怎麼也放心不下。艾爾說他是在開玩笑，不過在場根本沒有人認為那真的只是玩笑話。

與不寒而慄的克沙佩加方相比，銀鳳騎士團則是一副習以為常的樣子。因為只要是為了幻晶騎士，他們團長很有可能真的吞掉一整個國家。

「喂，銀色團長，你不要太欺負伯母和我的表姊妹啊！」

「您那麼說太讓我意外了。這只是我開的一點小玩笑，都是為了幫大家放鬆緊張的心情啊。」

「怎麼看都是讓大家更緊張吧。」

埃姆里思伸手想再抓他的頭，艾爾逃出他的手臂範圍，卻被另一邊的亞蒂逮個正著，然後被她牢牢地抱在懷裡摸著頭，整理亂掉的頭髮。克沙佩加的王族們實在不明白，他們對待團長的態度到底是尊重還是隨便。只不過，看來今後還是得繼續跟這個可愛又可怕的騎士團長打好關係了。

◆

汎克謝爾大道在過去曾是縱橫交錯於舊克沙佩加王國的主要幹道。這點即使到了大半領地被甲羅武德王國所併吞，重生為新生克沙佩加王國的今天也沒有改變。雖然進入甲羅武德王國的勢力圈內仍是困難重重，但在新生克沙佩加王國領內的街道上，今天還是有許多馬車載著物資往來奔馳。

依照前幾天商談的結果，銀鳳騎士團將被破壞的敵方幻晶騎士殘骸交給了新生王國。說是殘骸，其中還是有很多可用的資源，更別說魔力轉換爐或魔導演算機這一類心臟部位，在多數情況下甚至能夠直接拿來利用了。

以這些資源為基礎，新生王國正傾盡全力進行戰力的重新編制。不只馮塔尼耶的周遭地區，各地的鍛造工房更是全體出動，生產建造最先進的機體雷馮提亞。

新生王國與銀鳳騎士團在米謝利耶攻防戰中，擊敗敵軍總司令克里斯托瓦爾王子。話是這麼說，克沙佩加的大半領土仍掌握在甲羅武德王國手中，絲毫無損他們強大的力量。要想出手反擊，最重要的就是靠數量一決勝負。說句題外話，新生王國因為太急著增加產量，這陣子生產的初期雷馮提亞之中也混進不少直接從狄蘭托拿來用的零件。只要性能方面沒問題，在多數情況下都會被無視。

就這樣，建造完成的雷馮提亞被送往新生王國各地。為了反擊時刻所做的準備，又或者是為了守護新生王國領土的戰役即將展開。

一列馬車隊疾馳穿過街道，在車後揚起滾滾煙塵。

那是將幻晶騎士送往與甲羅武德王國的戰鬥前線，其中一支運輸部隊。構成這支特殊部隊的，是能夠載運身長十公尺的巨大人型兵器——雷馮提亞的巨大貨車。拖曳貨車的也不會是普通的馬，它們的上半身為人型、下半身是馬型，呈現半人馬的姿態。巨大的身軀高達十五公尺，正是人馬騎士『澤多林布爾』。

在運送幻晶騎士的時候，通常都是將組裝到一定程度的零件分散到好幾台馬車上，之後看是要在現場完成組裝，或者是讓完全組裝好的機體自行移動到目的地。兩種方法雖然都費時費事，卻有支部隊能夠在戰力運輸的過程中發揮強大的能力。當然，這裡指的就是擁有一個中隊（十架）人馬騎士的銀鳳騎士團第三中隊。

澤多林布爾的移動速度在幻晶騎士中也是數一數二，再配合利用貨車的高運輸能力，便可以迅速將幻晶騎士運送到各地。對於生產進度快速，運送進度卻停滯不前的新生王國而言，他們的價值更是無法估量。在前線戰鬥的許多士兵，至今仍是靠著改裝過的雷斯瓦恩特・維多頑強抵抗，所以強力新型機的登場不論到哪裡都備受歡迎。

第三中隊今天也為了執行運送任務，在街道上奔馳，那就是發生在這一天的事情。

「……全員提高警戒，有東西過來了！」

第三中隊長『海薇・奧柏里』朝著揚聲器大吼，接著立刻轉向愛機的幻象投影機仔細凝視。

「唉，不用想也知道誰會到這種地方來。」

隊員們也馬上理解了異狀的真面目——出現在天空一隅的漆黑船隻，飛空船。

隨著輪廓逐漸清晰，可以看見船身兩側揚起的帆上畫著甲羅武德王國威風凜凜的國旗。甲羅武德王國的飛空船部隊——鋼翼騎士團在米謝利耶的攻防戰中遭受巨大的損壞而毀滅。雖然這不表示他們失去了所有的飛空船，卻再也無法派出大規模的部隊行動。相對的，像這樣出動少數戰力的游擊戰次數則是有所增加。

能夠無視地形移動的飛空船，行蹤依然神出鬼沒。他們不對據點發動攻擊，反而開始糾纏不休地突襲物資運輸部隊。

「以為他們喜歡硬碰硬，結果搞這種小手段也很行嗎？真缺德耶！」

也難怪海薇覺得厭煩。甲羅武德王國的飛空船部隊從敗北中學到教訓，不再採用首戰那種空降戰術了。他們沒有放下幻晶騎士，改成從上空發動攻擊為主。可是，飛空船擁有的對地攻擊手段只有被稱作『飛礫之雨』的投石器而已。

飛礫之雨的命中率非常低。就算是普通馬車，只要正在移動的話也不太可能被打中。說穿了，藉由飛空船發動的攻擊實在沒什麼效果，頂多只能算在騷擾敵人罷了。

「拜託，每次每次都來找麻煩，有夠討厭的。要把他們甩掉……好像也不太可能。」

澤多林布爾的速度再快，遇上在空中移動的飛空船還是沒有勝算。即使出現在此的戰力只有一艘船，被對方掌握了制空權還是很礙事。

「所有人小心投石！雖然我不覺得會那麼簡單被打中……咦？」

這次應該也是老樣子，只是來找麻煩吧——她們的預測很快就被推翻了。

飛空船在空中轉了個彎緊追在第三中隊後方，接著會在追到部隊側翼時發動投石器——理應如此，這次卻不同了。飛空船放出凶猛的紅色『法彈』。接連不斷的法擊一落在中隊附近的位置，就激起熊熊燃燒的爆炎。第三中隊在瞬間驚愕過後，很快地察覺到事態有異。

「什麼!?他們用魔導兵裝攻擊了!?那個難道是……」

不祥的預感總會成真。海薇一回過頭，就看見飛空船上突出的筒狀物體。那東西不僅巨大，而且呈現出熟悉的陰影輪廓，讓她即使隔了一段距離仍然可以清楚辨識。

「雷斯瓦恩特．維多……仿造品嗎？不管怎樣，這表示對方也做出了法擊戰特化型機體。」

在他們動搖的期間，又有法彈陸續從飛空船上射來，在四周開出爆炎火花。拖著沉重貨車的部隊不可能永遠躲得開。

「隊長！這樣下去……!!」

「我知道，怎麼可能一直白白挨打。要反擊囉，好好招待他們吃一頓苦頭!!」

接到中隊長的號令，隊上幾架澤多林布爾背上的裝備啟動了。好幾條軌道蠢蠢欲動，將尖端一齊指向天空。這是藉由噴射動力飛翔的『魔導飛槍』——對空裝備『垂直投射式連發投槍器』。

前面已經解釋過第三中隊如何發揮其優秀的運輸能力大顯身手了，他們的表現在輸送隊之中也是特別突出。靠的不光是運輸能力，更因為他們擁有魔導飛槍這項強大的對空武器。為了對付飛空船，部隊中的幾架機體總是攜帶著魔導飛槍及垂直投射式連發投槍器。這些裝備包含備用的投槍和負責裝填的幻晶甲冑在內，變成相當沉重的負擔。不可否認，甚至壓迫到最重要的載貨空間。儘管如此，也不能疏於防範飛空船來襲。

「瞄準，發射！告訴他們惹到了誰！」

魔導飛槍拖曳著猛烈的噴煙飛了出去。以銀線神經與本體相連的投槍在騎操士的操作下，於空中自由變換方向，瞄準飛空船開始劇烈加速。光憑飛空船的裝甲根本擋不住獲得足夠加速度的投槍，但由於飛空船體積龐大，挨了幾支飛槍也不痛不癢，可是萬一讓船體浮在空中的力量源頭『源素浮揚器』遭到破壞，也擺脫不了墜落的命運。在米謝利耶的攻防戰中因此而被擊墜的船隻可不少。

面對如驟雨般飛來的魔導飛槍，飛空船只能逃之夭夭——大家都是這麼認為的，但緊接著發生的事情才真正讓第三中隊大吃一驚。

「騙人!?」

空中突然掠過一道伴隨著轟隆聲的閃光，晴空中響起了雷鳴，這種不自然的現象只會是由魔法所引發。雷電挾帶極大的力量，具有戰術級規模的威力，更像是被誘導似地精準打中了魔導飛槍。受到魔法雷電直擊的投槍因而被破壞、打落。

即使如此，雷擊的防禦也並非滴水不漏。除了被打落的幾支以外，多半魔導飛槍都穿過了雷擊，刺進飛空船中。

結果，飛空船把驚愕緊張地觀望情況的第三中隊甩在後頭，開始脫離。投槍雖然多少對船隻裝甲帶來損壞，卻不算致命傷，但是再吃上幾發攻擊就難說了。逃離這決定看似膽小，卻可說是明智的判斷。

海薇目送著逐漸遠去的飛空船，至今仍沒有從震驚的情緒中恢復過來。

「……那些傢伙、靠雷擊擋下了幾發魔導飛槍……!?」

這其中的含意非常複雜，直接意味著他們的對空裝備不再具有絕對優勢，也間接代表飛空船再度奪回制空權。進一步來說，甲羅武德王國的勢力即將捲土重來，最後導致對新生王國的不利情勢。

「敵人也不是傻傻地等著，必須盡快通知團長剛才那艘怪船的情況。」

澤多林布爾掉頭再次飛馳而出。他們將雷馮提亞送到前線去之後，便帶著有關新型飛空船和法擊戰特化型機體的消息趕回馮塔尼耶了。

◆

當第三中隊載著雷馮提亞在國內各地奔走時，剩下的銀鳳騎士團第一、第二中隊則是趕赴新生克沙佩加王國的國境，也就是對抗甲羅武德王國的最前線。表面上，銀鳳騎士團還是從弗雷梅維拉王國借調來的戰力，可是這麼一來，就會有很多不便的地方，因此現在賦予他們『女王埃莉諾直屬的特設騎士團』這樣的頭銜。說句題外話，他們還特地保留了銀鳳商會的名字。

在新生王國的體制仍不完整的這段時期，銀鳳騎士團是唯一配備正規的最先進次世代機體

『東方樣式』——得名自其發祥地——並且擁有豐富操作經驗的騎士團。身為新生王國的最強戰力，同時也為還不熟悉新型機的當地騎士們提供指導，這些要素使得這支部隊不論到哪裡都受到熱烈歡迎。

『艾德加・C・布蘭雪』率領的銀鳳騎士團第一中隊越過新生王國的國境線，朝甲羅武德王國的據點逼近。這支部隊中沒有移動速度緩慢的塔之騎士同行，而是由挑選出的雷馮提亞所組成。騎士們的基本職責是保護邊境沒錯，但也不能安於守勢。

戰鬥能力高強的銀鳳騎士團更是經常像這樣主動攻擊，推進領土收復的範圍。

「這裡不是之前那種小型據點，想必會遭到敵軍強硬抵抗。大家謹慎地上吧！」

艾德加的號令獲得背後隊員們的響應。到目前為止，他們也攻陷了好幾座小規模的據點。對於幻晶騎士這樣的巨人兵器而言，那種半吊子的關口並不具備防禦力。這無關進攻或防守，而是以幻晶騎士之間的交戰來決定勝負。只有碰上根據地形設置，且有厚實城牆保護的據點，才會構成一場具體的攻城戰。

他們現在正準備進攻的據點正是如此，那是座與丘陵合為一體的要塞。它位於不利於幻晶騎士行動的防禦森林和高低不平的地勢中央，前往要塞的路線極為有限。

第一中隊與新生王國軍的機體舉起盾牌，繼續向據點靠近，已經進入據點中投石器的射程範圍內了——防守方有可能在任何時刻發動攻擊。終於，敵人的身影出現在視野中。黑騎士高大的身軀擋在前往要塞的道路上，它們更設置了大盾，看似特別強化守備的陣形。第一中隊雖然用魔導兵裝發動了法擊，但要突破大盾與黑騎士的組合仍舊顯得無力。

「不愧是擅長防禦的大型機，真堅實啊。」

黑騎士原本就具備厚重的裝甲。像這樣不頻繁移動而著重防禦的作法，可以將它的優勢發揮到最大限度，並且利用地形，把黑騎士集中在道路寬度最狹窄的地方，擺出凌駕對手攻擊力的陣形。重裝甲的黑騎士如果優先採取守勢，就連第一中隊也無法突破。地形限制更讓他們難以繞到敵陣後方，達成明顯的攻擊效果。結果，在太陽下山之前，新生王國軍便開始撤退了。

「那種要塞很難進攻呢。」

「而且對手還是黑騎士，路上塞得滿滿都是啊。」

甲羅武德軍沒有追擊撤離的新生王國軍，因此在回到據點的路上甚至洋溢著一股輕鬆的氣氛。聽著新生王國軍的騎士們七嘴八舌地談論今天的戰鬥，駕駛座上的艾德加沉吟出聲——他有不同的想法。

「黑騎士的確擅長防守，不過更奇怪的是，那些傢伙的動作本身比以往都來得『堅固』。」

銀鳳騎士團有很多參與攻勢的機會，他也因此比新生王國軍擁有更多的情報與經驗，確實感覺到敵軍的變化。

「這陣子就算攻打據點也只引起小規模衝突，總覺得不對勁。」

這種事也許是從雷馮提亞登場，縮短了與狄蘭托之間的性能差距後開始的吧。甲羅武德軍的狄蘭托龐大身軀帶來的強大腕力自不用說，一身厚重的鎧甲更讓它們擁有高防禦力。這時，他忽然注意到一件事實——

「……我們也沒受到什麼傷害呢。」

雖然沒對敵人造成多少損害，但我軍也是一樣。從現在的甲羅武德軍身上感受不到以往那種以侵略、攻擊為最優先機制的積極性。發生的多半是與少數黑騎士之間的小規模戰鬥，不然就是飛空船零星的攻擊。可以清楚地看出對方不願大動干戈，而將戰力分散成小批的現象，他們的基本方針開始轉為守勢了。

「是覺得配備了雷馮提亞，不能再隨便打過來了嗎？還是畏懼我們團長造成的嚴重破壞呢？」

當下無法馬上得到答案。他似乎漏看了什麼關鍵，這一點令人焦躁不安。

「不對，他們不是單純地退縮，應該是在等待什麼機會。」

為了爭取時間嗎？可是兩軍應該都需要時間才對。經過米謝利耶一役後，雙方都必須進行戰力的重組。時間過得愈久，只會讓彼此的騎士資源更加充足而已。

「話是這麼說，太急著去跟他們硬碰硬也並非上策。」

既然不曉得敵人的目的，他們就沒辦法輕舉妄動。銀鳳騎士團是新生王國軍的最強戰力，經過愈多場戰役，這樣的認知就愈強烈，正逐漸成為國內的精神支柱——也因此不被允許敗北。

新生克沙佩加王國軍雖然有重新崛起的跡象，卻也還不足以揮軍進擊，打退甲羅武德軍。無從進攻的新生王國軍只能任時間平白流逝。

到頭來，甲羅武德王國的目的仍舊不明，而戰況也持續膠著。

第三十九話　甲羅武德王國的企圖

舞台離開馮塔尼耶，轉到甲羅武德王國設置中央護府的城市——戴凡高特。

那是比新生克沙佩加王國復興時期更早，還沒從米謝利耶攻防的打擊中恢復過來的時期發生的事情。在原王城中央的謁見廳裡，有一名男子跪倒……不，是無力癱倒在王座前，大聲慟哭：

「克里斯托瓦爾殿下……!!竟然、竟然比老夫先一步走了……!!這種事絕不可能、絕不可能發生……!!」

他是甲羅武德王國第二王子『克里斯托瓦爾·哈斯洛·甲羅武德』的心腹騎士『多羅提歐·馬多尼斯』。他不斷用力毆打地板，像是要發洩自己的憤怒一般。他的養子古斯塔沃則在身後默默看著養父的行動。

「失策，太天真了！有黑顎騎士團在一起竟然無法保護殿下周全！老夫應該不顧禁閉處分，一同出征才對!!……若是我人在那裡，就算拚了這條老命，也會保護好殿下!!」

「到此為止了。抬起頭來，多羅提歐。下令要你閉門反省的是我們，不在那裡並不是你的過錯。為了做不到的事情悲嘆惋惜也無濟於事。」

一道帶著憂愁的嗓音從眼前的王座上傳到多羅提歐耳中。那張王座原本屬於克沙佩加的國王。自從王國滅亡後，就成了甲羅武德軍總司令——克里斯托瓦爾的東西。如今，它的主人又變成了一位妙齡女性。

她名為『卡特莉娜・卡蜜拉・甲羅武德』，是甲羅武德王國現任國主『巴爾托梅洛・比爾特・甲羅武德』的女兒，即第一王女，同時也是克里斯托瓦爾的姊姊。

「可是……！請恕臣冒昧，臣不僅擔任殿下的教育官，同時也以部下的身分長年服侍左右。若是遵循天地自然之理，先走的應該是老臣才對！無論有什麼理由，如果這都稱不上失態，那……!!」

多羅提歐因高齡而從前線退下後，因為上層器重他在軍中的經驗，所以獲得了第二王子指導者的位置。隨著克里斯托瓦爾年紀漸長，他也逐漸轉變為類似心腹的角色。正因為自殿下年幼時起便看著他長大的關係，對多羅提歐而言，克里斯托瓦爾就像自己的兒子一樣。卡特莉娜嘆了口氣，癱坐在王座上。

「多羅提歐，我很理解你的感受。你一直為了克里斯勞碌賣命。正因為如此，現在不是悲嘆惋惜的時候。」

終於抬起頭的多羅提歐見到卡特莉娜蒼白的臉色時，驚訝得屏住呼吸，他很快地明白自己再度犯下失誤。失去克里斯托瓦爾而大受打擊的，不可能只有多羅提歐一人。身為姊姊的卡特莉娜才是最悲痛欲絕的人。多羅提歐深深為自己的失態所恥，竟然不顧她的感受，放任發洩自己的情感。如前所述，他最大的忠誠對象一直是克里斯托瓦爾，可是對於甲羅武德王家的忠誠也不遜於他人。

「我決定了。對我國造成如此重大損害者……以及奪走克里斯性命者，我一定會找出凶手殺了他。」

這番宣言不只是出於為家人報仇的私情。克里斯托瓦爾是甲羅武德的王族，同時也是位居克沙佩加侵略軍總司令的人物。雖說戰爭中的傷亡無可避免，可是一旦王族流淌鮮血，報復就是絕對必要的事項。若是大意輕忽，他們身為大國的顏面就會掃地。

「多羅提歐，你必須從找出仇敵開始，弄清楚究竟是誰殺了克里斯。」

倖存的黑顎騎士團帶回了有關克里斯托瓦爾死前的情報。克里斯托瓦爾和他的座機阿凱羅力克斯一同從旗艦上墜落而死，並非在混戰中倒下。有人，犯下了那件罪愆。

「……臣對犯人的真面目心裡有數。」

多羅提歐毅然決然地抬起頭。眼中沒有猶豫，彷彿正鎖定了敵人。

「他能夠直接攻擊位於飛空船上的殿下！克沙佩加沒有飛空船，卻有那傢伙……騰空飛舞的幻晶騎士!!」

經他這麼一提起，卡特莉娜也從記憶深處翻出那個過去曾經聽說的傳聞。

「……難道你想說，是它擊落了你的船？」

「正是！能夠做到此等怪異之事的，除了那傢伙以外不作第二人想。他單槍匹馬就壓制了天上的飛空船，發揮不可置信的破壞力！……那樣的異常足以顛覆世間常理，肯定是那個『鬼神』所為。可以肯定的是，他早晚會成為我們的阻礙。」

卡特莉娜深深嘆了口氣，她差點就忘了這個傳聞。因為當初在聽取多羅提歐的報告時，比起鬼神的存在，她的注意力被引到讓克沙佩加王族逃脫所造成的影響上了，萬萬沒想到鬼神竟然會害死了弟弟。如果她記得沒錯，敵人應該是強大到只能以怪異形容的存在。

「意思是說，克里斯是被怪物奪走性命嗎？」

她呻吟似的低語甚至沒有傳入多羅提歐耳中，只靜靜地溶入周遭令人窒息的空氣裡。

◆

「哦，看來各位都聚集在這裡。」

在場沉悶的空氣因突然現身的外來者，在瞬間被一掃而空。拖沓的腳步聲啪噠啪噠地走過石造地板。一名樣貌看來不甚精明的男子就是腳步聲的來源。

「你是……高加索卿啊。」

「是。奧拉西歐・高加索，奉命前來晉見。」

眼前是看似煩躁的卡特莉娜，以及面露狂態的多羅提歐。奧拉西歐行了一禮，面對這樣令人喘不過氣的氛圍絲毫不以為意。與他不起眼的相貌恰恰相反，似乎是個很有膽識的人物。畢竟這個狂人可以只為了想確認自己創造出的飛空船如何在戰場上活躍，而親自來到最前線。很快地，召見他的人——卡特莉娜調適好心情，重新戴上冷靜自制的王女面具。為了節省時間，匆匆寒暄過後便直接進入正題：

「你終於來了，高加索卿。事不宜遲，快說來聽聽，應付飛空船的對策進行得如何了？要讓我軍從那一次的敗北中走出來，強化飛空船就是當務之急。這陣子沒看到克沙佩加有明顯動作，表示他們也需要重新編制戰力的時間。但是，我們應該盡快採取行動。」

「臣明白。儘管臣才疏學淺，也會略盡棉薄之力，在此提出妙策。」

聽到他這麼說，卡特莉娜複雜的神色中浮現一絲寬慰。

「說吧。」

「首先，這事有些難以啟齒……要想出完整對策，可能必須重新評估飛空船的設計本身。但是，要進行那麼大的改造工程，最缺乏的還是時間。這麼一來，就只能以小規模的改造為主進行，這點還望理解。」

「……視內容而定。如果不花時間，但是卻沒有效果的話也沒意義。」

這時，奧拉西歐朝多羅提歐瞥了一眼。他和還能掩飾情緒的卡特莉娜不同，似乎難以壓抑即將爆發的情緒。奧拉西歐由於自己接下來必須去踩猛獸的尾巴，帶著半是放棄的心態，開口道：

「那麼就趕緊……首先，我想減少飛空船載送的狄蘭托數目。」

「什麼……!?那怎麼算是強化？減少戰力的中樞狄蘭托，到底要如何戰鬥!?」

奧拉西歐用手勢安撫因為意料之外的回應而慌亂的多羅提歐，然後接著說：

「馬多尼斯卿會有這樣的疑問也是理所當然。那麼我接著為您說明……過去，飛空船的戰力大多仰賴所載送的狄蘭托。但是，那一戰使我理解到這樣下去行不通。飛空船需要的不只是運輸能力，在接下來的時代，飛空船本身也必須具備足夠的攻擊能力才行。我們的確已經有了『飛礫之雨』，可是無法用在會移動的物體上。於是我換了個想法，學習敵人的技術用以對抗敵人。做出和『塔之騎士』一樣的法擊特化型幻晶騎士，再裝上飛空船，當成魔導兵裝使用。」

一時間，現場陷入沉默。每個人各自回味奧拉西歐所說的話。看見卡特莉娜詢問的眼神，多羅提歐有些苦澀地點點頭道：

「一想到又要模仿他們，雖然令人不太愉快，但我也知道能用的東西就要盡可能利用。話說回來，高加索卿，攻擊方面那樣或許就夠了，但是還有一個問題。敵方將大半飛空船擊落的那個奇異、強力的投槍，對此你又有什麼對策？」

奧拉西歐盤起雙臂，嘆了口氣說：

「唉呀……難就難在這裡呢。據說，獲得足夠速度的飛槍甚至貫穿了狄蘭托的裝甲。那種東西已經遠遠超過飛空船裝甲能應付的程度了。話是這麼說，一味增加裝甲厚度，也會連帶增加船的重量，只會扼殺速度這項飛空船的利器。這可能需要剛才所提到的法擊型幻晶騎士再努力一點，利用法擊打落投槍，或者是持盾防禦。」

眾人沒辦法立刻理解他的重點，一股懷疑的氣氛油然而生，這也不能怪他們吧。令人驚訝的是，奧拉西歐的提案雖然原始，卻是類似艦載用的『近程防禦武器』概念。

根據他從逃脫的黑顎騎士團的騎士那裡問出的情報，他終於知道——在米謝利耶的攻防戰中大致發生了什麼事。當時實在出現了太多、太獨特的新技術，而這也給他帶來刺激——引導他更進一步提出新構想。

卡特莉娜努力試著理解他過於先進的想法，一邊向他確認：

「卿，你認為那樣真的擋得住嗎？」

「恕臣直言，臣確信多少會有一點效果，只不過還遠遠稱不上萬全。如同臣最初所說的，最大的問題還是在於時間。愈是要求根本的對策，就需要更多的時間。既然我們不知道克沙佩加何時行動，現在才重頭開始建造飛空船這樣的工程，恐怕會落後敵人一步。」

雖然不能排除臨陣磨槍的感覺，奧拉西歐的提案應該可以發揮一定的效果。何況，既然時間比什麼都重要，現在無法進行浩大的工程也是事實。卡特莉娜於是點頭回應：

「這表示比什麼都不做好多了嗎……好吧，高加索卿，就照你的方法進行。可是這麼一來，今後飛空船的用途將會發生巨大改變。多羅提歐，你集合倖存的鋼翼騎士團，想出更好的作戰方式。」

「遵命。剩下的鋼翼騎士團也會因此找到出路吧。其餘的……王女殿下，我們還有個不得不打倒的強敵擋在眼前。」

不用看多羅提歐的樣子，也知道他所指為何。在米謝利耶一役中對黑顎騎士團造成驚人的重創，而且比起那種怪異的投槍，對鋼翼騎士團造成更大的傷害。他口中那個強敵是——

「克里斯托瓦爾殿下的仇敵，那個令人畏懼的幻晶騎士……『鬼神』。」

「多羅提歐，你有什麼好主意能夠打倒鬼神嗎？」

卡特莉娜的提問喚醒了記憶，根本不可能忘得了。極惡力量的化身，如今仍清晰鮮明地烙印在多羅提歐的腦中。一個幻晶騎士竟然能靈活地飛舞於半空，發揮連黑騎士都無法與之抗衡的強大破壞力。到底有什麼方法能贏過那個怪物？連他這樣有實力的騎操士，也很難抓住致勝的機會。儘管心懷羞愧，他還是只能如實回答主君的問題：

「即使用高加索卿的新式飛空船，臣以為，想要打敗那個鬼神仍是非常困難……」

「唔，您說了鬼神是嗎？我也略知一二。那是瘋狂的產物，但也並非無法打倒它。」

在場所有人還來不及指責對方無禮的插嘴，就因為他的話中含意而震驚，視線全集中到奧拉西歐身上。

「什……！我知道卿是很優秀的技術者，不過閣下身為鍛造師，難道懂得如何作戰!?」

「是的。唉，雖說是方法，我畢竟還是技術人員，只能提供『解決的手段』。實際上能不能做到，當然還是得仰賴操縱的騎士大人表現了。」

奧拉西歐看上去沒什麼幹勁的樣子，只有嘴邊揚起的輕淺笑意顯露出自信的程度。卡特莉娜冷靜的面具上出現了一絲裂痕。她壓抑著急躁的心情，故作冷靜地問：

「告訴他，你到底打算用什麼方法。」

「就是靠數量取勝。」

聽見奧拉西歐這麼說，多羅提歐馬上搖頭否定道：

「您不會忘了米謝利耶的教訓。鬼神能夠騰空飛舞，即使以一擋百也不以為苦。黑顎騎士團就是因此瀕臨毀滅……只靠數量行不通的。」

「正如您所說，不過，讓我們換個角度想。既然派出很多弱小的力量會被輕易打倒，那麼，下一次就把眾多的力量集結為一，創造出一個超越鬼神的巨大力量。這樣如何呢？」

他語焉不詳的答案，聽得其他人疑惑地面面相覷。奧拉西歐所說的內容徹底粉碎了他們的常識。將飛空船帶到這個世界來的技術者，從米謝利耶的攻防中獲得了片斷的異界知識，即將創造出更恐怖的異形。

「殿下認為如何？雖然這也需要一點時間……若殿下允許，臣必定會準備好。」

在低垂著頭的奧拉西歐面前，卡特莉娜閉目思考片刻，然後睜開眼睛並點頭說：

「我准許。高加索卿，一定要把那個做出來。」

「殿下！請務必將操縱該架機體的任務委派老臣！臣將賭上剩餘的這條命，討伐仇敵在所不辭!!」

多羅提歐立刻自告奮勇。他最引以為傲的就是這一生累積下來的勇武手腕，完全不需要遲疑。替克里斯托瓦爾報仇、協助卡特莉娜就是他最後的使命了。

「好吧，你那條命就為了那孩子獻給我吧。直到撕裂仇敵的喉嚨為止，我們不會停下腳步……剩下的就靠你了。」

「殿下這麼說就言重了！」

見多羅提歐渾身散發出凶狠暴戾的氣息，卡特莉娜滿意地點頭。儘管年紀不輕了，他依然是甲羅武德軍中為人稱頌的猛將。既然他決心豁出命來，那就值得相信他會帶回好消息。接著，她將視線轉向多羅提歐身後開口：

「不只多羅提歐，我也要解除你的禁閉處分，給予任務，『古斯塔沃・馬多尼斯』。用你使劍的本事協助養父(父親)完成任務吧。」

「遵命。請交給我，我已經準備好大鬧一場了。」

一直靜靜跪在地上的古斯塔沃此時鏗鏘有力地回應。只不過，與他的氣勢恰恰相反，看著燃燒著旺盛鬥志的養父背影的眼神中，帶有一絲淡漠。

（唉──我看老爸是一心求死啊……這也沒辦法。畢竟殿下先一步走了。）

他的想法和養父不太一樣。他確實是克里斯托瓦爾的直屬士兵，也有足夠的忠誠心，只是沒有養父那麼瘋狂。

（那個什麼仇敵，養父應該會想辦法處理。敵人好像也變得愈來愈強，就稍微亂來一下好了。還能順便幫忙報仇，再不然也值得揮劍打上一場。）

站在與養父完全相反的角度來看，他也十足瘋狂了，也就是所謂的戰鬥狂。他深深為劍所著迷，而且是把戰鬥視為最大樂趣的狂人。誓言報復的卡特莉娜和多羅提歐所散發的戰鬥氣息才是古斯塔沃被吸引的原因。他絲毫沒有透露出這樣的想法，裝作一本正經的樣子垂下頭。

「正因為克沙佩加王國此戰大捷，應該無法立即展開下一步行動。我們也必須分出兵力撲滅四處飛散的火種。至於高加索卿所說的手段，也還需要時間準備。首先要穩定腳下基盤，為此，我們要加強防禦，直到時機成熟為止。」

卡特莉娜的命令很快地傳達到甲羅武德統治下的每一個地區。如此，甲羅武德在這場戰爭開始以來，首次大幅變更了他們的戰術。

各地的黑騎士負責強化城塞的防禦，擺出無論來者何人都能阻擋下來的陣勢。期間，『偽塔之騎士』的建造和殘存飛空船的改造也同時進行。素體模型則來自於接收的雷斯瓦恩特。這次的改造重視法擊而不問格鬥能力，因此多餘的舊型機正好適合發揮。由於目的、規格一致，建造完成的機體應該會和雷斯瓦恩特‧維多幾乎一模一樣吧。

對於失去了黑顎騎士團的甲羅武德王國而言，鋼翼騎士團的重建與飛空船可說是生命線。他們接到嚴令，這項作業必須最優先進行。

◆

甲羅武德王國的防衛戰術與祕密策畫中的新型飛空船，削弱了新生克沙佩加王國的勢頭，使得戰況僵持不下，異形的氣息在幕後蠢蠢欲動。只為了打倒鬼神而被創造出來的『魔獸』，孵化的時刻一分一秒地接近了。

西方曆一二八二年，夏天的腳步將近的時節。

在新生克沙佩加王國發生了復興王國這麼充滿戲劇性的變化後，此地緊繃的形勢逐漸放緩，慢慢出現改變的徵兆。新生王國的王牌——銀鳳騎士團的騎士團長艾爾涅斯帝，便是在這個時期祕密召集眾人舉行會議。

「……感謝各位前來。事不宜遲，就讓我來說明甲羅武德軍的黑騎士和飛空船的調查結果吧。」

果不其然，這個會議不是用來討論戰略的。可悲的是，夢想家對戰爭的去向一點都不感興趣，只專注於眼前的玩具。只見他抱著一疊足以成為殺人鈍器的厚重紙張，莫名興高采烈地準備進行說明。

「唉，看你熱情地東摸西摸那些殘骸。已經調查完了啊？」

被他找來的人之中，以老大為首的銀鳳騎士團騎操鍛造師們早已見怪不怪，可是新生克沙佩加王國的鍛造師們就沒辦法那麼冷靜了。他們露出難以形容的微妙表情，看著眼前這名嬌小的少年。神祕的新兵器——飛空船從首戰就讓克沙佩加王國吃足了苦頭。這種利用完全未知的技術讓船浮起來的兵器充滿謎團，誰也沒想到居然能在這麼短的時間內解開謎底。更令人困惑的是，艾爾居然還想光明正大地解釋給他們聽。就算銀鳳騎士團是可靠的夥伴，依舊不改他們是從他國調借來的兵力的事實。像這樣把足以左右戰局的技術情報輕而易舉地公開，究竟是否適當？至少在他們的常識裡是應該隱匿的情報。

艾爾不顧他們的困惑，如實地將他埋首研究殘骸的結果公諸於眾人面前。

「飛空船確實充滿許多謎團，不過因為我們手邊有實物，而且也幸運地發現了解開謎底的鑰匙……嗯，雖然想盡快說明有關船的事情，不過還是先從他們的主力──黑騎士狄蘭托開始說起吧。」

艾爾一副要哼起歌來的樣子轉向黑板，根據紙上密密麻麻的調查內容，在所有人眼前寫出概要。

「狄蘭托就如它外觀所見一般，是相當重量型的機種。裡面的構造大致有我們熟悉的魔力儲存式裝甲、背面武裝及繩索型結晶肌肉等等。連接用的部分也有許多眼熟的構造……看來他們真的非常仔細地模仿『特列斯塔爾』的技術呢。要說獨自研發的部分，大概就是發揮重量級機體的優勢，做成高輸出力機種的這點吧。」

「哼！真讓人一肚子火，不過些也是之前就料想到的事了。」

老大板起臉、盤起雙臂。回想起做為這些技術源頭的特列斯塔爾是怎麼被奪走的過程，實在沒什麼美好的回憶。

「是的，但有一件事很不可思議。使用繩索型強化輸出力的話，魔力消耗就會變得劇烈，應該很不利續航力才對。我們當初也吃了不少苦頭。但是，狄蘭托卻能夠撐過一段相當長的時間。所以說，這其中必定有什麼機關。」

「續航力的問題真的是教人一個頭兩個大，我根本不覺得那隨隨便便就能搞定啊。」

看著望向遠方的銀鳳騎士團鍛造師們，艾爾也只能回以苦笑。這裡就不用重複他們從特列斯塔爾開始，到完成卡迪托雷一路走來的路程有多麼艱辛了吧，而甲羅武德王國的技術人員們甚至做到了銀鳳騎士團都沒辦法達成的偉業。

接著，艾爾又在黑板上畫出某個奇妙的裝置圖。

「這裡則採用了他們獨創的技術。我找到了像這樣與魔力轉換爐直接連結的裝置。調查過內部以後，發現構造很單純，只是在核心部位裝上『源素晶石』而已。這個裝置連接著銀線神經，並且由魔導演算機控制，然後我就稍微調查了一下演算機的內容。」

雖然聽到艾爾說著與『稍微』這個副詞不太符合的大事情，但是現場已經沒有人想吐槽了。

「如果啟動這個裝置，內部的源素晶石就會產生反應，製造出高濃度的乙太，然後就可將這些乙太直接送進魔力轉換爐中。我想想……就假設這個裝置叫作『源素供給器』吧。」

「喂，那個……」

鍛造師們的臉上很快浮現理解的神色，同時也摻雜了些許的苦澀。

「想必各位都知道，源素晶石這礦物正如其名，可以稱作『乙太的團塊』。如果挖出來放

著不管的話，就會溶解到周圍的乙太內而消滅，所以過去一直都認為沒什麼用途。但是，他們似乎找到了絕佳的使用方法。利用這個精製出高濃度的乙太，再注入魔力轉換爐中，就能暫時性地產生極為大量的魔力。真是有趣的技術，甲羅武德王國也有想法獨特的能人存在呢！」

看著拍手發出啪啪啪聲音，稍稍獻上掌聲的艾爾，在場眾人不禁無力地垂下肩膀。

「真是的。稱讚敵人幹什麼啊？少年。」

「我稱讚的不是敵人，而是『技術人員』。雖然『使用者』的確是敵人沒錯，但我不認為『發明者』也是。不管怎麼說，好東西就是好東西。他花了這麼多的巧思做出來，已經足夠為他獻上掌聲了！……對於他不是友方這點，我也感到很惋惜就是了。」

見艾爾露出悠哉的笑容，老大他們頂多覺得受不了，克沙佩加的鍛造師們則不禁發出呻吟。從他們的立場來看，開發出新技術，導致祖國為之受苦受難的人就是敵人。對他只會有痛恨，絕對不可能給予讚賞。反觀銀鳳騎士團長自己設計的新型幻晶騎士被人奪走，又被利用那些技術的敵人反咬一口後，還能找出敵人值得表揚的優點，說不定就是率領銀鳳騎士團這個以技術力與戰鬥能力著稱的最強騎士團之人，所擁有的氣度也說不定。他們紛紛懷抱著近似敬畏的心情看待艾爾。

看著四周的人佩服地發出感嘆，老大實在很想提醒他們『這無關什麼氣度，他只是對幻晶騎士以外的事沒興趣而已』，但最後還是把實話往肚子裡吞，僅僅擺出一副受不了的樣子。既然老大沒有戳破假象，表示他姑且有在察言觀色。

然後，艾爾以『話又說回來』為開場白，改變了有些偏離正題的現場氣氛。

「……這個源素供給器也不是那麼萬能的東西。」

「啊？什麼意思？聽起來不就是能解決『東方樣式』續航力問題的夢幻裝置嗎？」

見老大不解地偏著頭，艾爾露出有點困擾的曖昧表情。

「應該要說是……『毒』才對吧？魔力轉換爐原本就是以混在空氣中稀薄的乙太做為運轉能量為前提所設計。如果對它輸入極高濃度的乙太，會對爐子造成極大的負擔，太常使用更會導致爐體劣化。」

「喂喂！魔力轉換爐可是幻晶騎士最貴重的零件！是要『用完就丟』嗎!?也太浪費了吧？可惡，怎麼做都不好辦啊。」

「嗯，所以真的只能當作緊急手段，我猜他們實際上也不太想使用這個裝置吧。」

銀鳳騎士團的騎士，以及新生王國獲得其協助做出來的新型幻晶騎士，是藉由刻意壓低輸出力，並保留多餘的魔力儲蓄量來解決續航力問題。

不過，相同的運作機制並不足以提供甲羅武德強化輸出力的黑騎士所需，所以才會加上這種奇特的裝置。這把雙面刃以劣化等同幻晶騎士心臟的魔力轉換爐為代價，用來長時間維持動力。

「開場白就說到這裡，接下來進入正題，是關於他們的新兵器『飛空船』調查結果。不僅是讓如此龐大的船體飛上天空的未知技術，我們對於它的構造也有許多新發現。」

在場所有人的表情轉為嚴肅。飛空船是甲羅武德王國派出的史上第一種實用航空兵器，其未知的祕辛即將在他們眼前揭曉。艾爾無視旁人的動搖，自顧自地用粉筆在黑板上喀喀地輕快書寫著。上面畫出的每一道白線都陸續將未知變成已知，那幅光景帶給所有人一種難以形容的異樣感覺。

「整體構造說起來比較簡單。船體大半是由木材和金屬構成，做工也不是那麼複雜。從外觀上也看得出來，它是利用船帆乘風前進的。到這裡應該都是沿用水上船隻的技術，所以奇怪的就只有『浮在空中』這一點而已。」

終於抵達謎團的核心了，有人忍不住大聲嚥了口口水。

「飛空船的機能中心與魔力轉換爐完全不同，有個獨特的『動力爐』。我可是把之前搶來的船都徹底研究過一番了呢，這件事各位也知道吧，可惜還是找不出原因。後來我在仔細調查黑騎士的過程中，發現了一個有趣的事實。」

艾爾「叩！」的一聲敲了敲黑板，他所指的位置上畫著剛剛才介紹過的裝置。

「狄蘭托身上也有裝這個源素供給器。就是這個裝置和飛空船的動力爐直接連在一起，而且還不只一條兩條，銀線神經大量連結在上面。它的機能就像剛剛說明的一樣……所以這應該就是核心本身了，至少證明了飛空船的動力爐『需要大量高濃度的乙太』這件事。」

「……你的結論是什麼？」

「讓飛空船浮起來的動力不是魔力，而是『乙太本身的作用』，其中肯定有什麼祕密。有人發現了我們所不知道的原理啊。」

艾爾高興地呵呵笑著。

「好，預習到這裡很完美了，接下來就用搶來的飛空船實際操作看看吧！」

克沙佩加的鍛造師們哆嗦了一下，一股不安的情緒在他們之間蔓延開來。敵方旗艦在米謝利耶的攻防戰中毫無損傷地被擄獲。照理說該調查的應該都已經徹底調查完畢了才對。事實上，根據從一起被俘虜的敵軍口中問出來的情報，他們也大致掌握了操縱方式，只不過船到現在為止都還沒有升空過。無論是誰都把船當成瘟神一般的存在，不肯去實行飛上天空這種未知的挑戰。

「……哼，做就做吧。天空有什麼好怕的？不管怎樣，少年跟我們都是命運共同體，怎麼能因為這點小事就退縮!!」

第一個站起來的是老大。他雙臂環胸，用力點點頭。站起來聲援艾爾似乎需要做好相當的覺悟，額頭上微微冒出的冷汗如實表達出他的心情。隨後，銀鳳騎士團也勇敢地全員響應。

「很好！那麼大家就一起飛吧！沒問題的，我常常開伊迦爾卡飛到天上，很好玩喔。」

「你那種積極樂觀又天不怕地不怕的個性，我只有現在才覺得有點羨慕……」

有這種感覺的不只老大，更是在場所有人最真實的心聲。

◆

「仔細瞧瞧還真大啊，光看大小簡直比得上旅團級魔獸了嘛。這種東西竟然可以浮在空中……」

幾天之後，在一艘飛空船面前，老大感觸良多地這麼嘀咕。這艘過去曾屬於甲羅武德王國侵略軍的旗艦，是艾爾和伊迦爾卡直接打進去才到手的，這還是頭一艘擄獲時幾乎沒有損傷的飛空船。

內部足夠容納幻晶騎士的飛空船，當然具備了相應的大小。老大重新打量眼前這個龐然巨物，對船浮在空中這樣不可思議的現象，甚至產生一種感動的情緒。聽見老大的感想，用雙手手指做出四角形方框，對準飛空船欣賞的艾爾轉過頭說道：

「的確，尤其令人驚訝的是——它的飛行能力全部是靠『源素浮揚器』提供的。」

「那東西和魔力轉換爐完全不同，只靠乙太運作啊……好吧，大家差不多就定位了，開始吧。」

老大屏住呼吸，刻意擺出鎮定灑脫的態度乘上船艦。裡面有很多銀鳳騎士團的團員正在進行各自的作業。人人都專注於手頭上的工作，似乎要藉此壓抑對飛上天空這種未知體驗的感受。只有艾爾還是一副滿心期待、雀躍不已的樣子，興致盎然地抬頭仰望船體中心的那個裝置。

「飛空船的核心機構，源素浮揚器……呵呵呵，原理到底是什麼呢？」

「喂，不要弄壞了喔。不對，你別去碰它。聽好，絕對不准輕舉妄動！」

老大對用指尖拂過機器的表面，陶醉低語的艾爾發出怒吼。源素浮揚器的外觀像是一個巨大的燈籠，中央用玻璃罩了起來，可以看見內部的構造，大小甚至可以容納幻晶騎士。目前沒有在運作，裡頭空無一物。

不久後，對四處下達指令的老大提高嗓門喊道：

「很好，差不多要開始啟動測試了！這玩意兒原本就飛得起來，我看應該沒有問題，但畢竟還是沒看過的東西，所有人都給我打起精神上吧！」

團員們神情緊張地回應這聲呼喊，各自就定位。

「啟動源素供給器，注入高純度乙太！」

操作控制台後，源素浮揚器便微微震動著甦醒。啟動的排氣裝置將內部空氣抽出後，再由源素供給器將高純度的乙太慢慢送進內部。進入內部的乙太隨即發出淡淡的光芒，向中央聚攏，並在周圍形成浮揚力場。

團員們都屏氣凝神地注視著從機器內部流瀉而出的七彩光芒。這時，所有人突然感受到一股地面往上浮起的奇妙感覺，向窗外確認的團員忍不住高聲叫道：

「離、離開地面了！真的浮起來了！」

「……停止源素供給器，讓浮揚器內部維持在穩定狀態。先試飛一下就好，不需要飛得太高。」

艾爾迅速下達指示後，團員們隨即關閉源素供給器。只要沒有外界影響，源素浮揚器似乎就會維持安定狀態，不會再提升高度。飛空船就這麼停在距離地面幾公尺的高度上。

在這段期間，完全一語不發、兩腳穩踏地板的老大，緩緩呼出一口氣後，慢慢撫過鬍子。

「這麼大的船真的浮起來了……聽是有聽過，但是實際體驗後還真是非比尋常啊。」

「嗯。能夠將這種未知的機能實用化，實在令人佩服。好好玩呢。」

繼承了地球知識的艾爾對於巨大航空器並不陌生。那裡有利用氣體浮力的飛船，又或是利用機翼產生升力的飛機。可是對於在這個世界土生土長的老大而言，就是聽都沒聽過的存在了。

由於源素浮揚器在運轉時幾乎不會發出聲音，飛空船內部因此陷入一片莫名的寂靜。漸漸的，這樣的沉默也被打破，船艙內開始騷動起來。團員們有的貼在窗口，有的人則是忐忑不安地來回走動，各自確認著情況。

「總之先下錨，就這樣停駐吧。船的構造和乙太的效果等等，要調查的事情還有一大堆……接下來可有得忙了呢。」

因為獲得了完整可運作的飛空船，他們對其中運用的技術以及對乙太的瞭解，將會有長足的進步。

以這初次的飛行測試為開端，在之後反覆進行測試的過程中，銀鳳騎士團員們也逐漸習慣了飛行和操作。甚至不久後便展開了名為調查飛行的速度極限測試，或者想嘗試顛倒飛行，結果搞得差點墜機等等，把傳承自團長的機器狂傻勁發揮得淋漓盡致。與此同時，艾爾則精力充沛地對船體結構展開調查。

「這樣史無前例的飛行機械真的做得非常好，巧妙沿用了水上船隻的技術。但是反過來說，發明者似乎太求好心切了，不能否定其中有過度拘泥於水上船隻技術的部分，最大的缺點就是推進力不足吧。這艘船是使用起風裝置──一種挪用自魔導兵裝的裝置來產生風，然後靠著船帆乘風前進。」

「哦？意思是除了能飛在天上以外，就只是一艘普通帆船啊。」

「對，而且上面又載了幻晶騎士，使重量變得更重。飛空船出乎意料地緩慢，多虧如此，當時伊迦爾卡才能輕易追上。如果想要保有一定速度的話，我想至少也需要魔導噴射推進器那種程度的推力才行。」

「說這傢伙飛太慢的，我看這個世界上就只有你和伊迦爾卡了吧。而且就算裝上推進器，伊迦爾卡以外的機體也沒有足夠的魔力儲蓄量啊。」

聽見老大這麼抱怨，艾爾也點頭同意。

「那樣的確有困難。龐大的魔力儲蓄量和魔力轉換爐供給的輸出力是不可或缺的，雖然說靠現有的設備並非沒有辦法……」

艾爾閉上一隻眼睛，沉浸在自己的思緒中這麼說。老大聽著聽著，腦中也隱約猜到了解決方案。

他『銀鳳騎士團的鍛造師隊隊長』頭銜可不是叫假的，在過去累積起來的經驗中，早已有了答案。

「……唉，不是沒有辦法啦。但是有必要『做到那種程度』嗎？」

「這只是其中一種可能性。還可以從各方面考慮，看有沒有其他辦法。」

艾爾天馬行空地沉浸在各種想像裡，進入半夢半醒的狀態。看他那副模樣，老大還是只能受不了地聳聳肩。

第四十話　飛龍的胎動

西方曆一二八二年，季節流轉，時序正逐漸進入秋天。

在新生王國的王都馮塔尼耶，拉斯佩德城裡的某間會議廳中，女王埃莉諾望著在座的諸位貴族這麼問：

「目前的戰況怎麼樣了呢？」

「是，啟稟陛下。首先是新型機雷馮提亞，其建造與前線布署幾乎都已完成，我方的戰力正逐漸增加……只不過，這陣子敵方的動向也有變化，使得我方完全沒有進展。」

欲收復國土的新生克沙佩加王國，以及阻擋其進軍的甲羅武德王國之間，雙方都沒有大動作，結果只能任憑時間白白流逝。新生王國雖然之後又發動了幾次攻擊，卻都被黑騎士堅硬的鎧甲擋了回來。

「此外，他們不再派出飛空船的集團，而是再次運用單艦的游擊戰術。我方的物資運送也因此受到影響，情況實在不容樂觀。」

再加上，如同之前報告過一般，他們進一步加強了飛空船上的法擊戰特化型機體裝載，所以單艦的戰鬥能力也不容小覷。新生王國和甲羅武德王國之間擁有的力量原本就相差甚遠。隨著戰況陷入膠著，差距益發難以彌補。

「……銀鳳騎士團又怎麼樣了？」

「是。他們如同之前一般在前線活躍著，可惜即使借助他們的力量，依然難以突破敵人的防禦，目前正在尋求有效方法。」

聽見充滿苦惱的報告內容，埃莉諾不禁垂下頭。缺乏經驗的她在這樣的場合提不出有益的建言。縱使想拜託擔任輔佐的馬蒂娜，可是她也不能說對軍事十分瞭解。硬要說的話，埃姆里思還比較適合處理這方面的事情。結果埃莉諾也只能把話聽一聽，然後點頭示意而已。

「我明白了，期待各位接下來繼續努力。」

「遵命！」

女王給出算是可靠的回應，克沙佩加貴族們紛紛展開行動。事實上，各地的貴族和騎士們莫不傾盡全力於收復國土，但不能否定的是，他們的努力並沒帶來什麼成果。

◆

新生克沙佩加王國西部國境線，沿著由汎克謝爾大道分出來的其中一條小幹道建立起一座要塞都市。說是小幹道，不過也鋪設得相當完備，足夠讓馬車甚至是幻晶騎士通行。換句話說，這個地方要拿來當作對抗甲羅武德王國的最前線之一，可說綽綽有餘。

「開門！開——門！」

高舉新生王國旗幟的一個騎兵部隊抵達了要塞都市，機械式城門伴隨著深沉的巨響隨即抬起。別說單憑人力，連幻晶騎士也無法輕易抬起堅固厚重的吊橋式城門。藉由流過都市邊河川設置的巨大水車群作為動力，才能勉強運作。

騎兵隊穿過開啟的城門，向市區走近。城門內側不與市區相連，還要經過一道被城牆圍起來的低窪處。守護城門的雷馮提亞小隊用犀利的目光注視著騎兵的一舉一動，雖然他們舉著新生王國的旗幟，但不保證真的是這邊的人。騎兵脫下皮革製的輕頭盔，接受相貌檢查後才允許放行，往更內部前進。

「……什麼!?甲羅武德派出騎士到前線？」

管理要塞都市的小貴族『拉迪斯勞・瑪斯奇亞蘭男爵』突然接到報告而沉下臉來。經過甲羅武德王國的大肅清行動之後，克沙佩加王國內的上級貴族已經寥寥無幾，現在支撐著新生王國的都是他們這些中小貴族。

由於甲羅武德王國轉為重視防守，在他受封的最前線這裡，雙方依舊持續對峙。新生王國軍不敢大意，派出大量哨兵持續警戒，近期內接到了幾個幻晶騎士部隊向前行進的消息。

「唔，那些傢伙好久沒有出征了啊。厭倦了關在城裡的生活嗎？」

甲羅武德軍一直持續著顯而易見的防衛戰術，卻事到如今才突然改變做法，也難怪男爵會感到驚訝了。是打算做什麼嘗試，或者不需要繼續堅持防禦了？這麼突然採取不同的行動，想必有相應的原因。

「敵人的規模呢？」

「是。確認到的大約有一個中隊。」

「中隊？人數不多啊……不只是強行偵查嗎？」

「看起來沒有放慢行進速度的跡象，而且直接朝著這座城市前進，行動也不顧忌會被周圍看見。」

愈來愈搞不懂了。只憑一個中隊，根本不可能打下這個頗具規模的要塞都市。若是過去只有雷斯瓦恩特的時期就算了，他們現在可是接收了最先進的機型——雷馮提亞，不會那麼簡單被甲羅武德的狄蘭托給打敗。

「搞不懂，但是不管他們打什麼鬼主意，最好還是將來襲的敵人排除。」

在疑惑得不到解答的情況下，男爵仍然做出了迎戰的決斷。不論原因為何，也沒理由故意讓敵人接近我方據點。以期萬全，他派遣多出一倍的戰力，命令兩個中隊出擊。

城門發出了沉重的摩擦聲開啟，由雷馮提亞組成的兩個中隊踏著宏亮的腳步聲出征了。他們聯合偵查的騎兵部隊，持續掌握敵軍的位置一面前進。這時，他們兵分兩路，對敵人採取包圍的陣勢。

「沒看到伏兵，也不是飛空船主導的奇襲……？」

除了支援迎擊部隊的隊伍，還有其他偵查騎兵向四面八方散開。他們不停地來回奔走，提防是否有敵人的增援或別動隊，但目前尚未接到發現的消息。另外，他們也準備好面對已經習以為常的空中襲擊，在要塞都市裡布署塔之騎士，隨時監控上空的狀況，不過那裡也沒有動靜。這座城市身為最前線的其中一個據點，防禦力可說是綽綽有餘了。

「不對勁。甲羅武德軍當真會用這麼一點戰力進攻這裡嗎？」

儘管後方陣地的疑惑益發強烈，出發迎擊的部隊依然慢慢靠近敵軍，眼看就要互相接觸了。

「展開背面武裝，盾牌預備——！我們要先發制人！」

他們的作戰非常單純，就是先與一方部隊接觸，隔了一段時間差後，再由繞到後方的另一支部隊從背後突襲。帶頭的部隊依照預定擺出戰鬥態勢，沒多久，黑色的巨人騎士便從稀疏的林木之間現身了。高大健壯的身形醞釀出一股壓迫感。甲羅武德軍以狄蘭托為中心，是相當標準的編組。

「半吊子的法擊打不穿他們的鎧甲！放棄牽制，用近身戰解決……唔，什麼!?」

逐漸提升接近速度的雷馮提亞隊從敵人的動作中察覺到情況不對勁。有一架幻晶騎士走在最前面，看起來實在不像有考慮到陣形，把隊友甩在後方衝了出來。

「那是什麼？誘餌……不可能吧。甲羅武德的騎士連怎麼合作都不會嗎？」

「不知道。不是特別自大，就是亂了陣腳。不管怎樣，單騎打頭陣絕非明智之舉，先把這傢伙打倒了再說吧！」

雖然多少有些被挫了銳氣，該做的事情還是一樣。將背面武裝轉向前方的雷馮提亞隊，看著那架敵機單槍匹馬地直衝而來。

「這傢伙……是什麼東西!?全身『一堆劍』，真是亂七八糟的裝備。」

那個騎士的標準體型不同於黑騎士，這一點在甲羅武德軍中算是少見。不過，吸引他們注意力的並不在這裡，而是它所持有的裝備。正如『一堆劍』字面上的意思，敵方不知道是怎麼想的，竟然將大量不必要的劍配置在全身上下，外貌極為異常。

「既然只有劍，就不需要客氣了。讓它成為法擊下的亡魂吧！」

重量級的黑騎士行進速度緩慢。由於『一堆劍』靠著腳程衝在前方，就不能指望後方的支援。話雖這麼說，雷馮提亞隊也不必手下留情。舉起的背面武裝接二連三發射出耀眼的紅色炎彈，伴隨著高亢的聲響，暴風雨般法擊所形成的火焰之牆就這麼朝『一堆劍』逼近。

對此，『一堆劍』的反應則和它的裝備一樣不尋常。面對如此充滿殺意的粗暴歡迎，仍然沒放慢腳步，舞動雙手已出鞘的劍，從正面衝了過來。

發動攻擊的雷馮提亞不禁屏住氣息，隨即懷疑起自己的眼睛。令人吃驚的是，『一堆劍』居然用彷彿看穿所有法擊似的動作閃躲開了，只有躲不開的才用劍精準地格擋。這些動作都維持在最小幅度，對原本奔跑的速度絲毫沒有影響。

「太亂來了！好吧，前衛準備格鬥！」

儘管為敵人異常的身手感到動搖，雷馮提亞隊依然迅速做出反應。就算它成功躲開法擊，還是不改寡不敵眾的事實。在前衛的三架雷馮提亞收起背面武裝，然後舉起盾與劍面對『一堆劍』。

腳步聲的間隔變得急促，支撐幻晶騎士運轉的結晶質肌肉奏出強而有力的音調，消耗的大量魔力轉化為破壞力──彼此之間的接觸只有一瞬間。下一秒，新生王國的騎士們再次懷疑起自己的眼睛。只見雷馮提亞的手臂隨著盾牌飛到空中，軀體則迸散出結晶碎片並逐漸傾倒。相對之下，『一堆劍』甚至沒有放慢奔跑的勢頭，一躍撲向它的下一個獵物。

「什、這傢伙!?好……好強……！」

憑著只能用巧妙精湛來形容的身手，『一堆劍』又接著打倒了第二、第三架雷馮提亞。每一架甚至都來不及舉劍交鋒，就被一刀解決了。『一堆劍』藉由精確地攻擊裝甲接縫部位，破壞內部裝置。因為它的手法太過迅雷不及掩耳，就連在近處目睹整個過程的人，都沒辦法正確理解發生了什麼事。事到如今，新生王國軍才總算明白『一堆劍』單騎衝鋒的原因。面對它非凡的身手，他們又感受到一股不同於和黑騎士對峙時的壓迫感。

「哦哦，我說敵人啊！你們也做了新鎧甲，要是坐在上頭的人笨手笨腳，不是很無趣嗎？」

明明獲得了壓倒性的戰果，但是『一堆劍』反而還發出了不滿的抱怨。刻意使用揚聲器的挑釁舉動雖然令新生王國軍感到氣憤，但在親眼目睹實力的差距後，還是戒心更勝一籌。

那個被稱作『一堆劍』、裝備怪異武器的騎士——『劍客』的駕駛座上，古斯塔沃再次放話道：

「唉——真懷念那隻紅色的，跟你們打一點都不來勁啊！」

劍客每走一步，扛在肩上的劍就隨之鏗鏘作響。而它每踏出一步，雷馮提亞也不由得往後退，他們完全被區區一架敵機壓了過去。注意到這一點的新生王國軍下定決心，轉而往前進。近身格鬥的實力差距太過懸殊，於是他們交錯運用法擊和近戰，打算採取多重攻擊的手法。

「哦？什麼嘛，還要繼續歡迎我嗎？哈哈！很好很好，我最喜歡這樣啦。可惜時間到了……黑騎士，展開兩翼。從外側包圍，把他們壓扁吧！」

劍客過於強大的存在感，使得新生王國的騎士們放鬆了對其它黑騎士的警惕。踏進戰場的狄蘭托穿過停住腳步的劍客身旁，朝著雷馮提亞逐漸逼近。雙方機體都具備東方樣式的技術，在性能方面也是不相上下。正因如此，劍客打倒雷馮提亞所造成的數量差距就顯得更加致命。被迫面對不利的情勢，新生王國軍一口氣被逼到絕境。

這時，新生王國軍的別動隊正好抵達了。眼見先鋒部隊在理應沒花上多少時間的夾擊戰術發動前就陷入困境，他們為了拯救同胞而加快腳步。

「啊啊——？原來你們打算夾擊喔。也對啦，數量差距很重要嘛!!」

劍客再度單騎衝向前，闖進別動隊的正中央。之後的發展仍然相同，每當劍客劍光一閃，就有新生國王軍的雷馮提亞被劈開、砍倒在地。期待造成致命打擊的背面武裝亦無用武之地，一靠近就被摧毀於驚人的劍技之下。接連四架機體成為劍下亡魂，使別動隊呈現半毀的狀態。

另一方面，儘管創下輝煌戰果，但駕駛座上的古斯塔沃竟難掩煩躁地說：

「不行啊。你們當真是騎士嗎？連稻草人都算不上——無聊也要有個限度啊。」

他對新生王國軍的興趣正急速褪去，一副嫌剩下的對手很麻煩的樣子，只敷衍了事地命令黑騎士追擊。於是這時候已經解決了前鋒部隊的黑騎士，踏著重量級的步伐朝別動隊靠近。

「可惡……這些傢伙太強了……！我們打不過他們……撤退，大家撤退!!」

面對步步逼近的黑鐵騎士，倖存的別動隊選擇了後退。一架劍客就毀掉將近一半的部隊，他們的戰力太不利了。假如對方追上，就只有全滅一途，但不知為何，甲羅武德軍似乎不打算趕盡殺絕。就算黑騎士有行動緩慢的問題，可是連劍客都動也不動。

◆

看到撤回要塞都市的部隊所受的損害，瑪斯奇亞蘭男爵忿忿地咬緊牙關。他們派出了加倍的戰力迎擊，絕對沒有低估敵人的力量。只不過，敵人的力量似乎遠遠超乎想像。

「那些傢伙是何等精銳啊！可惡，派出足夠人數大概還打得過……不過最好還是避免多餘的損耗。好吧，雖然讓人火大……」

他放棄進一步迎擊，決定在要塞都市進行守城戰。這裡還保留著一個營規模的戰力，就算敵軍派出增援也守得住——他是如此相信的。

（不過……敵人也發動攻擊了，難道會這樣無意義地折返？）

心中仍懷抱著疑慮的新生王國軍，在要塞都市周圍做好了迎戰準備。將防衛部隊配置於都市前方，塔之騎士負責城牆上的守備。看見遠方新生王國軍的動向，古斯塔沃操縱的劍客靈巧地聳聳肩。

「喔，太久沒大鬧一場，一下子沒掌握好力道啊。原本只打算稍微試探一下，把敵人引出洞來。唉～～要躲就盡量躲吧。嗯？看樣子，要塞前方差不多有三個中隊。喂，準備狼煙，要三堆。」

聽到古斯塔沃的指示，部下們迅速著手準備。

「好啦，老爸，輪到你出場了。」

森林中冒出裊裊細煙，瑪斯奇亞蘭男爵也在城牆上看到了這景象。

「那是……給後援部隊的信號嗎？來的恐怕會是飛空船，全體做好對空戰準備!!別讓他們輕易攻破這座要塞都市。」

聽到號令，塔之騎士將魔導兵裝對準了天空。他們也有好幾次跟飛空船交手的經驗，準備得足夠充分了。片刻寂靜過後，他們的預感成真了——但是只猜對了一半。

「那是……什麼？」

黑影從雲縫間飛來。看見落在地面上的巨大影子滑行似地逐漸接近，在要塞都市前方展開的迎擊部隊，臉上浮現緊張的神色。

「果然是飛空船。不過，難道他們以為單憑一艘船能夠對付……!?」

此時，他們終於察覺不對勁，史無前例的航空兵器『飛空船』在侵略克沙佩加王國時首次登場。新生王國軍已經與之對峙過無數次，對它的機能也理解漸深。其中還有在運轉狀態下被擄獲的機體，因此他們不可能錯認飛空船的外型。只不過，出現在眼前的船卻不是那麼回事。

他們之前遇到的飛空船皆呈現將一般船隻上下顛倒過來、浮在空中的外型，這樣的認知並沒有錯。實際上，甲羅武德軍所擁有的飛空船大部分也都是那種形狀。

但是，眼前單槍匹馬朝著他們飛來的船則是例外。船的中心部大大鼓起，那裡是唯一保留了船隻樣貌的部分。從中心延伸出去的細長船頭與船尾，怎麼看都不符合船的印象。左右揚起的帆乘著風鼓起，狹長船帆展開的模樣簡直就像蝙蝠的翅膀。船體被閃耀鋼鐵光澤的裝甲所覆蓋，這些裝甲就如同幻晶騎士的外裝一般複雜地重合堆疊，形成『可動部位』。沒錯，就是可動部位。證據就是當那艘船發現地上的新生王國軍後，便立刻『扭動全身』改變方向，開始向他們降落。

隨著距離靠近，船身的細節也顯得更加清楚。新生王國軍不禁倒抽了口氣，逼近的異形飛船已經稱不上是『船』了。若是要正確描述的話，不如說是——

「那是……飛空船？不過很奇怪……簡直像遠古時代滅絕的魔獸……『龍』啊！甲羅武德的傢伙到底想幹嘛？難不成瘋了嗎⁉」

在人類起源的西方諸國之地，大型魔獸已經滅絕多時。當人類靠幻晶騎士統治這片土地的同時，也驅逐了大部分的魔獸。不只是『龍』，對於西方諸國而言，魔獸已經算是傳說中的存在，但是出現在這裡的飛空船，其恐怖身姿卻足以喚起這段記憶。

多羅提歐・馬多尼斯瞪著要塞都市以及在前方布陣的新生王國軍，沉聲道：

「新生王國軍的要塞都市……大約是一個營的規模吧。當成最初的獵物再好不過了，想必可以充分發揮力量。高加索卿，讓我好好測試一下吧！」

這艘船模仿傳說中『龍』的姿態，完全看不出船原本的痕跡，但基本的構造還是以飛空船為基礎。模仿龍首的細長船頭和飛空船一樣，埋著幻晶騎士的半身『騎士像』。由於提升了與龍首的一體化，從旁看來就呈現出可稱為『半人半龍的騎士』般詭異的模樣。多羅提歐就坐在這個『龍騎士像』的駕駛座上，他的周圍有著通往船體各處的傳聲管，其中一個正好傳來部下的報告聲：

「確認地面展開中的新生王國軍隊，似乎正準備迎擊。」

「降低高度，先施放法擊！」

多羅提歐朝傳聲管大喝著下達命令，在船體中央操作源素浮揚器的部下們覆誦命令後，著手進行操作。

「開始下降！源素浮揚器，開始稀釋……比乙太高度，下降至對地十五。進入對地戰鬥高度！」

「好，收起帆翼，停止起風裝置。從現在開始進入高速戰鬥型態！」

緊接著，船身左右張開的船帆有了變化。帆翼內部的金屬骨架與起風裝置相連，具備骨骼結構的帆翼，形狀確實和蝙蝠翅膀很相似，乘著風鼓漲起來的船帆摺疊收起。

「帆翼收納完成！高速戰鬥型態準備完成！」

「要上了，引燃『魔導噴射推進器』，之後繼續維持戰鬥動力！」

至今為止，為飛空船提供推力的都是一種被稱作起風裝置、產生風力的魔導兵裝。但由於這艘船比以往的型號更為巨大且重裝甲化，船體重量也隨之增加，光靠風力已經無法提供足夠的動能。假使推動了，也會變得非常緩慢。為了解決這點所採用的就是奧拉西歐・高加索做出來的新型推進器——也就是魔導噴射推進器。

爆炎的戰術級魔法發出巨響，狂暴烈焰產生出符合巨大船體所需的推力。不過，魔導噴射推進器有個缺點，那就是運轉時會消耗大量的魔力，因此不能經常使用。這艘船採用在巡航時使用帆翼，而在戰鬥時才切換成魔導噴射推進器的混合系統。

從收起翅膀的巨龍背後，噴出帶著熱浪的火焰。這隻龐然大物和保護本體的裝甲加起來的巨大質量獲得了劇烈推力，開始加速。模仿古代巨龍形象的異形飛船，挾帶雷霆萬鈞之勢，朝著新生王國軍露出獠牙。船首裡的多羅提歐以布滿血絲的雙眼瞪著幻象投影機。這場戰鬥其實就是所謂的『試刀』，必須證明這艘船和他自己是否強大到足夠打倒殺死主君的異形騎士。

「這就是完全戰鬥型飛空船……『飛龍戰艦（維維爾）』！就讓我瞧瞧你的力量吧!!」

看見飛龍戰艦收起翅膀開始加速，一股不安的情緒在新生王國軍中擴散開來。他們是制定

了一套對付飛空船的戰術沒錯，可萬萬沒想到朝著這裡直撲而來的卻是模仿飛龍的對手。瑪斯奇亞蘭男爵趕緊向不知所措的騎士們下達指示。

「唔，那種東西不過是唬人的！塔之騎士隊，準備法擊!!敢靠近就把它打下來!!」

聽到傳令的部隊指揮官強壓住動搖放聲大吼，士兵們儘管還沒恢復鎮定，也一齊朝著天空發動了法擊。期間，飛龍戰艦仍是全速朝密集組成的陣形正中央衝了過去，掠過幻晶騎士的頭頂，下降到幾乎要碰到地表的高度。從船體各處『長出來』的法擊戰特化型機體安岐羅沙開始朝地面猛烈發射法擊。這些法擊戰特化型機體比單純放在飛空船上的方式更進一步，進化成與船體合而為一的固定火砲。

「可恨的甲羅武德，這也太邪門了……！那根本超越了傳說中的魔獸，失去主將讓他們發瘋了嗎!?」

那麼做的確很有效率，不過從船體各處凸出、好像長出了幻晶騎士上半身的外觀，帶給新生王國軍的騎士們一種難以言喻的厭惡感。不僅如此，法擊戰特化型機體熾烈的火力更對地面部隊造成不小的傷害。畢竟就算船只有一艘，長出來的法擊戰特化型機體卻超過一架。

「哦哦哦!?不可能，敵船只有一艘，怎麼可能放出這麼強的法擊!?」

相對的，塔之騎士發射的法擊似乎效果有限。飛龍戰艦擁有『超乎外觀』的裝甲防禦力，挨上幾發法彈也能將之彈飛。飛龍戰艦一邊往地面猛烈開火，一邊從新生王國軍頭上飛過，接著又馬上掉頭。戰艦看似笨重，卻能像生物一般擺動船首與船尾，做出比起普通飛空船還要靈活許多的迴轉動作。它的動作已經完全超過船這項工具的領域了，硬要說的話，應該更接近幻晶騎士才對。

結束第一回合的攻防後，飛龍戰艦幾乎還是毫無損傷，反觀新生王國軍卻遭受嚴重的損害。對結果感到滿意的多羅提歐，很快發出下一道攻擊指令：

「就這樣直接測試『格鬥戰』。展開『格鬥用龍腳』從正面進攻，提升推力！」

收到他的指示，船體下方一個像是巨大手臂的部位開始伸展開來，那是大小超過幻晶騎士的龐大龍爪。它才是飛龍戰艦與普通飛空船最大的相異之處，從船上就能夠直接發起攻擊的近戰格鬥武裝『格鬥用龍腳』。

「怪、怪物飛回來了！」

「怎、怎麼可能那麼快！那真的是飛空船嗎……!?不管了，快點掉頭！瞄準快靠近的時候，這次一定要把它打下來!!」

來勢洶洶的飛龍，再次撲向手忙腳亂改變方向的迎擊部隊。它從幻晶騎士的頭上飛過，同時張開了格鬥用龍腳前端巨大凶惡的爪子。由魔導噴射推進器所產生的速度加上船體壓倒性的重量，使龍爪以秋風掃落葉之勢摧毀了地上的幻晶騎士。

「可惡！怎麼可能？船居然有爪子!?」

「該死，那麼輕易地就把雷馮提亞……!?難道那真的是龍的化身嗎!?」

距離遠的用法擊清理掉，近的就用龍腳摧毀。飛龍戰艦所到之處，身後只剩下一堆雷馮提亞的殘骸狼狽地散落。雙方的速度也是相差懸殊，新生王國軍甚至沒有奮力一搏的機會就潰敗了。這時，穿過敵陣的飛龍戰艦，它的爪子上剛好抓到一架雷馮提亞。

「啊、啊啊啊!誰、誰來救救……」

下一秒，雷馮提亞就咕嚓一聲被捏得稀巴爛。格鬥用龍腳不光巨大而已，內部更布滿大量繩索型結晶肌肉，具備符合其龐大體積的強大肌肉力量，甚至能夠靠蠻力捏碎堅韌的戰鬥兵器幻晶騎士。勢不可擋的龍爪在新生王國軍的正中央劃下一條清晰可見的破壞痕跡。

「不行……讓幻晶騎士回到要塞都市內!這樣下去全都會變成那傢伙的餌食……龍爪也不至於突破要塞城牆!」

親眼見識到敵人無可匹敵的威力，男爵只能下令撤退。

「唔，打算進行守城戰嗎?必須教教他們，那些小伎倆在我們飛龍面前都是白費工夫。」

多羅提歐對充分讓敵軍見識到威力的格鬥用龍腳感到滿意，終於要發動最後一擊了。

「將比乙太高度提升到對地三十。」

「收到，開始向源素浮揚器內注入乙太，濃度上升!」

給予敵軍致命性的傷害後，飛龍戰艦一邊提升高度一邊盤旋，準備放出致命攻擊。它瞄準的目標不是幻晶騎士，而是這座要塞都市本身。

「船首，準備發射『龍炎擊咆』，射擊預備！」

那個從飛龍戰艦前伸出、模仿龍頭部的細長船首大大張開雙顎。其凶惡的外型就活像是龍的嘴，有如交錯利牙的裝甲張開，露出通往船首內部的漆黑口腔。龐大的魔力接著流入口腔內部的紋章術式，在口腔深處燃起火焰，愈是向前火勢就愈強烈，最後化為熾熱猛烈的火焰激流噴向地面。

「龍的……火焰！怎……怎麼可能……!?」

脫離名為幻晶騎士的框架，正因為是飛龍戰艦才能實現的超級巨大魔導兵裝『龍炎擊咆』。它其實是連續使用大規模的爆炎魔法所產生的業火噴流，從上空往要塞都市奔騰流瀉的火焰，發揮出對城兵器的強大威力。

經烈火肆虐的城牆上出現了地獄般的光景。就算是由鋼鐵包覆的幻晶騎士，操縱者也是騎操士——人類。雷斯瓦恩特・維多那名為華爾披風的防禦裝甲在其面前也顯得不堪一擊，狂暴的火焰燒毀外裝，裡面的人類不是被烤熟，就是直接燒成了焦炭。一次噴流攻擊就殲滅了保護城牆的部隊，燒焦的維多倒得滿地都是，有些熔化到一半的還蠢動著，九死一生逃出火焰範圍的人開始倉皇潰逃。維多這種法擊戰特化型機體，行動比黑騎士更加遲緩，因此成了飛龍火焰的犧牲品。

讓敵人知道城牆有多麼不堪一擊的飛龍戰艦翻身掉頭，接著直接把矛頭對準城塞內的都市。逃進城裡的雷馮提亞部隊無一倖免，建築物起火燃燒。無論城牆或是石造建築都禁不住熾熱的火焰噴射攻擊。經過飛龍戰艦來回幾次的掃射之後，那裡剩下的就只有化作焦土的城市了。

「……這力量……真是超乎想像啊。」

飛龍戰艦是這個世界上首次登場的大規模據點攻擊武器。它所展現的壯烈戰果，就連下令動手的多羅提歐也不禁為之戰慄。

「接下來就交給地面部隊收拾善後，我們先回航吧。」

殲滅敵軍的飛龍戰艦停止魔導噴射推進器的火焰，並再次拉升高度。當上升到足夠高度、速度減緩下來後，又將收起的帆翼展開，進入使用起風裝置的巡航模式。他們悠然地回到空中，將戰場拋在腦後。

飛龍戰艦巨大的身軀即使擅長大範圍的殲滅作戰，卻不適合執行瑣碎的掃蕩。他們已經損耗了對方相當的戰力，可以說圓滿達成任務了吧。

「真是驚人……擁有如此強大的力量，就算是鬼神也無法全身而退。卡特莉娜殿下，我一定會為殿下報一箭之仇。」

飛空船的創造者——奧拉西歐・高加索從史無前例的視角研發出既非飛空船，也非幻晶騎士的新世代兵器，就是這或許該稱作人造魔獸的『飛龍戰艦』。巨大的帆翼迎風飄揚，詭異的黑影消失在雲間。

不久，與飛龍擦身而過的劍客和黑騎士部隊抵達了要塞都市。古斯塔沃在仍燃燒著的要塞都市裡巡視過一圈，然後抱怨道：

「……老爸，你把都市燒得精光，我們也不能用啊。龍的確是比想像中還強啦，不過可得想想用途才行。」

面對這座已經無法發揮據點機能的要塞都市，這下他也不知該如何是好了。

◆

首戰告捷的飛龍戰艦，意氣風發地在往戴凡高特的航路上前進。這場戰鬥雖然幾乎沒有受到損害，畢竟還是初次出征。已經預定之後要接受維修整備，以防故障。

飛龍戰艦的創造者奧拉西歐在港口迎接歸來的多羅提歐及其部下。他大大張開雙臂，用全身上下表達歡迎之意。

「哈哈，馬多尼斯卿，結果如何呢？飛龍戰艦的力量。看您的樣子，想必是獲得了相當不錯的戰果。」

「正是如此。我們才剛把自稱新生克沙佩加王國的殘黨用龍炎燒了個精光，它的威力實在驚人！姑且這麼說吧，真是幹得漂亮。」

看著他點頭回應，奧拉西歐感到非常滿意。以往的飛空船只能藉由運送或裝載幻晶騎士參與戰鬥，稱得上武器的裝置只有『飛礫之雨』。即使如此，那也是十分具有劃時代意義的武器了，但由於敵人的對空裝備發展得太快，結果凸顯出飛空船在戰場上攻擊力不足的缺點。於是，飛龍戰艦本身便被賦予了強大的戰鬥能力。設計成專門用來戰鬥的這艘船，正是奧拉西歐心目中『天空霸者』的完整型態。

「那太好了。這樣似乎就能隨心所欲、不受任何人阻礙地在天空遨遊……那麼，請跟我來。卡特莉娜殿下也引頸期盼著卿帶回的好消息。」

等不及而跑來港口的奧拉西歐，還順便接下了傳令的任務。帶領多羅提歐等人前往謁見廳的路上，他們熱烈討論起飛龍戰艦的表現。

「有了飛龍戰艦的力量，幻晶騎士根本不足為懼。即使碰上鬼神也不至於會輸……遺憾的是，不能為幫助克里斯托瓦爾殿下所用。如果在米謝利耶的攻防前完成的話……不，現在說這些也無濟於事了。」

「唔。怎麼說呢，這艘船原本就是為了『對付飛空船』而設計出來的。」

他漫不經心地說出這番話，讓多羅提歐大感驚訝。畢竟創造出飛空船的男人，居然想著要怎麼和飛空船戰鬥。

「真想不到，閣下到底想和誰作戰？」

「雖然飛空船現在還算是我們的專利，但也已經洩漏到新生王國那裡了。事先計劃怎麼對付它也不為過吧？配得上天空霸者的稱號、戰鬥用特化型的飛空船如何裝備必要的裝甲與火力，這個問題實在不好解決。維持船的模樣不行，也不是要做成幻晶騎士。所以我就從某個管道稍微接受了一點薰陶，模仿魔獸的機械構造。」

「真是了不得的決心啊。不過聽你的口氣……難不成，飛龍從很久之前就存在了？」

面對多羅提歐變得有些尖銳的質問，奧拉西歐搔著一頭亂髮，臉上露出敷衍的笑容回答：

「是啊，不過呢，實體船做是做出來了，但是還不行。不是太重了無法順利運作，就是對遠距離攻擊一點防備也沒有，最後也只能打入冷宮。」

在他表情曖昧不明的臉龐上，只有眼中閃耀著強烈光芒，其中蘊含著身為飛空船創造者的堅定自信。

「可惜鋼翼騎士團受到了幾近全滅的損害，從中學到的教訓和經驗真的幫我解決了不少缺點。發明強力推進器，以及增設法擊戰特化型機體，這艘飛龍戰艦才終於重生為最強的船啊。」

「……沒有那場戰役，就沒有這艘船嗎？」

奧拉西歐說得非常有道理，多羅提歐的語氣中不免有一絲沮喪。

「那麼飛龍的使命就從現在開始履行，我必定會藉著這艘船的力量為殿下報仇。」

他振奮起險些消沉下去的心情。多羅提歐活著的目的只有一個，就是鎖定心中仇敵的身影。這時，走在前面的奧拉西歐停下腳步。他臉上掛著淺笑，回過頭來說：

「這個嘛，關於飛龍有多少能耐，現在也不必多說什麼了。可是，我只是假設一下喔——當你碰上那個傳聞中的鬼神……萬一連飛龍都力有未逮的話……」

多羅提歐的目光變得炯炯有神。身經百戰的老兵含有怒意的眼神被奧拉西歐巧妙躲開，他臉上的笑意加深、詭異地扭曲。

「那麼請飛得更高、更遙遠吧。無邊無際，不受任何拘束。這片天空將會守護王者，並且給予力量。」

「好吧，我會把你的忠告記在心上。」

多羅提歐只留下這句話，便穿過奧拉西歐身邊，快步走向謁見廳。奧拉西歐則在他身後吐露出明知傳達不到的低語：

「是的，只有我的飛龍能到達高遠的天空。不論那個鬼神發揮多少力量、不論它的身軀中蘊含多少瘋狂，尚未理解世界之理就想一步登天者，都會被世界吞噬而死……」

他低沉的笑聲不斷迴盪在走廊上。

第四十一話　鬼神與飛龍相遇

「喂喂……這到底是怎麼回事？」

看著攤開在眼前的地圖，埃姆里思不禁沉吟出聲。地圖上大範圍地遍布好幾個墨水還沒乾透的無情×記號。

馮塔尼耶連續接到急報。×記號所表示的，就是在極短期間內所失去的前線要塞數量。

「甲羅武德軍突然轉守為攻。哼，真令人不快……不過，這暫且不談。問題是受災的規模非同小可！而且每個要塞都布署了雷馮提亞和維多！」

這些失去的要塞都配置了足夠數量的最新型機體。即使甲羅武德軍大舉入侵，也不至於那麼簡單被攻陷。令人百思不得其解的疑點，讓他們備受動搖。

「甲羅武德那些傢伙派出了相當數量的大軍嗎？或者，從這種不特定的攻擊對象來看，也可能是飛空船所為……話雖這麼說，多加入幾艘船也不會動搖現在的克沙佩加。真搞不懂。」

歷經多場戰役，克沙佩加軍對飛空船戰鬥的經驗值也有所提升。甲羅武德王國的飛空船配合黑騎士這樣的基本戰術，已經得不到什麼戰果了。此外，從最新報告得知的游擊戰術，也並不適用於攻打據點。

「米謝利耶一役獲勝之後，我們應該振作起來了才對。事實上，這個新生王國也復興到這一步了，然而我國依然蒙受威脅。我認為，這是極其嚴重的事態。」

馬蒂娜充滿緊張感的一番話，讓埃莉諾的表情籠罩上一層陰霾。

「被襲擊的要塞都受到可說是全毀的損害……聽說能夠活下來並且逃跑的人只有少數。」

儘管腦袋理解這是戰爭，犧牲無可避免，但她心中仍有些無法釋懷。見她神色抑鬱，身邊的人都猶豫著要不要問清楚詳情。

在這樣消沉的氣氛中，只有一個人不客氣地開口追問，那就是艾爾。

「既然有人生還，不就可以知道某些關於敵方戰術的線索嗎？如果不搞清楚這一點，我想災害可能還會再擴大。」

「……！有、有的……根據他們一致的說法，有艘彷彿傳說中的『龍』那樣……怪異的飛空船來襲。龍吐出火焰，將要塞……燒毀殆盡。」

敵人來勢洶洶，遭受攻擊的要塞皆幾近全毀。當然，我方也有仔細調查過原因，可是從倖存者口中聽來的，不是被模仿傳說中的龍而建的船攻擊，就是龍噴火把城市燒掉了等等模稜兩可的回答。得到這種只能認為是倖存者們精神錯亂的答案，讓新生王國的高層們傷透腦筋。

對此，銀鳳騎士團同樣感到困惑。艾爾盤起雙臂，陷入沉思。

「這表示可以肯定敵人派出了新型的飛空船。不過，呃，就算模仿龍……會一下子就變強嗎？」

「噴出火焰是使用了魔導兵裝？那就是裝載了法擊戰特化型機體的飛空船吧。」

「有魔導兵裝強到能夠燒毀城市嗎？假設真的有，那種東西八成會消耗太多魔力，比伊迦爾卡還派不上用場。」

不只艾爾，連迪特里希和艾德加都不約而同地抱著雙臂搖頭。精明如銀鳳騎士團，也不可能光憑這些情報推斷出敵人的真面目。

「我們缺少情報。暫時不要胡亂預測，先假定對方擁有傳聞中的能力，再來處理這個情況吧。」

「哼！沒錯，既然都是敵人，把他們全都打倒就對了。與其鑽牛角尖，不如採取行動！」

「我認為，少爺應該多煩惱一下比較好。」

顯得幹勁十足的人不只埃姆里思，迪特里希、艾德加和海薇也進入了戰鬥思考模式，他們臉上看不到對神祕威脅的恐懼。一旁的艾爾輕撫過地圖開口：

「雖然不清楚這個敵人用了什麼方法，從陷落的要塞位置來看，至少他們沒有突然進攻後方的意思。到前線去的話，早晚會碰上吧。我會讓銀鳳騎士團做好出征的準備。」

「艾爾涅斯帝先生願意親自前往嗎？」

見艾爾等人果斷地決定行動，埃莉諾猶豫地問道。神祕且強大的敵人現身，如果最強的銀鳳騎士團願意一探究竟，可以說求之不得。

「站在我們的立場是很值得感謝的提案……可是太危險了，真的好嗎？」

「因為最適合應付這種來歷不明對手的人選，大概就是我們了。雖然不能保證解決，好歹能抓住機會。」

銀鳳騎士團的成員和艾爾一同點頭。埃莉諾也挺直了背脊站好，然後說：

「現在只能仰賴你們的好意了，預祝銀鳳騎士團的各位武運昌隆。」

「哼，經過那樣的慘敗還有這樣的餘力，該說再弱好歹也是大國嗎？好，埃莉諾，放心交給我！看我們挫挫他們的銳氣！」

「抱歉在您拿出幹勁的時候插嘴，不過要請少爺留在這裡。」

埃姆里思維持著舉起手臂的姿勢滑了一跤，隨後瞪大眼睛，回過頭來。

「什麼!?喂，銀色團長，都到這一步了，沒有人這樣的吧？我要跟金獅子一起粉碎那些傢伙的野心！」

埃姆里思齜牙咧嘴，絲毫不隱藏旺盛的鬥志，但艾爾乾脆地搖頭，否定了第二王子任性的要求。

「我們不清楚敵方的飛龍有多厲害，不過從之前受災的程度來看，應該免不了一場激戰。

少爺，請想想您的立場，而且雖然可能性不高，他們的下一個目標或許就是馮塔尼耶，總不能讓這座城市和陛下身邊的防禦太薄弱吧。」

儘管埃姆里思有段時間仍發出「唔唔唔唔唔」的呻吟聲做最後抵抗，最後還是讓步，決定留在馮塔尼耶。艾爾接著轉向奇德說道：

「你也跟少爺一起留在這裡。」

「艾爾！我也是銀鳳騎士團的一員吧，怎麼可以不把我算進去？」

也許是心理作用，看到艾爾調侃的笑容，奇德吐出一口不滿的嘆息。艾爾湊近他耳邊悄聲道：

「你有個很重要的祕密任務。萬一馮塔尼耶被攻擊，怎麼也無法挽回頹勢的話……你就駕駛澤多林布爾，務必確保少爺和陛下安全逃脫。」

奇德神色嚴峻地瞪著艾爾。

「那樣做……艾莉先不說，感覺少爺會拚命抵抗耶。」

「這件事只有你能辦到，奇德。」

他對被銀鳳騎士團留在後方雖然有意見，不過艾爾一本正經地這麼說服他，實在拒絕不了。結果，兩人擔任女王的護衛留在馮塔尼耶，銀鳳騎士團則趕赴前線。

目送著為了準備而告辭的艾爾等人，埃莉諾輕聲說道：

「我覺得，我們太依賴銀鳳騎士團的各位了。即使是邦交國，理應主動出面對抗敵人的是我們才對……不，還是說，我們至今仍無力對抗嗎？」

「是團長說要去的，妳不必放在心上。」

但奇德的安慰也無法化解她沉重的心情。

◆

銀鳳騎士團前往工房做出擊的準備。

「好啦，艾爾涅斯帝，我看你好像很有幹勁的樣子……可以讓我聽聽真心話吧。你在打什麼鬼主意？」

途中，迪特里希望著艾爾比自己低了一截的頭頂這麼問。他的視線裡之所以充滿疑惑，全是拜至今為止累積的經驗所賜。

「是啊，敵方技術的分析作業也告一段落了，我現在心情非常愉快，所以想是時候讓伊迦爾卡出來走走了。」

「艾爾，幻晶騎士不是家裡養的狗，不用帶出去散步喔。」

見艾爾一本正經地點頭，海薇受不了地輕拍他的腦袋。兩人身後的迪特里希忍不住仰頭望天。

「我就猜是這麼回事……你是認真的嗎？」

雖然早就預料到了，艾爾那一如往常的我行我素作風，還是讓身邊的人不禁嘆息。他們也不得不奉陪團長的興趣。

「話是這麼說，既然要出動，應該有勝算吧？」

「看情況吧。先把手頭上有的魔導飛槍全部帶去，再來就是直接硬碰硬了。」

「艾爾涅斯帝，就算我們的目的是幫助同盟國，那種程度的策略不會太亂來了嗎？」

一直漫不經心地聽著他們閒聊的艾德加，一聽到有關騎士團作戰的話題，就露出嚴肅的表情加入對話。艾爾先以「這麼說也沒錯」作為開場白，接著說：「不過，你放心就這樣交給新生王國處理嗎？實際上，我方已經受到很大的損害，可是到現在連敵人的真面目都還不清楚。遺憾的是，他們光是要習慣新型機就竭盡全力了。」

艾德加沉吟出聲。這一點，一同並肩作戰的他也很明白。

「追根究柢，飛空船就像是甲羅武德軍的優勢象徵。就像我們創造出東方樣式一樣，他們搶先做出更高階的船也不奇怪。雖然比我預期中快，好像也很強的樣子。從據點毀壞的情況看來，這種新型飛空船大概具有大範圍的攻擊火力，派出大軍進攻反而不利。既然如此，就用少數戰力打倒巨大而且棘手的敵人——這樣的戰術不是我們最擅長的嗎？」

說著說著，一行人抵達了工房。出現在眼前的是成排的銀鳳騎士團幻晶騎士。迪特里希望著那些被騎操鍛造師們調整到最佳狀態、彷彿迫不及待地準備出擊的巨人兵器群，臉上浮現凶暴的笑容。

「……我也並非不瞭解艾爾涅斯帝的心情啦。」

艾德加僅是微微挑眉，似乎無意反駁。

「我們有第三中隊這樣的輕裝陣容在。何況，就算考慮到操作魔導飛槍，他們絕對也是適任人選。」

「交給我們吧。不管要到哪裡，我和第三中隊都會平安把大家送達目的地。」

在這樣你一言我一語的期間，他們來到工房的中央區域。這時，艾爾輕輕揮著手，高聲說道：

「各位——請過來集合一下——」

然後他隨便找了一塊黑板，向所有人簡單說明情況：

「……事情就是這樣。銀鳳騎士團將以最高戰鬥水準出征。至於出征的地點，敵人是像這樣沿著前線一個個攻陷據點，但是他們的行動神出鬼沒，無法預測下次襲擊目標，所以我們要兵分兩路探查。」

艾爾在攤開的地圖上依序畫出各自的進攻預定路線。他指著北側的路線，轉向大家說：

「第一中隊和第三中隊組成聯隊。從聽到的情報中唯一可以肯定的是——來襲的是一艘強大的飛空船。第三中隊的構成以『藍2號』裝備為主，第一中隊請準備好應對全域戰鬥。」

艾德加與海薇用力點頭。他們背後的老大沉默地揚揚下巴，然後就有幾名鍛造師跑去準備了。

「唔？那第二中隊(我們)就是徒步移動了嗎？還有騎士團長(艾爾涅斯帝)要怎麼辦？」

看著另一條路徑的迪特里希偏著頭問。

「迪學長那邊由我同行，對空攻擊力的不足就靠伊迦爾卡來彌補。」

「那可是綽綽有餘啊。」

「還有我～！我要跟艾爾一起走!!」

在聳肩的迪特里希身旁，亞蒂高高地舉起手強力主張。這回換成迪特里希和艾爾面面相覷。

「……就是這樣，我和亞蒂跟第二中隊一起行動。」

「瞭解。」

一決定好部隊編組，艾爾又轉向所有人開口：

「有第三中隊在，第一中隊的機動性會比全體來得高。不曉得哪一邊會先碰上目標，應該只能走一步算一步吧。所以，艾德加學長，萬一敵人強大到應付不了的程度，最壞的情況，請無論如何都要逃脫，並且把情報帶回來。」

「我懂，我們最拿手的可不是只有亂來啊。」

艾德加輪流看向艾爾和迪特里希，然後點點頭。臉上擺明了寫著「我還比較擔心你們」幾個字。

「嗯。這邊少了第三中隊，行進速度會慢了點。不過只要打倒敵人，就不會有任何問題。」

「既然不清楚敵人的全貌，就不能保證一定會贏吧？你好歹也是中隊長，最好想想備案……」

中隊長（艾德加和迪）們之間的對話逐漸變成說教，一旁的艾爾環顧四周，告訴大家結論：

「剩下的就是安排輜重部隊了，一準備好就出發吧。」

第三中隊的澤多林布爾踏著沉重響亮的馬蹄聲，排成一列集結就位，重裝防禦的卡迪托雷陸續乘上人馬身後拖曳的貨車。如果運送幻晶騎士一支中隊的數量，憑第三中隊的運輸能力還應付得來。其餘的澤多林布爾裝備好垂直投射式連發投槍器，並在背後放著備用的魔導飛槍，轉為對空攻擊模式。

在這列隊伍的旁邊，只有一架澤多林布爾停放在較遠處，那是亞蒂的座機。這邊的機體上也搭載了對空攻擊用的裝備，但由於編組問題，貨車上一半的空間被用來載送一般物資。

此時，做好準備的第二中隊也現身了。看到跟澤多林布爾一樣全副武裝等待的伊迦爾卡，古拉林德靈活地做出聳肩的動作。

「就算跟艾爾涅斯帝和伊迦爾卡一起，少了第三中隊還是會降低對空攻擊的威力吧？我把我們隊上的幾架換成投槍戰特化型機體了。」

第二中隊裡約有一半的機體沒有背面武裝，換上了軌道腕裝備，用來對應魔導飛槍的發射。因為垂直投射式連發投槍器對普通的幻晶騎士來說太大了，所以用單獨一架機體裝備發射裝置，這種形式的幻晶騎士特別被稱作投槍戰特化型機體。艾爾看了看周圍完成準備的各中隊，點點頭說：

「唉呀，這樣如果對手只是普通飛空船，就算幾艘一起攻過來，好歹也能應付一下吧。」

「迪，不能掉以輕心，這和狩獵魔獸很像。理解對手、攻擊弱點，然後打倒牠。貿然出擊的話，會被摧毀的反而是我們。」

「也就是飛在天上，具有高度智能的魔獸嗎？真討厭……」

算不上是閒聊的互相道別過後，銀鳳騎士團便離開馮塔尼耶出征了。面對接連破壞要塞的神祕敵人『龍』，即使他們擁有再高的戰鬥能力，行動時也不得不提高警覺。中隊兵分兩路，各自沿預定的路線，朝著尚且安好的要塞前進。

◆

艾爾和第二中隊的幻晶騎士部隊徒步朝西邁進。

幻晶騎士擁有人類六倍高的巨大身軀，所以步伐也相應寬大。移動速度雖比一般徒步來得快上許多，但還是遠遠不及以人馬騎士為主的第三中隊。與第三中隊一同行動的第一中隊，在他們移動的這段期間搞不好已經巡視過好幾個據點了。

最後，他們終於抵達了目的地附近。四周是地勢和緩的丘陵地帶，地利不站在任何一方。硬要說的話，這是有利大軍移動的地形，對防禦方而言反而不適合。追根究柢，這裡也算是克沙佩加王國內的一個地區，本來就不屬於最前線。

「換句話說，人馬騎士可以在這裡到處奔馳吧。」

「還有飛空船也能自由地飛來飛去。」

「在沒有掩蔽的場所戰鬥或許有點麻煩，大家提高警覺。」

艾爾等人這麼交談著，往前邁進，亞蒂的澤多林布爾也配合第二中隊的腳步慢慢跟在後頭。緊接著，一直保持安靜的她突然讓澤多林布爾舉起長槍。

「……吶，艾爾，你看那個！那該不會是……」

沿著她長槍尖端所指的方向看過去，就能看到遠處升起的一道細煙。那道煙究竟代表了什麼意思，根本想都不用想。

「竟然……一下子就中大獎了呢。我們最好快點趕過去。」

「我同意，騎士團長。第二中隊，前方的戰鬥在等著我們。前進!!」

第二中隊完全不考慮保留實力，開始全速行進。後方的伊迦爾卡催動原本處於休眠狀態的大型轉換爐『皇之心臟』，進氣裝置為了核心爐的運轉而猛烈運作，開始發出有如魔獸咆哮的聲音。轉換到戰鬥狀態的伊迦爾卡一啟動全身的魔導噴射推進器，就拖著爆炎的尾羽衝上天空了。

前進的第二中隊越過丘陵後，要塞都市的全貌便進入他們的視野。灰色石壁聳立於稀疏的林地之間，石壁將藍天切割開來的空景中，有個物體扭動著緩緩移動。和要塞都市對照之下，可以推測它的體積相當巨大。

「那、那是什麼!?難不成那就是新型飛空船!?形狀比想像中更奇怪，竟然與龍相似到這個地步！」

那個東西大大展開左右兩翼，捲起翻騰起伏的氣流，擺動粗長的尾巴，如同蛇一般抬起脖子，那怎麼看都是魔獸——而且身形儼然是『龍屬』。同時，那也絕不可能是魔獸。外裝明顯經由人手打造設計而成，像是翅膀的部位鋪上了帆布，更別說全身各處都長出幻晶騎士了，怎麼看都不是自然界的產物。

「喂！快看。嘴、它把『嘴巴』張開了!!」

古拉林德旁邊的卡迪托雷指著說。順著它所指的方向看去，在上空旋繞那『像龍一樣的東西』，正朝要塞都市張開它巨大的雙顎。

下一秒，血紅刺眼的火焰噴流從漆黑的口腔中傾瀉而出。幻晶騎士的魔導兵裝所遠遠不及的超大規模爆炎，如豪雨般往城塞灑落。用來防禦敵人的堅固城牆面對傾盆而下的火焰毫無招架之力，豈止如此，因為被城牆圍住，更使得內部慘遭火焰盡情蹂躪。

「可恨的甲羅武德，竟然創造出那種怪物！……嗯？那是……這下不妙。」

親眼目睹城塞陷入火海的整個過程，就連素來以英勇著稱的第二中隊也是目瞪口呆，其中只有迪特里希眼尖地注意到變化——從熊熊燃燒的都市裡四散奔逃的士兵和幻晶騎士，以及受不了高溫炙烤而逃出來的新生克沙佩加王國軍。

「有倖存者！必須……去救他們。」

剎那間，往昔記憶掠過迪特里希的視野。訓練中的學生們被巨大的師團級魔獸攻擊，巨人騎士挺身而出，守護從象徵死亡的強大魔獸面前驚慌逃竄的孩子們。他絕對不會忘記自己的原點，當時的景象與眼前正在發生的慘劇竟是如此相似。

「……！怎麼能讓這種事再次發生!!」

古拉林德毫不猶豫地衝向前，身後的第二中隊也隨即跟進。無須交談，他們之間也能夠心意相通。

然而，到要塞都市還有好一段令人焦急的距離。不僅在法擊的射程距離以外，連魔導飛槍的銀線神經誘導也抵達不了，必須靠得更近才能對那隻龐然大物展開攻擊。只能奔跑靠近的現狀，讓迪特里希忍不住咬牙切齒。

期間，在空中遨遊的機械龍轉過身，正在鎖定地面的下一個獵物。與飛空船的速度比起來，幻晶騎士奔跑的速度簡直和停止沒兩樣，根本無路可逃。巨大的龍爪伸向地面，模仿傳說中的巨獸姿態，散發從天而降的殺意。

「該死!!」

古拉林德伸出的手抓不到任何東西。

就在他以為龍爪即將撕裂可憐的新生王國軍時，一把燃著朱色火焰的長槍橫空飛過。強力的轟炎長槍遠遠凌駕普通的法彈，威力甚至超過戰術級魔法，射程距離也很驚人。原本從容地盡情蹂躪戰場的飛龍，第一次轉向迴避。眼見火焰長槍一支支飛來，它放棄了對地面的攻擊，在空中翻身離去。

「銃裝劍，是艾爾涅斯帝啊！緊要關頭幸好有你……」

高亢的爆炸聲在新生王國軍的頭上響起。拖曳著爆炎尾巴的伊迦爾卡在上空盤旋，確認地上的人們遠離龍的摧殘後，再回到第二中隊的上方。鬼神減弱魔導噴射推進器的動力，降落到地上。

「迪學長！請你集合倖存的部隊，指揮他們逃離這裡。對方有飛空船的速度，加上那近乎魔獸的攻擊力，待在這個戰場上，他們會沒命的！」

聽見艾爾立即下達撤退的指示，迪一時答不上話來，卻又很快點頭回應：

「……明白了。讓部隊撤退，當然，那個要塞也放棄吧。傳令下去！先派出快馬，叫後方據點準備接收。考慮到最壞的情況，還要準備好面對最大級的對空戰鬥!!」

同行的騎兵依照迪特里希的指示急忙飛馳而出。就在他們準備的期間，在空中泅泳的飛龍再度朝地上怒目而視。彷彿回應它似地，伊迦爾卡也啟動了魔導噴射推進器，擺明了就是要迎戰。

幻晶騎士(伊迦爾卡)所對戰的無一不是艾爾的獵物。有巨人兵器(機器人)戰鬥的地方，他就不會選擇後退。明知問了也是白問，迪特里希還是忍不住朝他的背影說：

「要去嗎？」

「不能讓它把注意力放在地上，只能在空中戰鬥來引開它了。在這裡做得到這件事的，就只有我和伊迦爾卡了吧。」

迪特里希用力咬緊牙關。又是這樣，又只能眼睜睜看著艾爾涅斯帝正面迎戰敵人。他明白自己的實力，也很清楚自己根本不可能加入飛空巨龍與鬼神的戰鬥。

「收到啦，騎士團長。地上的事不用擔心，你就盡情把那條龍好好痛扁一頓。」

「謝謝學長。呵呵，看來這需要伊迦爾卡全力以赴呢……」

隨著爆炸聲響一口氣提高，伊迦爾卡的身影往上空愈飛愈高。鬼神就那樣化為一道流星，直直朝著飛龍而去。

「好了，從這個世界出現飛空船的時候，就預測到武裝船……『戰艦』的登場了，不過那真是超乎想像，簡直可以稱作巨大機動兵器。演變的方向還能夠理解，沒想到竟然一下子變得如此強大，是不是有什麼原因？」

在伊迦爾卡的駕駛座上，艾爾全身竄過一陣戰慄。那不可能是恐懼，當然是出於對『巨大對戰人型兵器（伊迦爾卡）』這樣的構想而生的狂喜。

「呵呵呵，拿你來當對手正好。我的伊迦爾卡可不會那麼簡單輸掉!!」

伊迦爾卡飛上天後，新生王國軍隨即逃到第二中隊附近。古拉林德站在部隊的最前方大吼著發號施令，好不容易才維持了秩序。

「到這邊集合，快點撤退！……這樣下去，我們只會變成騎士團長的累贅。」

據點被燒毀、瀕臨全滅的新生王國軍別無選擇。他們遵循第二中隊的指揮，開始整隊並撤退。不曉得伊迦爾卡能夠失控到什麼程度，但是必須在它爭取到的時間內，盡快將新生王國軍送到安全地帶。

「好，第二中隊。我們護送他們……不對，慢著，那是什麼信號!?」

忽然間，觀察飛龍動向的迪特里希驚訝地大叫出聲。因為在那艘模仿龍的船上各處正點起強烈的燈光。那些光以固定頻率閃爍，明顯是用來傳達某些訊息。

至於答案，不用多久就明朗了。

幾艘飛空船越過熊熊燃燒的要塞都市而來。那些並不是戰艦，而是一般的運輸船型飛空船。

「是別動隊！派出追兵了嗎？這下不妙，我們只能用走的，這樣早晚會被追上。」

沒錯，敵方在這裡投入的戰力不會只有飛龍而已，利用一般的飛空船就能夠運送支援的陸上戰力。他們一看見地面上開始撤退的新生王國軍，便成群結隊地追了上來。

天空中響起飛空船颳起的風聲。打開的船底陸續投下裝載的幻晶騎士，更是把陷入混亂的新生王國軍逼得走投無路。降落到地面的是甲羅武德王國的制式量產機狄蘭托，另外還有一架外觀與黑騎士不同的幻晶騎士。那架怪異的機體體格標準，全身上下裝備著大小不一的劍。

「不要停下腳步！現在滿腦子只要想著逃跑就好！……第二中隊!!」

和新生王國軍一起奔跑的古拉林德停下腳步，一回過頭就拔出劍來，雙劍對準了逼近的黑騎士們。

「我們負責殿後。保護同胞，善盡騎士的本分。幫助朋友，若是有敵人威逼進犯，就將他們全數打倒!!」

「噢!!把他們打得落花流水吧！」

第二中隊立刻群起響應，各自拿起武器，掩護背後的新生王國軍。黑騎士見到一部分的獵物停下腳步，更加凶猛地攻了過來。

空中有飛龍與鬼神的戰鬥，地面上的黑騎士團與銀鳳騎士團第二中隊之間的激戰即將展開。

◆

飛龍回過頭，從上空放眼瞭望戰場的模樣。

在地面上，由飛空船分派出的黑騎士們正逐漸逼得新生王國軍無路可逃。據點已經被火舌吞噬，一眼望去也沒看見伏兵。倖存的新生王國軍，性命好比風中殘燭。與佔優勢的地面戰況不同，空中出現了一個散發著異樣氣息、像是汙點的存在。

「那是……」

那是一架放出火焰，在天空翱翔的幻晶騎士。那個異形既沒有源素浮揚器，甚至不用翅膀就能在天空中飛翔，彷彿當面嘲笑著這個世界的道理。憑區區一架幻晶騎士，就朝著飛天巨龍——甲羅武德王國軍『翠玉龍騎團』的旗艦，也就是這艘飛龍戰艦猛衝而來。面對飛龍戰艦強大到足以燒光一個城市的力量，似乎毫無所懼。

「喔、喔喔喔……那是、那是……!!」

在飛龍戰艦船首龍騎士像的駕駛座上，多羅提歐瞪著幻象投影機上映出的詭異身影，吐血似地說道。據他所知，會飛翔的幻晶騎士那樣異常的存在，在這世界上只有一個。

「……是鬼神。鬼神啊，殿下的仇敵，我憎恨的仇敵!!沒想到、沒想到這麼快就能相會！這條飛龍是為了葬送你而創造出來，你就親身體會它火焰的威力吧!!」

鬼神是他不共戴天的仇敵。不僅在馮塔尼耶搶走克沙佩加王族、單騎破壞掉多羅提歐所乘的飛空船，並且令他的主子克里斯托瓦爾戰死沙場。激動不已的多羅提歐再也維持不了老練士兵的表情，轉眼間化為憤怒的復仇者。

「進入高速戰鬥型態！所有人給我拚盡全力，別因為對手是幻晶騎士就小看了。如果大意輕敵，就算是飛龍也不見得打得過!!」

多羅提歐從龍騎士上發出震耳欲聾的指示，飛龍戰艦馬上進入了高速戰鬥型態。它收起帆翼，從尾部附近噴出爆炎，龐大身軀獲得爆炸性的噴射推力而開始加速。

看著飛龍戰艦與過去的飛空船截然不同的戰鬥速度，艾爾瞪大眼睛。

「那個火焰、速度！難道引進了魔導噴射推進器嗎!?」

艾爾纖細的手指在操作鍵盤上舞動著，改變魔力的分配。大型爐所產生的大半魔力流入魔導噴射推進器，做好機動戰鬥的準備。艾爾感受著爐心益發憤怒的咆哮，忽然臉色一變，露出認真的表情凝視著飛龍。

「不曉得為什麼，總覺得那隻像龍的東西正在用力瞪著我，不是一般的敵意？而且它不管地上的逃兵，反而立刻來追伊迦爾卡……它認識伊迦爾卡嗎？」

當然，多羅提歐的怒吼不會傳到他這邊。不過，艾爾像是想通了什麼，又露出大膽的笑容。

「這樣啊，不需要兩個人稱霸天空嗎？畢竟還熱情到準備了巨大兵器嘛！無須擔心。魔導噴射推進器、銃裝劍、執月之手……我會使出伊迦爾卡和我的所有能力來打敗敵人!!」

魔導噴射推進器猛烈加速，將伊迦爾卡推向空中。儘管雙方懷抱的理念互相衝突到令人哀傷的地步，卻又同時激發出雙方無比的鬥志，龍與鬼神的戰鬥就此拉開序幕。

飛龍戰艦與伊迦爾卡縮短了彼此間的距離。伊迦爾卡的銃裝劍雖然射程很長，命中率卻是愈靠近愈高；就飛龍戰艦而言，要把空中的幻晶騎士當成靶子則是太小了。想要發揮彼此最大的攻擊力，距離必須更近一點才能奏效。

「準備法擊！用法彈包圍那傢伙，摧毀它！」

多羅提歐的指令先發制人。從飛龍戰艦各處『長出來的（安岐羅沙）』法擊戰特化型機體將背面武裝一齊轉向前，各自開始積蓄魔力的光芒，隨後發射熾烈燃燒的法彈。伊迦爾卡先舉起劍表現出迎擊的意思，打掉幾發之後便改為迴避。飛龍源源不斷地射出法彈，認真應付的話就連反擊都辦不到了。魔導噴射推進器發出咆哮，伊迦爾卡沿著複雜的軌道飛翔。就這樣一邊錯開法彈的標的，一邊製造出空隙。

「擅長法擊的不是只有你喔。」

飛越高空的鎧甲武士伸出手上拿著的銃裝劍，刀身分成兩半，刻有紋章術式的銀板迸散出大量魔力。產生的強大戰術級魔法形成耀眼的赤紅色炎彈，發射出去。燒灼天空的飛翔法彈具有強大威力，但多羅提歐沒有退縮。

「鬼神，我很清楚你的法擊威力！可別看扁我們，你以為同樣的手段對這艘飛龍戰艦還管用嗎？準備『雷之鞭』，把它打下去!!」

指令一下，安岐羅沙便收起背面武裝，兩手換上魔導兵裝。它的外觀像是從根部長出好幾把短劍，那就是雷擊系統魔導兵裝——『雷之鞭』。由魔法現象所產生的雷電，立刻朝著迫近的法彈放射出去。

紫電接連劈向炎彈，在空中綻放出爆炸的花朵。縱橫交錯的雷之鞭發揮嚴密的防護罩功能，沒有任何一顆法彈傷到飛龍皮毛。

將攻擊無效化的攻擊——親眼目睹至今未曾見過的新式武器，艾爾的情緒更加高昂了。

「面對法彈攻擊也毫不動搖嗎!?雖然聽過使用雷電的防禦，沒想到強大到這個地步。看樣子，不得不使出破壞巨大兵器的心得之二呢！」

艾爾放棄從遠處發射法彈，轉而命令伊迦爾卡前進。下一秒，猛烈的爆炸聲響起，伊迦爾卡只在原地留下如火焰晃動般的殘影，然後就消失了。全速運轉魔導噴射推進器的伊迦爾卡隨即化作箭矢，飛入空中。

眼見身纏火焰的異形幻晶騎士正用令人難以置信的速度飛過來，多羅提歐既不驚訝也不恐慌，嘴角反而揚起大膽的笑意。

「既然遠距離的法擊無效，接下來就會選擇靠近吧。這是你失算了！安岐羅沙，用『雷之鞭』把那傢伙擊碎!!」

伊迦爾卡一口氣衝到飛龍眼前並舉起武器，作勢就要砍上。可是，大劍還來不及揮下，忽然聽見空中雷聲大作。『雷之鞭』不只能擋下法擊，包含接近的幻晶騎士也不例外，雷擊將會摧毀一切。

「還有那一招啊!!」

看出飛龍身上的各個部位閃現雷電光芒的艾爾，臨時展開了銃裝劍，並操縱魔導噴射推進器轉了一圈，利用猛烈的機動控制朝四面八方發射法彈。鋪天蓋地而來的紫電之鞭湧向最近的法彈。這些由爆炎系魔法構成的法彈，在與雷擊接觸的瞬間爆炸開來，在空中化作華麗的火球。

「該死的鬼神，在那樣的距離竟能躲開！不過你只是頂過了雷擊，飛龍現在才要展現它真正的力量!!」

伊迦爾卡又將推進器轉向後方，趁著魔導兵裝再次發射前的短暫空檔衝上前。它舉起劍對準眼前填滿了幻象投影機畫面的龐大飛龍，用銃裝劍確實送上攻擊。

「在這麼近的距離，那樣龐大的身軀躲得開嗎!?」

「少瞧不起人，不過是靠近了點……!」

這時候的艾爾還有所誤解。過去的飛空船雖然能夠飛越天空，卻也只是普通的船，不具備極近距離的攻擊手段。然而，飛龍戰艦卻顛覆了這項設計理念。建造來應對直接格鬥戰的船體構造有很高的自由度，像鞭子一樣柔軟的軀體本身就是強大的武器，這也是為什麼飛龍使出了直接衝撞。

「喔喔嗚哇!?看來那副模樣不是虛有其表！」

面對逼近的龐然大物，伊迦爾卡必須再次利用魔導噴射推進器的全力噴射才勉強躲過攻擊。鬼神與飛龍一瞬間在空中交錯，又很快擦身而過。

「大小差這麼多，光是撞上都不可能全身而退。飛空船居然還能夠對應格鬥戰……」

艾爾嘴上抱怨著，仍靈活地操縱推進器，讓伊迦爾卡轉換方向。在機動性方面是身軀較小的伊迦爾卡佔優勢。縱使飛龍戰艦的速度比飛空船來得快，還是需要一段時間吧。想到這裡，就在艾爾從背後嘗試追擊時，他看到飛龍有了驚人的舉動。

以往的飛空船都是用起風裝置操縱氣流，再推動船帆改變方向。也因為起風裝置的輸出力不高，所以船的動作實在稱不上迅速。可是，飛龍卻能夠將其特殊構造的優點發揮得淋漓盡致，採取了截然不同的方法。它維持後方推進器的噴射，全身像是畫了個圓似地迅速迴轉，和剛才格鬥戰中所使用的技巧一樣。

「天啊，還真靈活。這表示它還想再衝過來嗎？」

掉轉過頭的飛龍戰艦發出劇烈的噴射音並開始加速。一眼就能看出它打算發動衝撞攻擊。

正當空中交錯著法擊與雷擊的同時，鬼神和飛龍又縮短了彼此間的距離。面對全速衝撞而來的飛龍，伊迦爾卡往橫向移動。愈是加快速度，就愈不容易隨機應變。艾爾原本是打算繞遠一點迴避飛龍戰艦的衝撞，但就在這時，飛龍又有了新的動靜。

「太天真了，鬼神。格鬥用龍腳預備！用龍爪把它撕裂！」

飛龍戰艦開始展開摺疊在船體下方的巨大裝備，撕裂多架幻晶騎士的格鬥兵裝露出凶惡的獠牙。就算是模仿龍的船艦，也只有一種近身格鬥的手段。伸縮自如的巨大龍腳朝著想離開飛龍的伊迦爾卡抓了過去，眼見足以抓住幻晶騎士的巨大龍爪逼近面前，艾爾不由得感到全身一陣戰慄。下一秒，伊迦爾卡雙肩的推進器便改變方向朝上噴射，獲得了向下的推力。

原本的重力加上魔導噴射推進器的推力，讓伊迦爾卡急速開始墜落。從龍爪中逃過一劫之後，它又啟動推進器，繼續穩定飛行。

在駕駛座上，艾爾深深地呼出一口原本屏住的氣息。

「……呵呵，嗚呵呵呵呵。稍微試探了一下，真是強敵啊。不只動作敏捷，在天上也很難追逐攻擊。何況，雷電的防禦可以擋下法擊，甚至能近距離格鬥，這樣伊迦爾卡也沒辦法貿然靠近。它相當棘手呢……也是非常值得挑戰的對手。」

這番話的內容雖然點明了令人絕望的不利形勢，艾爾臉上卻完全看不出懊惱的樣子。他反而笑容滿面，彷彿散發喜悅的光輝。原因很簡單，因為他已經瘋狂了。能夠與愛機一同參與的考驗，對他來說全是值得高興的事情——而且麻煩的是，考驗愈是困難，他就愈有幹勁。

像是在呼應他的激昂精神一般，推進器發出高亢的怒吼，使伊迦爾卡再次提升高度。鬼神懷抱著旺盛的鬥志，與悠然飛過天空的龍同遊共舞。

◆

交錯的紫電和爆炎在空中描繪出雜亂無章的軌跡。

如同孩子塗鴉般迸射而出的每一道軌跡，皆由具有致命威力的攻擊所形成。天上正展開根本不該存在於這世界的戰鬥，坐在劍客上的古斯塔沃忍不住嘀咕：

「真可怕。竟然能跟老爸的飛龍打成平手，那個叫鬼神的比傳聞還厲害嘛。嗯——我也好想跟他打一場喔。」

面對毫不費力地將一整營的幻晶騎士部隊燒得精光，根本不把據點的防禦放在眼裡的飛龍，敵手僅憑一架幻晶騎士就能與之對抗。這幅光景雖然令人難以置信，但事情就發生在眼前，想不相信都不行。

「反正劍客也幫不了那邊，我就做好該做的工作吧——」

幻象投影機上顯現出新生克沙佩加王國軍拚命後退的樣子。他們都是遭受飛龍奇襲、從被燒毀的要塞都市逃出來的人，已經難逃敗北的命運。自己要做的只有追趕，並且盡可能地打倒那些敵人。古斯塔沃心想，怎麼每次都碰上無趣的戰場啊？這根本算不上狩獵，只是像除院子裡的草那樣無聊的作業罷了。

然而，這次不同了。像是要掩護新生王國軍一般，有支殿後的部隊跳了出來。在絕對不利的狀況中仍沒有失去控制，看出緊追不放的甲羅武德軍陣形厚實，以及巧妙替換戰力的配置。光看他們的行動，就能夠肯定來者絕對不弱。古斯塔沃的表情喜悅得扭曲。從樂於見到有人妨礙的這點來看，他也是相當無可救藥的戰鬥狂。

「哦哦哦，好啊，太好了！就是要這樣，否則就沒勁了——！」

殿後部隊由異於其他新生王國軍的幻晶騎士所組成，外裝低調而樸素。一般來說，幻晶騎士既是戰鬥兵器，同時也是一種炫耀國力的手段，因此各國都會適當添加裝飾。不過，這支殿後部隊除了在機體上刻著大大的紅十字圖紋以外，就沒有其他醒目的特徵了。古斯塔沃一時間有種似曾相識的感覺，他偏著頭，看到敵軍中央的機體時隨即睜大眼睛。

「喂，喂喂喂喂喂。那傢伙……那個紅色的不是『雙劍』嗎！嘿、嘿嘿，還真巧啊!!想不到會在這裡相遇。喂，那個紅色的對手是我！你們把其他人解決了！」

話音剛落，劍客就不再配合狄蘭托的步行速度，一馬當先地加速了。他逕自闖入為了掩護後方而擋在面前的第二中隊正中央，目不斜視地朝雙劍騎士（古拉林德）衝過去。

「看招!!」

劍客從配備在全身上下大大小小的劍之中拿出一把短劍，迅雷不及掩耳地擲出。即使對幻晶騎士來說是短劍，實際上也是巨大的金屬鐵塊。劍尖挾帶劈開空氣的低沉呼嘯，精準地朝古拉林德飛去。

古拉林德被突然闖入部隊中央的劍客，以及他先發制人的攻擊嚇了一跳，但還是很快做出回應。它稍微移動了一下，在短劍的軌道上舉劍格擋。若是貿然大動作閃開，搞不好會失去平衡，無法防備接下來的攻擊，所以才用最低限度的動作阻擋。緊接著，短劍如他所料地碰到了劍腹，然後發出尖銳的碰撞聲被彈開了。在他舉起劍的短短那一剎那，劍客就逼近了古拉林德。

「哈哈——！雙劍的!!居然會在這裡碰上，我太感動啦！來吧，讓我們繼續上次的戰鬥!!」

「怎麼偏偏是你跑出來？『連劍』的！我可是一點都不高興看到你!!」

劍客乘著勢頭的斬擊從正面砍了過來。古拉林德剛一接下，便扭轉劍身卸掉力道，減緩衝擊並將被害降到最低限度。兩架幻晶騎士白刃交鋒，彷彿圍成圓圈跳舞似地不停調換彼此的位置。迴轉的勁道又貫注到下一次攻擊，再次使出力道不遜於第一擊的斬擊。

雙方彈開彼此的劍，令人眼花撩亂地再三對調位置，同時不斷展開攻勢。密集的短兵相接，形成了一個旁人無法輕易接近的空間。

在猛烈如暴風雨的對決一旁，遲了一步趕上的黑騎士們乘勢撲向殿後部隊。

「突擊，突擊！別放過敵人，摧毀他們!!」

黑騎士自豪的攻擊模式是利用本身巨大重量的突擊。面對雷斯瓦恩特就不用說了，它們甚至擁有連雷馮提亞都會被一擊毀掉的威力。然而，在這裡的全是些面對重裝甲的致命突擊仍正面迎戰、徹頭徹尾的戰鬥狂。

「喝啊！突擊可不是你們的專利!!」

他們就是銀鳳騎士團第二中隊。他們沒退縮，反而啟動了背面武裝，展開射擊衝上前去。激烈碰撞的兩軍之間迸散出火花，攻擊特化型的第二中隊各自裝備了強大的武器，其威力就連黑騎士也無法等閒視之。其結果就是兩個部隊纏鬥在一起，直接進入格鬥戰的狀態。

「嘖，演變成混戰了。該說幸好還沒突破後方嗎……」

「哦哦，雙劍的！你還有空看旁邊嗎!?」

看清楚四周動向的迪特里希發出咂舌聲，猛然向後退開，一道斬擊隨後滑進他剛才站立的地方。速度快得不尋常的劍尖劃過空氣，造成晃動，留下尖銳的摩擦聲與火花。劍客的一擊掠過古拉林德的裝甲，緋紅騎士迅速改變踏步向前的方位。它一確認躲開敵人的劍招就使出俐落的反擊，而這也都在劍客的料想之中。它很輕鬆地擋下攻擊，又立即變換攻防位置。

古拉林德與劍客，同樣是以雙劍為主要武裝的幻晶騎士，兩者間的你來我往不曾中斷。儘管開發的情況不同，但雙方都是極端注重攻擊的特化型機體，戰術也就自然集中在如何將自己的劍砍到敵人這一點上。

「真是的，到底多有精神！……這樣下去，機體的魔力大概會先耗盡。」

在一招格外強烈的交手重擊後，兩架機體像是事先商量好似地分開了。雖然有程度上的差別，不過使用繩索型結晶肌肉的東方樣式機體都會消耗大量魔力。若是片刻不停地活動，消耗的魔力也就更加可觀。魔力儲蓄量過低的兩架機體為了補充消耗，都讓魔力轉換爐全力運轉，讓高亢的進氣聲響徹四周。

「真是，騎士本人明明那麼噁心，打起來還是很不好對付啊。」

「別那麼不耐煩，雙劍，這些劍很棒啊。只要有劍，本大爺就是無敵的。能夠撐到現在我反而要佩服你，原本以為我認真起來的話，早就分出勝負了。」

迪特里希不悅地閉上嘴。古斯塔沃回答得像是在開玩笑，但是由至今為止的戰鬥中，已經證明他不是只憑一張嘴了。因為極度喜愛劍、秉持只用劍這樣的信條，讓古斯塔沃在甲羅武德軍中也顯得突兀。那樣的怪人能夠踏上戰場，完全歸因於他壓倒性的高超技巧，他正是靠自己的本事立足於此地。面對這樣異常的敵人，迪特里希也絕對不想輸給他，畢竟他也是靠劍打遍多場戰役的猛將。話雖這麼說，能夠與之一戰，也不代表能夠戰勝。

「謝謝誇獎喔。麻煩的是……完全被拖住腳步了啊。」

迪特里希沒放鬆對劍客的警戒，同時觀察周圍的狀況。第二中隊雖然跟劍客所率領的黑騎士隊打得旗鼓相當，但也許是為了掩護身後的新生王國軍，總覺得動作顯得綁手綁腳。

儘管達到了絆住對方的目的，不過殿後部隊的任務是在戰鬥的同時，也必須兼顧撤退才行，否則這樣下去會演變成消耗戰。

「我們也必須後退，不能再拖下去了，差不多該分出勝負了吧。」

暗自下定決心後，迪特里希啟動了背面武裝。古拉林德背部裝備的『風之刃』在近距離能夠發揮最大的威力。雖然因為考慮到魔力消耗而一直避免使用，但他認為現在正是發動的時候。

短暫休息過後，魔力儲蓄量也稍微回復了。正當古拉林德擺出架勢，準備在還能動的期間一口氣解決掉對方時，劍客搶先有了行動。它轉眼間擲出不知何時拔出的短劍。

劍客瞄準的不是古拉林德的軀幹，而是雙肩，也就是魔導兵裝的位置。如果受到直擊，脆弱的魔導兵裝免不了被破壞。大吃一驚的迪特里希驚險揮開飛來的短劍，劍客也趁機再度逼上前來。

「哈哈哈！那個背面武裝（玩具）是很方便啦，可是完全藏不住瞄準方向啊！」

被人搶走先機的古拉林德只能艱辛地回防。迪特里希必須非常專注，才能應付劍客暴風雨般的劍法攻擊，甚至無從分神找出使用魔導兵裝的空隙。雙方再度陷入難分難捨的纏鬥，不斷消耗魔力。

第二中隊一邊戰鬥，一邊慢慢往後退。新生王國軍還沒有拉開足夠距離。無法讓敵人突破防線而淪為守勢的第二中隊，動作也顯得乏善可陳。

◆

　　正當地面上的甲羅武德軍與第二中隊展開壯烈的追擊戰時，另一方面，鬼神和飛龍戰艦之間的戰場正逐漸遠離。面對雙方都使用魔導噴射推進器的空中戰，只能在地上跑的幻晶騎士根本比不上其速度。光是擦身而過一次，位移的變化都很大。

「真是的，兩邊都動得好快！終於追上了。」

　　亞蒂駕駛著澤多林布爾，一個勁地追著飛在天上的魔物。即使人馬騎士引以為傲的腳程再快，那也僅限在地面上的情況。如果鬼神和飛龍戰艦沒有在空中開始格鬥戰，因此降低了移動速度的話，想必要花費更多時間才能追上吧。亞蒂盯著幻象投影機上顯示的瞄準器，然後啟動澤多林布爾上搭載的裝備。

「來吧魔導飛槍（小魔），我們要幫艾爾打贏！鎖定完成，去吧!!」

　　那是澤多林布爾裝載的最大武裝——垂直投射式連發投槍器。為了幫助艾爾並發揮強大的對空攻擊能力，她毫不猶豫地鎖定了飛龍。裝填完畢的軌道腕打開，拖曳著爆炎尾羽的致命魔槍一支支朝天空飛射出去。先是畫出大幅度的軌道，然後就在亞蒂的操縱下集中奔往飛龍戰艦。

從地上發射來的噴火長槍極為醒目，很快就被戰艦底部的監視人員發現了。

「礙事的東西，是投槍啊！下方用安岐羅沙迎擊，把它打下去！」

與鬼神之間的戰鬥遭到妨礙，令多羅提歐難掩煩躁地大叫。船體突出的安岐羅沙各自啟動了『雷之鞭』，向投槍發動雷擊。每當晴空中雷鳴轟然炸響，就有魔導飛槍遭到粉碎擊落。

「……既然都能擋下銃裝劍，我想也沒那麼簡單奏效。重新裝填，快點！」

看見魔導飛槍不斷地被破壞，亞蒂雖然皺起眉頭，卻沒有表現出明顯的動搖。只要看過飛龍剛才和伊迦爾卡交手的情形，這個程度已經足夠分散注意力了。這時，從連結在澤多林布爾後方的貨車上傳來幻晶甲冑部隊悲痛的叫喊：

「我們已經盡量在快了，不過重新裝填還需要一點時間。等等……喂，那個。亞蒂，飛龍的動作有點奇怪？」

在幻晶甲冑所指示的前方，飛龍戰艦明顯採取了和之前不同的行動。原本在空中與伊迦爾卡交戰的龍，不知不覺間把視線轉移到地上。

「……嗯。呃——那樣是不是很糟糕？」

「以為飛龍戰艦會害怕那種程度的攻擊嗎？真礙眼。那些像馬的東西若是只有一匹，就先消滅了吧！」

亞蒂不祥的預感成真了。船首遵照龍騎士像的指示轉向盯著地面，飛龍戰艦開始降低高度。各部位的安岐羅沙瞄準倉皇掉轉馬頭、飛奔而出的澤多林布爾開始射出法彈。在全速奔馳的澤多林布爾附近燃起破壞的紅色火焰。

「好凶猛的法擊！但你可別小看小澤的速度！」

「以為靠那匹馬逃得過飛龍嗎？」

飛龍戰艦下降到快碰到地面的高度，然後伸出巨大的龍腳。法擊限制了澤多林布爾的前進方向，敵方打算以格鬥用龍腳一口氣捏碎他們。

飛龍戰艦亮出猙獰的爪子襲向獵物。當推進器噴出火焰，同時響起一陣轟鳴聲時，爪子削過地面。

「喔喔喔喔喔喔，來了，會碰到……會被捏碎!?亞蒂，再加快速度！會抓到，會被抓到啊——!?」

漸漸逼近的龍爪與法擊暴雨，讓貨車上的幻晶甲冑部隊一陣雞飛狗跳。不管龍爪還是法彈，他們都承受不起。

亞蒂駕駛著澤多林布爾蛇行，巧妙地避開法擊，卻也因此降低了速度，差一點就要落入龍爪中。眼看凶惡的龍爪近在咫尺，幻晶甲胄部隊忍不住嚇得渾身發抖。這樣下去，靠澤多林布爾的速度甩不掉攻擊，駕駛座上的亞蒂卻露出了大膽的笑容。

「哼——！跟艾爾戰鬥的時候還敢看旁邊，那叫作粗心大意！」

雖然不可能是因為聽到這句話，但正好就在這時候——從旁射來的轟炎之槍瞄準了飛龍戰艦飛來。想都不必想，那正是伊迦爾卡的銃裝劍。

「就知道你會來，鬼神！沒用的，你就眼睜睜看著自己的手下被捏碎吧！」

安岐羅沙立刻做出反應。『雷之鞭』從船體上展開，迎擊法彈。操縱這艘飛龍戰艦的不只有一個人，除了龍騎士像上擔任主駕駛的多羅提歐，每一架安岐羅沙也有各自的騎操士，再加上船體中央操作源素浮揚器的人員，即使多少受到突襲也不會產生死角。

「你的法擊對飛龍沒用……什麼!?這是怎麼回事！」

多羅提歐游刃有餘的笑容也只能到此為止，因為飛來的轟炎之槍不只一發。接二連三、糾纏不休地飛來的法彈多到嚇死人的程度，多羅提歐臉上的從容很快消失得無影無蹤。

在距離追逐澤多林布爾的飛龍戰艦的一段距離外，伊迦爾卡降落到地面上。它雙腳穩踏大地，架起雙臂加上背上的四挺銃裝劍，就是從那裡接連不斷地發射出轟炎之槍。

「為什麼？為什麼能放出如此大量的法擊!?他是怎麼做到的？難不成剛才還藏了一手嗎!?」

他錯就錯在低估了伊迦爾卡的法擊，認為用『雷之鞭』能夠將其擋下來。伊迦爾卡的動力是來自兩座大型魔力轉換爐，儘管不相上下的兩隻巨獸獻出心臟而建成的爐能夠產生龐大的魔力，但要同時提供銃裝劍和魔導噴射推進器這兩種大輸出功率的機器動力，還是有困難。

——既然這樣，不要同時使用就好了。伊迦爾卡停下魔導噴射推進器，藉由將所有魔力注入銃裝劍，發揮出超越法擊戰特化型機體的驚人火力。

轟炎之槍光是一發就擁有普通法擊數倍的威力。在暴風雨般的襲擊下，讓『雷之鞭』的迎擊能力終於到達極限。凶猛的炎槍貫穿烈焰漩渦，抵達了飛龍戰艦。炎槍直接命中戰艦的外部裝甲，掀起另一波猛烈的爆炎。其所產生的衝擊撼動船身，使得飛龍戰艦偏離原本的前進方向。接著抵達的另一發追擊，更炸毀了設置於外部其中一架安岐羅沙。

「嗚！暫時脫離，瞄準那個鬼神射擊！絕不能放那傢伙自由行動……！」

多羅提歐不得不放棄對地的攻擊。操作人員提高源素浮揚器內的乙太濃度，在船體升高的同時，魔導噴射推進器瞬間噴出激烈的火焰，使飛龍戰艦得以高速往空中攀升，這回換它對伊迦爾卡展開法擊了。伊迦爾卡也重新飛到空中，雙方重啟空戰。

「混帳東西……礙眼是礙眼，但現在沒空管馬了。提高源素浮揚器的濃度，維持高度，不能再讓鬼神踏到地面上！」

多羅提歐感受著上升帶來的慣性，懊悔地咬緊牙關。這不僅是為了剛才放任伊迦爾卡自由行動，還因為瞄準在地上奔馳的澤多林布爾而降低高度，這也是致命的失誤。由於停留在從地面發射法擊到得了的範圍內，讓伊迦爾卡的攻擊得逞，我方遭受嚴重損害。

「不能失去更多安岐羅沙了，我要在這裡幹掉他。」

若是在空中交戰，好歹還能勢均力敵地拚上一場。見安岐羅沙放出『雷之鞭』迎擊法彈，他又接著策劃下一招攻擊。

「呵、呵呵～趁現在。再賞他們一頓魔導飛槍（小魔）吧！」

「好，裝填完畢。取那麼可愛的綽號，用法卻很殘酷呢。」

那時，地面上的澤多林布爾剛完成垂直投射式連發投槍器的重新裝填。因為飛龍轉移了目標，他們才得以安全且迅速地進行作業。有餘力掌握在空中交錯飛翔的伊迦爾卡和飛龍的動向，並且伺機發起攻擊。

「……！就是現在！」

當伊迦爾卡和飛龍擦身而過時，亞蒂看準機會發射垂直投射式連發投槍器，十支魔導飛槍拖曳著爆炎尾羽朝飛龍奔馳而去。

「下方，有投槍過來了！」

「用下方的安岐羅沙冷靜迎擊。我們來對付鬼神……不對，那傢伙！這次看準的是這個時機啊！」

一看見魔導飛槍升空，鬼神立即改變了動作。原本一邊運用距離的策略，一邊不時發射法擊，這時卻改為全速前進。從地面來的魔導飛槍火速逼近，天上則有鬼神直衝而來。

遭到魔導飛槍和轟炎之槍的夾擊，『雷之鞭』的功能一瞬間便到達極限。伊迦爾卡沒放過那個漏洞，一口氣逼近飛龍戰艦。

「『雷之鞭』……來不及擋下了！」

「別管了。放出法彈！擾亂他們！」

安岐羅沙馬上放棄使用『雷之鞭』迎擊，改成發射法擊的牽制行動。但是，伊迦爾卡靈巧地利用小規模噴射迴避，仍然持續接近。飛龍戰艦的巨大軀體擁有壓倒性的防禦力與攻擊力，在機動性方面則是伊迦爾卡佔上風。如果被坐擁強大火力的伊迦爾卡直接鎖定，即使是飛龍也不能保證撐得過去。

法彈幕的密度不斷提升，留下淒厲的破空聲。隨著鬼面的異型幻晶騎士愈靠愈近，負責迎擊的安岐羅沙騎操士們，幾乎能感受到它所釋放出的壓力隨之增強。

「真是相當熱烈的歡迎！不過，已經抵達了!!」

伊迦爾卡憑藉銃裝劍的威力，在飛龍拚盡全力放出的法彈濁流中開闢出一條路。終於進入射程範圍內的『執月之手』挾帶尖銳的翱翔音飛向空中，刺入了飛龍戰艦。伊迦爾卡一邊高速回收纜繩，一邊加快了迫近的速度。在極近距離下，飛龍失去了所有抵抗手段——想到這裡的下一瞬間，多羅提歐展開了令人無法置信的舉動。

「所有人固定身體！我們要『轉動』船身!!」

語畢，多羅提歐就拉下操縱桿，往踏板用力一踢，向整艘船下達荒唐的指令。正在收緊纜繩、準備登船的伊迦爾卡感受到意料之外的加速度，一時心生疑惑。看見飛空船的動作之後，就連艾爾也忍不住大吃一驚。

逼近眼前的船體外裝一齊往旁邊移動。可怕的是，飛龍運用全身的結晶肌肉發出喀滋喀滋的聲響，居然當場開始螺旋翻轉，這是一般的飛空船絕對無法做到的動作。

「啊、嗚哇，慘了。執月之手繼續抓住的話……」

因為執月之手連著船體，伊迦爾卡也被拖著開始捲動。但是，就算身處於天旋地轉、幾乎要被離心力甩出去的情況下，艾爾還是咬牙忍耐。

「真是被你想到一個恐怖的點子呢……但是！」

對他來說，在空中橫衝直撞原本就是家常便飯，或者該說是他的拿手好戲。艾爾很快從動搖中恢復過來，開始處理眼前的情況。他先放開抓住船身的執月之手，然後利用魔導噴射推進器微幅調整方向，一邊噴射，這才總算恢復平衡。在空中站穩了的伊迦爾卡，再次展開攻勢。

「鬼神，你放開了啊？那就嚐嚐這招!!」

巨大的龍腳先發制人，氣勢洶洶地從側面殺到伊迦爾卡眼前。原來螺旋翻轉並非只是迴避行為，多羅提歐利用整艘船體的旋轉，將格鬥用龍腳舉到不可能的角度，打算直接攻擊伊迦爾卡。

飛翔的幻晶騎士與格鬥用飛空船之間的戰鬥——在這樣史無前例的領域中，多羅提歐使出了空前的攻擊方式。融合最尖端技術結晶的這兩架機體，每一次的攻擊都超出了過去的常識範圍。

「居然是備案！真有你的！」

伊迦爾卡的魔導噴射推進器早了一秒放出爆炸性的噴射氣流，使機體以被颳走一般的速度移動，有驚無險地閃過飛龍的鋼鐵利爪。期間，恢復水平飛行的飛龍戰艦刻不容緩地展開追擊。安岐羅沙發射的法擊，緊追著伊迦爾卡不放。

伊迦爾卡用銃裝劍把直擊而來的法彈打落，推進器接著發出高亢的噴射音加速。每進行一次加速和減速，艾爾都會感受到強大的壓力。即使幻晶騎士適用強化魔法，能夠在一定程度上保護操縱者，但伊迦爾卡爆炸性的加速所產生的慣性甚至超越了那樣的防護。如果只看外表，艾爾纖細且柔弱。不過，驅動他身軀的正是為了機器人而生、為了機器人而死的瘋狂靈魂。

他咬緊牙關承受加速度。就算處於那樣的困境，他的嘴角依然掛著駭人的微笑。

「飛龍……真的是很強大的兵器！駕駛的技術也是一流，很難找出弱點。」

沐浴在源源不斷的攻擊之下，伊迦爾卡決定暫時採取躲避。偶爾才像是心血來潮般回以法擊，但也全被雷電防禦擋下來了。

「值得注意的是那個創新的防禦魔導兵裝。既能擋住遠距離攻擊，同時兼備近距離擊殺的性能。算起來伊迦爾卡也是近戰特化型機體，對上它肯定不利。」

即使穿過那個防禦型魔導兵裝，最後還有本體的格鬥機能等在前頭。從飛空船這種兵器的概念來看，身懷格鬥機能幾乎可以說是犯規了。

雖然一度發動奇襲，成功讓飛龍負傷，不過對手應該沒那麼大意。同樣的手段不見得每次都行得通，甚至讓人覺得要擊墜那條龍已經是不可能的任務了。

「可是……你也知道吧。魔法絕對不是萬能的，而且這一定會成為你的弱點！」

面對強大的空中戰艦，就算只能一味閃避，他還是沒有放棄奪取勝利。現在只是靜待時機，一心一意地躲開攻擊。

◆

負責殿後的銀鳳騎士團第二中隊掩護著新生克沙佩加王國軍，繼續後退。

「讓損傷嚴重的騎士先撤退！該死，那些黑騎士又撞過來了！」

「撞過去！把它們推回去！那種程度的裝甲跟魔獸比起來一點都不稀奇啦！」

第二中隊怒吼著對黑騎士予以反擊。雖然他們有一大堆攻擊用的武器，盾牌之類的防禦裝備卻很薄弱。要想頂住黑騎士的進逼，他們就必須打回去才行。何況，他們也無法隨心所欲地行動。這個集團因為擅於攻擊更勝於防守，正在撤退的同伴才會拖累他們的行動。

「敵人的氣勢沒有減弱啊？我想也是，有這樣的獵物近在眼前是不會退縮的吧。不過同伴也退得夠遠，差不多可以採取行動了。」

剛把敵人推回去，第二中隊便迅速確認周圍的狀況。半毀的新生王國軍儘管腳步遲緩，也正在確實進行撤退。第二中隊堅持不懈的戰鬥總算獲得成果。

「喂，迪隊長！不妙啊，只有他那邊的戰況不太對勁。」

其中，他們的中隊長迪特里希和他的座機古拉林德光是應付三番兩次來找麻煩的劍客就自顧不暇了，更沒有餘力注意周遭，在戰場上呈現兩機孤立的狀態。

「我是很想去幫他，可是那個敵人太強了！這樣下去只有隊長會被留下來……」

因為迪特里希和敵人的實力都很強，使得旁人無法輕易出手。在新生王國軍逐漸完成撤退的此刻，那兩個人恐怕會被留下來。

「喂喂，這些傢伙怎麼搞的，真頑強啊！居然還沒被打趴。」

古斯塔沃環顧四周，難掩焦躁地啐道。

緋紅騎士在殿後的敵軍之中尤其醒目，更具備優秀的戰鬥能力。只要能壓制它，剩下的那些小嘍囉就靠黑騎士打倒——他原本是這麼打算的，結果又怎麼樣呢？起初的確是黑騎士一面倒占有優勢，如今卻因為殿後部隊的英勇奮戰而被阻擋下來。

「嘖，讓這點程度的敵人給逃了就難看啦！我看也不能再拖下去了。雙劍，我要稍微拿出真本事囉！」

恰巧的是，與不久前的迪特里希抱持相似想法的古斯塔沃，使出了更加激烈的攻擊手段。劍客的攻擊質量突然一變，力道雖同樣激烈，但是劍的軌道卻變得更為錯縱複雜。不曉得古斯塔沃本人到底看到什麼樣的景象，劍從稱不上縫隙的縫隙間鑽入，迪特里希很快就反應不過來了。

古拉林德的裝甲上不斷冒出火花，傷勢眼看著愈來愈嚴重。幸虧增加了格鬥用裝甲，他才能夠繼續站在這裡。如果是普通的機體，大概早就被擊敗了吧。

「所以這傢伙剛才都是在玩嗎？嗚、我居然在劍技上被壓制!?」

緊湊的戰鬥使得魔力儲蓄量很快就見底了。不管是魔力耗盡而無法行動，或者是蒙受足以致命的損傷，都只是時間的問題。

「嗯——你是個不錯的劍士。我玩得很盡興，但是算了。給我倒下吧！」

劍客毫不留情的攻擊持續著。即使被逼入絕境，但不可思議的是，迪特里希卻發現自己並沒有感到挫折。

「被打敗……輸了？不、我還沒輸。我，還有古拉林德都還站在這個戰場上！」

他的腦海中浮現曾經歷過的『敗陣』，親身體會過那場徹底的敗戰。當時他不是在戰鬥中被擊倒，而是『逃走了』。

「古拉林德也說了，我們沒有退路，只能向前進……!!」

周遭的聲音漸漸遠去，他愈來愈不在意劍戟上迸散的火花。迪特里希單純傾聽著有如濁流奔騰的聲響，那其實就是他自從成為第二中隊長後，未曾感受過的感情。

他不畏懼近在眼前的敗北，內心深處反倒湧起一股熾熱通紅的『凶暴性』。不知不覺間，他的臉上浮現出笑容。緋紅騎士『古拉林德』這架機體可以說是他的分身，而這並不表示他只擅長攻擊，其本質在於殲滅蘊含敵人每一件武器之中的暴戾『意志』。

古拉林德的動作略微有了變化。一直單方面承受攻擊的緋紅機體，向著劍客的攻擊範圍正中央踏出了一步。不知是自殺行為，或是單純的魯莽行徑，劍客都高興地用劍歡迎。古拉林德早已傷痕累累，什麼時候倒下都不奇怪。

面對迫近的劍刃，古拉林德不用劍格開，卻伸出了『手腕』抵擋。承受敵人攻擊的腕部裝甲悲哀地凹陷下去，但也僅只於此。格鬥用的厚裝甲足以擋下一次攻擊，這招雖然不能常用，卻也已經足以讓敵人產生破綻了。剎那間，爆炸聲響起，從古拉林德歪曲的手甲下飛出一塊金屬塊。『雷電連枷』——這項隱藏武器發揮它的特性，在最佳的時機向敵人露出獠牙。

獲得爆炸性噴射的加速，雷電連枷朝著敵人毫無防備的身軀飛去。法彈不可能發出的堅硬碰撞聲響徹四周，劍客身軀上噴濺出破碎的裝甲——乍看之下是如此，可是不對。被打碎的是劍客身上配備的『劍與鞘』。對劍異常執著、在機體『全身上下』裝備劍的愚蠢行為，意外地成為另一種追加裝甲保護了劍客。劍即使不出鞘，一樣是古斯塔沃的武器。古斯塔沃接著展現驚人的反射神經，立刻矯正因為衝擊而差點失去平衡的機體。豈止如此，他還流暢地轉化為對古拉林德的反擊。

「呼、哈哈、哈哈哈哈！剛才真的好險！真可惜，不過最後還是我的劍會贏！」

古拉林德還維持著伸出手的姿勢，動作因此致命性地慢了一拍。劍客送出的反擊之劍深深沒入古拉林德的側腹。劍尖刺得非常深，機體深處發出結晶碎裂的清脆聲響。

古斯塔沃確信自己獲得勝利。腹部的肌肉被挖開，就不可能正常進行格鬥。緋紅騎士已經玩完了。

——照理來說是這樣沒錯。於是，他在這時有了短暫的鬆懈，然而迪特里希的進攻還沒有結束。古拉林德無視刺入機體的劍尖，反而繼續往前邁進，古斯塔沃自信滿滿的笑容一下子為之扭曲。理解迪特里希的意圖後，他才倉皇地想讓劍客後退，但是卻來不及在古拉林德貼近以前退開。

「什、你這傢伙！還想掙扎嗎？有夠煩人！」

「當然要掙扎啦！我已經決定再也不會輕易逃跑了！我不會被打倒，我會掙扎到最後一刻！」

古拉林德從原本抱緊對方的姿勢，突然向後一仰使出頭鎚攻擊。也許是衝擊使得眼球水晶發生問題，幻象投影機上的景色嚴重扭曲。

「可惡！這傢伙是笨蛋嗎!?」

他不顧後果的行動甚至讓古斯塔沃也陷入混亂，迪特里希的『愚蠢』完全超出他想像之外。劍客與古拉林德都是將攻擊裝備裝載到極限的攻擊特化型機體，但古拉林德還有一項對手不可能持有的王牌，那就是他機體內建的『魔導噴射推進器』。古拉林德維持著抱緊劍客的姿勢，從肩膀和腰際冒出耀眼的紅色火焰。猛烈的爆炎咆哮著將兩架機體拋進空中，在一瞬間的懸浮之後，重重地摔落大地。

「喔喔喔嗚喔喔、啊啊啊!?」

兩架機體糾纏在一起，不斷翻滾。駕駛座內被搖得亂七八糟，根本顧不得調整姿勢。然而，古斯塔沃拚盡九牛二虎之力控制機體，放開手中刺入的劍，硬是用腳將古拉林德踢飛。已經到極限的古拉林德無法抵抗，只能硬生生被拉開距離。

「真、真是太亂來了！這傢伙搞什麼啊……」

即使因意外的襲擊而感到混亂，古斯塔沃還是試著讓機體站起來。劍客的機體受到衝撞和翻滾的衝擊略為受損，卻還遠遠算不上致命。這時，突然想起要確認敵人狀態的他轉過頭，然後看見了恐怖的景象——噴射火焰再次閃現，被踢飛的緋紅騎士就像陀螺一樣，一邊轉動著一邊站起來了。它在腹部肌肉遭到破壞、連正常行動都辦不到的狀態下站了起來。

「搞、搞什麼？你這傢伙到底有什麼病!?」

這時候，古斯塔沃第一次感受到純粹的恐懼。畏懼超出他常識之外的行為，還有敵手對勝利的異常執著。古拉林德踉踉蹌蹌地走近仍倒在地上的劍客，它依然無法正常行動，只能利用快倒下的勢頭進行攻擊。這一擊完全無關任何招式，只憑著一股氣勢草率出手。在極度混亂之中，古斯塔沃仍然做出了反應。此時，他終於察覺一項致命的事實——劍客的手中『沒有劍』。那把劍現在還插在古拉林德的肚子上。

失去劍的劍客茫然地停下動作。古拉林德也在此時毫不留情地發動攻擊，用揮下的雙劍砍斷劍客的雙手。失去用以攻擊的雙手，劍客也等於失去了大半戰鬥能力。

「我的劍、怎麼可能輸……!?」

古拉林德維持著揮下劍的姿勢，啟動了背面武裝『風之刃』。在無處可逃的極近距離內，空氣之刃捲起漩渦。受到直擊的劍客翻滾出去，從機體上散落裝甲與結晶的碎片。最後終於停了下來，再也無法站起來反擊。

「不可能。隊長的機體——劍客居然……!?」

古斯塔沃・馬多尼斯，他和座機『劍客』這對最強的組合在甲羅武德軍中無人不知，無人不曉。結果有人不但能跟劍客打得不相上下，居然還打倒它了。這一幕對甲羅武德軍造成強烈的衝擊，而他們的動搖也讓第二中隊找到絕佳反擊時機。

「迪隊長幫我們搞定啦！」

「好啊，就是現在！痛扁他們!!把他們打到再也爬不起來!!」

卡迪托雷軍的士氣一口氣提高，紛紛朝黑騎士展開猛烈攻勢。儘管動搖了一瞬間，還是讓黑騎士們遲了一步做出反應，沒能接下第二中隊的攻擊。隊長古斯塔沃被打敗，更讓他們的指揮系統開始混亂。

「好！趁敵人陷入混亂，快點閃人！」

「喂，那邊怎麼辦？迪隊長快倒下去了耶。」

沒錯。儘管擊退了劍客，不過古拉林德也遭受重創。尤其腹部的損傷更是嚴重，連站都站不起來，只能用雙劍支撐著跪倒在地、動也不動。

「……劍的最強頭銜讓給你。不過，勝利就由我收下了。」

迪特里希在昏暗的駕駛座上深深吐出一口氣。古拉林德的魔力儲蓄量已經見底，連指尖都動彈不得。這時，他忽然想起現在正在撤退中，臉上的表情整個僵住了。

「啊——這下真的有點、太超過了？」

耗盡魔力的幻晶騎士跟擺飾沒兩樣，恐怕轉眼間就會被敵軍給包圍吧。

「沒辦法……只能丟下古拉林德了。」

沒時間沉浸在感傷中了。沉重的腳步聲從機體背後愈靠愈近，迪特里希連讓古拉林德回頭都沒辦法，不禁焦躁起來。他無法忍受將愛機拋下，話雖如此，但也還不到跟它一起殉情的程度，能夠逃脫的機會只有現在。

「迪學長！你太亂來了吧!?」

因為聽見從背後傳來的話聲，他心裡的焦慮一下子便煙消雲散了。原來是亞蒂駕駛的澤多林布爾靠了過來。

「……唉，沒想到會被代表『亂來』的妳這麼說。可是，亞蒂妳為什麼回來了？騎士團長那邊怎麼樣了？」

「跟你說～伊迦爾卡和飛龍用全速飛走了，完全追不上，所以我才掉頭回來。」

伊迦爾卡與飛龍竭盡推進器動力，風馳電掣般的戰鬥還在繼續。如果追得太緊，澤多林布爾就會完全陷入孤立，因此亞蒂才心不甘情不願地折返。

「唉，反正艾爾涅斯帝不管發生什麼事都有辦法應付吧，現在我還希望妳幫我一把。」

「瞭解～就暫時用小澤拖著古拉林德跑囉。」

「算我欠妳一次。」

澤多林布爾從後方射出牽引索，勾住古拉林德。

「不用在意！如果把古拉林德留下來的話，我想艾爾會非常傷心。」

「啊啊，是喔，不過我覺得多少擔心我一下也沒關係吧!?妳這學妹還真過分。」

當澤多林布爾開始奔跑，被拖行的摩擦與震動就連在古拉林德的駕駛座上都感受得到。顛簸的程度讓迪特里希驚慌地大叫：

「喔喔喔，喂！不行，這樣不會太粗魯嗎!?會壞、會壞掉啦！」

「已經破破爛爛的了，再壞嚴重一點也沒關係！」

「哪裡沒關係了！拜託妳不要在半路上繩子斷掉把我丟下來喔!?」

兩人吵吵鬧鬧拌嘴的期間，拖著古拉林德的澤多林布爾不停奔馳。後頭的第二中隊緊隨他們的腳步，也開始正式撤退了。

◆

時間稍微回溯到第二中隊開始撤退之前。

如同地上的戰鬥局勢已定，鬼神與飛龍的空中決戰也面臨某個重大的轉折點。

飛龍戰艦不斷對鬼神發動猛烈法擊和近戰攻擊，可是到目前為止，鬼神只挨了幾發法彈，依然靈活敏捷地持續迴避，使得多羅提歐心中的焦躁感節節高升。

就在這時候，監控爐的部下卻傳來令人鬱悶的報告：

「隊長，魔力儲蓄量比預定消耗得還要多，只剩不到三成……魔力轉換爐的供給趕不上消耗速度。」

「唔，耗費了那麼多啊。那個鬼神居然能夠一刻不停地行動，到底用了怎樣的爐才能提供那麼龐大的魔力……不對，應該是我方失去一架安岐羅沙造成影響了吧。」

多羅提歐回應道，臉上苦澀的表情不輸給部下。在戰鬥途中，一架安岐羅沙因為受到銃裝劍強力的法擊而嚴重毀損。那架機體從進氣裝置到銀線神經無一完好，已經無法供給魔力，這樣的致命傷在戰鬥期間無法修復。

「我們沒有低估對手，也做好出現一定損傷的覺悟。只是，以那個可怕的鬼神為對手，失去『一條命』實在太慘重了。」

身軀較幻晶騎士大上不只十倍的飛龍戰艦，是一項太過巨大的人工建築結構，其消耗的強化魔法也龐大得無與倫比。一般的魔力轉換爐剛好能夠提供一架幻晶騎士的運作，所以光憑一兩具爐根本不可能供給戰艦的燃料。如果想彌補魔力的缺口，那就真得用上傳說中的陸皇那樣強大的心臟才行。但是，在大半魔獸幾乎絕跡的西方諸國，那樣的手段行不通，這是身為飛龍設計者的奧拉西歐過去所面臨的致命性問題。

在那之後，他在名為克沙佩加王國的戰場上，與能夠解決這個問題的技術相逢了，那就是被稱作『法擊戰特化型機體』的幻晶騎士。這種將法擊能力提升到極限的幻晶騎士，身上裝備著最具代表性、由魔力儲存式裝甲所構成的華爾披風。

那麼，『只要讓好幾架機體共用華爾披風，就能夠運用更多的魔力儲蓄量了吧』——飛空船的創造者奧拉西歐從以船為主體的構想開始，終於發展到可謂終極的境界。排列在飛龍戰艦上下左右的『安岐羅沙』，加上『龍騎士像』等共計十三架機體，這些就是構成名為飛龍戰艦，共用『超巨大規模的魔力儲存式裝備』之系統。安岐羅沙既是重要的攻擊與防禦工具，同時也是支撐這艘船的心臟——以上就是這條機械龍生命來源的祕密。

如今，他們在與鬼神的戰鬥中失去了一條性命，還剩餘十二條命。看似很充分，但其中的落差卻很大。考慮到強化魔法所造成的基礎消耗，以及連續使用魔導噴射推進器和不間斷的法擊，再加上激烈的格鬥戰等等，發揮全力的飛龍會貪婪地不停吞噬魔力。

「……追得太緊了嗎？」

多羅提歐握著操縱桿的手用力收緊。仇敵當前，他似乎有點太過衝動了。在這個時代，飛龍戰艦強大的力量足夠冠上史上最強的稱號，沒有任何人知道它的極限到底在哪裡。

不論進攻怎樣的據點，或者和多少幻晶騎士戰鬥，都遠遠不及飛龍的極限。想發揮它最大的力量，就有必要跟那個人稱鬼神、史上最凶惡強大的敵人打上一場。正因如此，飛龍在戰鬥中逐漸逼近耗能底線。

「……沒辦法。萬一龍動不了，反而得不償失。提升高度，必須暫時恢復魔力。」

飛龍放慢速度，展開帆翼轉移到巡航模式。想要抑制魔力消耗，就得停止魔導噴射推進器。飛龍一旦失去速度這項優勢，就不能指望和鬼神勢均力敵的戰鬥。在船體中央，部下們急忙將乙太注入源素浮揚器。隨著機器內的乙太量增加，流瀉而出的七彩光輝也益發強烈。同時，飛龍提高輸出動力，在浮揚力場的作用下迅速攀升。

艾爾當然不會錯過飛龍行動的變化。

「……看樣子是時候了。對，就是用罄魔力儲蓄量，這才是敵方魔法現象的弱點。要維持伊迦爾卡的動力和運作，必須獻上陸皇的心臟才行。為了驅動那條龍，你又獻上了什麼呢？」

伊迦爾卡在空中一個翻身，然後將魔導噴射推進器轉到同一方向開始前進，目標是不斷攀升的飛龍戰艦。

在消耗魔力這一點上，伊迦爾卡也是個恐怖的大胃王。不過，伊迦爾卡終究是架幻晶騎士。不僅基礎消耗低，動能所需的魔力跟飛龍相比也是小巫見大巫。這也就算了，它身上甚至裝載了遠超乎飛龍戰艦共十三條命的強力心臟。超乎規格的魔力輸出動力創造出逆轉形勢的契機。

因此，騎操士艾爾涅斯帝才會發起持久戰，這裡應該不用提出他與陸皇龜之間的戰鬥為例了吧。為了獲勝，他甚至能夠撐過長久到令人抓狂的艱苦戰鬥。駕駛著名為伊迦爾卡的凶惡巨人兵器，即使被加速度甩來甩去也甘之如飴。只要牽扯到幻晶騎士(機器人)，不管什麼事都能樂在其中，這些全是出於他的變態性格才有辦法完成的壯舉，簡直無藥可救了。

「來吧，可不能放過這個機會。我就在這裡把你吞噬殆盡!!」

「可惡的鬼神，果然追過來了！」

在下方監視的部下傳來報告，令多羅提歐忍不住呻吟。現在是飛龍走在前面，但是考慮到速度差距，早晚會被追上。但是，飛龍戰艦不像要採取什麼行動，只是全心全意地繼續上升。

支撐多羅提歐的，是奧拉西歐在出擊前對他說的一番話——『如果飛龍戰艦陷於困境，就盡其所能地往高空攀升。這麼一來，天空就會站在飛龍這邊，對敵人造成危害』。他沒有詳細說明，只留下這麼一段神祕的建言。不過，現在只能相信他。

「……既然這狀況會危害鬼神，也就是對我有利。就算要與惡魔為伍，我也會好好利用它。」

他們投入所有的乙太到源素浮揚器內部，爬得更高、更遠，直到極限。飛龍抵達雲的高度後仍持續上升，最後終於突破了雲層，來到蒼穹之下。

「這是……比雲層更高的世界……真是太美了。」

突破暗灰色雲層的那一剎那，出現在眼前的是一片一望無際、耀眼奪目的白色世界。從源素浮揚器的結構來看，爬升到這裡會耗費太多乙太，所以這還是他第一次來到比雲層還高的地方。在戰鬥中的短暫片刻，多羅提歐被眼前的景色所吸引，而這樣的寧靜轉眼即逝。飛龍戰艦的倒影投射在雲層上，繼續往上爬升。

伊迦爾卡也追逐著飛入雲間的飛龍戰艦持續上升。

「光靠魔導噴射推進器爬到這裡有點辛苦。可是，終點應該不遠了。」

這場你追我跑並不會永遠持續下去。艾爾在調查飛空船的過程中，獲得了源素浮揚器的相關知識。這種飛行裝置雖然極為實用，可是卻有個很大的缺點——那就是力場輸出動力的上限，取決於爐所能保有的乙太量上。

使用源素浮揚器不能永無止境地攀升上去，早晚會面臨極限。

「從過去飛空船的性能，以及那個飛龍的大小來看，穿越雲層就差不多是極限了吧。啊，是時候做個了結了……」

突然間，他有種異樣的感覺。呼吸紊亂、視野產生歪斜，胸口更出現一股壓迫感。他按住身體，察覺到體內真的有什麼不對勁，不禁皺起眉頭。

「這是……呼，可以呼吸。我『知道大氣壓的問題』，伊迦爾卡也有加壓用的魔法術式，事先做好準備了。難道還少了什麼……」

接著，艾爾趁身體狀況還沒有變得太糟糕的時候，開始徹底檢查機體。伊迦爾卡在他的直接控制之下，所以他可以比探查自己的身體，更深入地理解伊迦爾卡的狀態，從微小的術式反應中調查變化。不久，他就發現了某個重大的『變化』。

「……魔力的供給量正在增加？」

供給龐大魔力的兩具大型爐『皇之心臟』與『女皇之冠』，其所產生的輸出動力遠遠凌駕於普通的爐心，他也因此忽略了魔力的供給量比平常來得更高。『魔力供給量增加』這樣的現象乍看之下是好事，其中卻隱含重大的問題。

「吸氣量沒有改變。考慮到氣壓降低的情況，應該會變少才對。呼，如果是這樣……！只有乙太的吸入量增加了？」

這和使用源素供給器時的原理相同。如果吸入的乙太量增加，魔力轉換爐就會增加輸出動力。可是，自從他駕駛伊迦爾卡以來，卻沒有發生過令他明顯感受到魔力供給量增加的變化。

主要是心臟感受到的負荷，以及呼吸的異常。自己的身體狀況變化，還有魔力轉換爐的性質。最後，當他想到源素供給器的副作用時，腦中突然掠過一道提示真理的閃光——

「愈是往高空去，空氣就愈稀薄。呼，可是，乙太的濃度反而愈高……是這麼回事……糟了!!」

乙太這種重要的元素，說是這個世界一切現象的起源也不為過。但是，適應了地表稀薄乙太的生物們和魔力轉換爐，卻無法長時間待在高濃度的乙太環境下，這也是源素供給器的致命缺陷。如今，伊迦爾卡和艾爾身上也正在發生這樣的現象。

期間，伊迦爾卡仍然繼續攀升，終於突破了雲層。在一片清澈的藍天中，飛龍戰艦的身影還在更高處。艾爾在遼闊的雲海上滑行前進，定睛注視著那副身影，然後讓伊迦爾卡舉起銃裝劍瞄準。可惜還是不行，還到不了。艾爾於是放棄了發射，像是要甩開眼前景象似地轉移視線，操作推進器讓伊迦爾卡下降。

在下降的期間，艾爾仍在思考。腦中的異世界（地球）知識告訴他，天空的盡頭以外是真空——亦即『宇宙空間』。將原本的知識與這個世界的法則結合，讓他得出一個結論。

「……呼，這個世界、這個世界的天空……天空的盡頭以外是……！恐怕是……另一個充滿純粹乙太的空間。」

氣壓減少與乙太增加，只要理解了方程式，很快就能得到答案——這個世界的『真空』可能是一個被乙太所填滿的空間。

「乙太的影響會平等地作用在一切事物上。飛龍明顯是在知道這種變化的前提下，引導我到高空的。原來是這樣，這表示他們有解決方法。」

伊迦爾卡降低高度，不久便回到雲層底下。艾爾因為慢慢穩定下來的呼吸感到安心，同時綻放出燦爛的笑容。

「……現在的伊迦爾卡還搆不到那樣的高空。我就承認吧，這場戰鬥是你贏了，但我已經掌握好原理，不會有下次了。」

伊迦爾卡控制推進器轉過身，然後和撤退的新生王國軍會合。

◆

「唉～～輸掉了啊，混帳。」

古斯塔沃坐在胸部裝甲開啟的劍客上，愣愣地仰望天空這麼抱怨道。劍客的雙臂被破壞，全身受到大大小小的損傷，而且自豪的劍也幾乎都斷了，簡直只剩一口氣。要是古拉林德沒有兩敗俱傷，自己八成會跟劍客一起被幹掉吧。還能像這樣呆呆地看著天空，完全只能說是僥倖。

「好安靜，老爸那邊也結束了嗎？」

仰望的天空上沒有鬼神和飛龍戰鬥的蹤影，或許和地面的戰鬥一樣分出勝負了吧。他認為飛龍絕不可能被打敗，但一想到敵人驚人的戰鬥能力，還是會有一絲不安。

背後響起沉重的腳步聲逐漸接近。轉頭一看，黑騎士來迎接他了。古斯塔沃沒勁地揮揮手，表示他沒受傷。

「接下來要怎麼辦？唉，能活下來就算賺到了吧。」

劍客是古斯塔沃的愛機，也等於他的分身。既然它被破壞得遍體鱗傷，空有一身武藝也無從施展，而且不只他，黑騎士隊也受到了相當程度的損害，不得不放棄對新生王國軍的追擊。

就這樣，圍繞要塞都市的一連串攻防，最後在甲羅武德軍壓制要塞、獲得勝利的形式之下落幕了。

新生克沙佩加王國軍在差點全滅之前，好不容易才撤退。前來救援的銀鳳騎士團也受到中隊長倒下的沉重打擊。儘管甲羅武德軍的損害絕不算輕微，但在眾人的勝利面前，也遭到忽略。

另一方面，在戰場上號稱百戰百勝的鬼神不得不屈服於這個世界廣大浩瀚的架構之下；最強的飛龍則透過與鬼神一戰，察覺了自己的弱點。兩個最強戰力之間的相遇，最終以不分勝負收場。

這場戰爭的結果有一個重大的象徵意義。被新生克沙佩加王國視為王牌，也是他們精神支柱的銀鳳騎士團在戰場上敗北的事實，對國內造成很大的打擊，亦對往後的戰役蒙上一層陰影。

西方曆一二八二年。

在揮之不去的動亂氣息之中，季節轉向秋天。

第十章

收復王都篇

Knight's & Magic

第四十二話　準備作戰

從銀鳳騎士團與翠玉龍騎團之間發生激戰，雙方均遭受重創之後，又過了一段時日。

在那之後，大西域戰爭迎來一段風平浪靜的時期，這是因為兩國的最強戰力都在休養生息的關係。

期間，各地的小規模戰鬥仍在持續。雖然新生王國的騎士們勇猛果敢地試圖收復領土，結果卻被貫徹防禦的黑騎士全數打了回去。戰線仍舊沒有太大變動，不至於影響大局。他們很快就會理解，現在是等待兩隻休養生息的怪獸覺醒，而這場戰爭將因此再次掀起風暴的時候。

◆

在戴凡高特近郊處有個港口，是翠玉龍騎團為了開拓森林所設立的據點。身兼龍騎團首領和飛龍戰艦船長的多羅提歐，眺望著占據了整個港口的巨大飛船，向背後的人問道：

「……那麼，修復狀況進行得怎樣了？」

「這個嘛，船體的損傷還算輕微，只要更換零件就可以完成，安岐羅沙就要多費一點工夫了。唉，不過最重要的是，如果維持原狀的話，下次和鬼神交戰也早晚會碰到魔力不足的問題。」

對方吊兒郎當地給出答案。奧拉西歐隨手翻閱記錄作業狀況的資料，不經意地發著牢騷。

休養中的飛龍戰艦橫臥在他們面前，越過船體，可以看見湛藍的天空。這個世界並不存在足以容納超過普通飛空船尺寸，這具戰艦龍軀的建築物，因此這高度機密的武器才會在戶外進行修復作業，至少可以把周圍的森林當成掩護。

他們的側面傳來幻晶騎士經過的腳步聲。那些拖著材料走過的機體是被徵調來當成作業人力的雷斯瓦恩特。飛空船的建造和修復工程變得極為浩大，只靠人力已經完全沒辦法應付了。

「呼，真是的。連結13具魔力轉換爐，這隻魔龍的魔力輸出大到像是瘋了一樣，居然還會有魔力不夠的問題，只能說是惡夢啊。」

「我不想聽閣下發牢騷。不管多麼為難，都要請你克服這個問題。」

奧拉西歐聳聳肩，無奈地說：

「好吧，我姑且算是有對策。唉，雖然那個東西還在試作階段，也不得不派『那傢伙』上場了。」

「什麼？你說有好方法？那到底是……」

多羅提歐隨著奧拉西歐的視線看過去，然後看見放在貨架上被送過來的物體。那個東西約有幻晶騎士的一半大小，重量看似與外觀吻合，必須動用幻晶騎士拖著貨車才能運送過來。

「那是魔力轉換爐。」

「什麼？那可真看不出來。我所知的爐，大小不會超過人類高度啊。」

奧拉西歐一口咬定是魔力轉換爐的東西，因為安裝大量零件而扭曲膨脹。多羅提歐身為騎操士，自然對幻晶騎士的內部裝置有一定理解。那個物體和他所知道的魔力轉換爐大不相同，也難怪他忍不住投以訝異的眼光。

「這是試作中，搭載『高濃度乙太對應模式』的魔力轉換爐……我自己是稱它為『龍血爐』啦。」

儘管外表看起來有氣無力的樣子，奧拉西歐的眼睛深處卻潛伏著陰森的光芒。他張開雙臂，然後自顧自地開始解釋：

「如同閣下所知，普通的魔力轉換爐如果持續暴露在高濃度的乙太下，會產生劣化反應，最後『死亡』，這是源素供給器這種方便工具最致命的缺點。不過呢，也因為爐原本是以地表上稀薄的乙太環境為前提設計而成，再運用我們祕而不宣的『純乙太作用論』所延伸出的某項技術。一開始就以容納高濃度乙太為前提造爐，藉此維持高魔力輸出，同時也能夠避免劣化。」

「什……!?高加索卿，既然有那麼便利的手段，為什麼不一開始就用！」

與臉色一下子變得嚴厲的多羅提歐相反，奧拉西歐懶洋洋地嘆了口氣，隨意地聳聳肩回答：

「這個……凡事總不會盡如人意嘛。反過來說，這玩意兒在地表上乙太稀薄的環境裡，可以說一點都派不上用場。要讓它運轉的話……我想想，若使用源素供給器不停輸送高濃度乙太，還能勉強動起來吧。」

多羅提歐一時無言以對，這番話讓他想起這個新型爐隱含的重大問題點。

「……存放的源素晶石是支撐船體上下移動的貴重燃料，而且飛龍戰艦內部沒什麼多餘的空間，能存放的量本來就有限。假如晶石被消耗殆盡，就算產生再多的魔力……」

「閣下果然理解得快。就是這樣，所以我之前才說它尚未完成。不過，唯獨能夠產生壓倒性的魔力這一點，可以賭上我的名譽保證。」

「唔……」

飛龍戰艦儘管具備極為強大的戰鬥能力，但由於是倉促趕工而建，所以有很多不夠周全的地方。要是再加上龍血爐，不難想像將會增加船體變形扭曲的部分。連多羅提歐這個身經百戰的勇士，都是憑著多年累積的經驗和直覺，才好不容易能夠駕馭。如果再繼續增加多餘設備，想必會給駕駛帶來極大的負擔——即使如此，他也沒有猶豫。

「好吧。這點程度都不能應付的話，也打不過那個鬼神了。」

他的敵人——鬼神，區區一架幻晶騎士就擁有令人歎為觀止的性能，是飛龍戰艦竭盡全力也無法打敗的對手。要想打倒它，必須利用超出常識的方法。

「我明白了。那麼，我會負起責任，將飛龍引導至更高的高空。」

奧拉西歐行了一禮後便轉身離去，多羅提歐原本正欲離開，走了幾步之後忽然轉過頭來，對他問道：

「閣下認為那個鬼神的力量之源是什麼？他靠區區一架機體，就能夠和龍的13條命對抗，是用了什麼材料才能做出那種瘋狂的機體？」

奧拉西歐的回答只有「呼」地輕嘆一口氣而已。然後，他態度自然從容地張開雙臂，仰望天空。

「如果能解明、獲得那個祕密的話，不管要犧牲什麼我都會樂意奉上。」

「……唔。太過拘泥於不明瞭的事情也無益，是嗎？我們只能竭盡飛龍之力戰鬥，打敗那傢伙。這次必定能辦到……!!」

於是，大型爐就這樣裝到飛龍戰艦大大敞開的腹部裡。多羅提歐望著一大群鍛造師和幻晶騎士忙碌作業的景象，用力咬緊了牙關。

◆

甲羅武德王國趕著修理飛龍戰艦的同時，新生克沙佩加王國也有了新動向。

在新生王國的王都馮塔尼耶這裡，居住於中樞拉斯佩德城的埃莉諾女王每天都會接到大量的報告。因為不能將那些繁雜的報告書原封不動地送上去，因此挑選內容並整理出應該呈給女王的報告，就是馬蒂娜這位輔佐者的任務了。

「……大家果然都很不安呢。」

「遺憾的是，我國目前正處於劣勢。在這個時期敗下陣來，也難怪他們會不安了，而且事關『那些人』，更是打擊士氣。」

埃莉諾伴隨一聲嘆息，放下報告書抬起頭來。她十分清楚自己經驗不足，所以除了戰況報告以外，也盡可能地接收各式各樣的意見，其中有一項內容最近經常看到。

她的視線游移著，然後轉向一名站在房間一角，看起來無事可做的騎士。

「阿奇德先生，可以打擾一下嗎？有件事情想請教你。」

「咦？我？啊、好啊，當然好。如果是我知道的事，必定知無不言。」

奇德身為埃莉諾的直屬護衛騎士，在公務室也有模有樣地護衛在身邊。如果是有關騎士或者騎操士的事情還好說，對政事一竅不通的他想都沒想過會被埃莉諾請教，所以才會如此動搖。

「銀鳳騎士團……不，艾爾涅斯帝先生最近過得怎麼樣呢？會不會對幾天前的戰鬥結果……耿耿於懷？」

雖然摸不清她這個問題的意圖，但奇德還是果斷地立刻回答：

「怎麼會，艾爾他沒問題的。他是打輸了，也失敗了沒錯，不過絕對不會沮喪。我想，為了再戰一場，他反而會興沖沖地跟老大開始策畫什麼陰謀詭計，可以肯定絕對沒好事。」

埃莉諾和馬蒂娜都無從推測奇德的話是否稱得上信賴。不管怎樣，她們已經充分感受到「艾爾涅斯帝一切如常」，這對奇德來說是再理所當然不過的事了。埃莉諾思考片刻，然後問他：

「……我能不能和艾爾涅斯帝先生當面談談？」

受到女王召見的艾爾馬上來到公務室。

「銀鳳騎士團長艾爾涅斯帝・埃切貝里亞前來晉見。」

「百忙之中抽空前來，你辛苦了。」

埃莉諾原本有點擔心，可是乍看之下，艾爾的樣子一切如常。還是跟平常一樣露出柔和的笑容，看起來莫名開心。硬要說起來，那種難以捉摸的態度也還是沒變。

「請你過來不為別的，是和前幾天與飛龍一戰有關的事情。那一戰……即使有艾爾涅斯帝先生和銀鳳騎士團在場，仍然失去了要塞。這樣的結果使得不安的情緒在軍隊之中擴散開來。」

銀鳳騎士團，其中又以最強的存在——鬼神（伊迦爾卡）的敗北，帶給新生克沙佩加王國軍不小的打擊。

畢竟，鬼神的戰鬥能力可是強得足以對抗一個營規模的黑騎士（狄蘭托），簡直離譜得讓人不禁懷疑自己。不管傳聞中的飛龍多麼強大，只要有伊迦爾卡在，勝利就是屬於我方的，也難怪他們會如此樂觀看待。雖說要塞並不是徹底被破壞，但是有銀鳳騎士團與伊迦爾卡在，仍然讓屬地被搶走的事實，對新生王國而言便是如此沉重。

「原來是這樣，因為我們總是跑在前頭嘛。對我們來說，要在那場戰鬥中守住要塞也很困難，而且飛龍又是超乎想像的強力兵器，尤其是燒毀了要塞的火焰。對方居然擁有那麼驚人的對據點兵器。那已經不算飛空船，更不要說是幻晶騎士了，應該形容為一種全新體系的武器。」

「有艾爾涅斯帝先生和伊迦爾卡那般人稱鬼神的力量也敵不過嗎？不只是我，許多士兵也感到很不安，所以請讓我聽聽你的想法。飛龍究竟是怎樣的敵人？還有，如果再一次交戰的話……是否有勝算？」

聽見她怯生生地提問，艾爾非但沒有消沉，反而很開心地笑著回答：

「那一戰之所以失敗，是因為我不理解這個世界的道理而陷入『暈乙太』的狀態，但同一招已經對我不管用了。何況飛龍也有它自己的弱點……他們應該也會採取對策吧。既然同樣的手段不管用，光靠伊迦爾卡單獨對抗飛龍，還是令人不太放心。所以，下次我也會帶著相應的戰力過去。」

「請問，艾爾涅斯帝先生，你說的暈乙太是……？」

聽見他的回答中有不熟悉的名詞，女王疑惑地問。

「這片天空之上，升得愈高，乙太的濃度也變得愈高。生活在地表上的我們無法長時間處於高濃度的乙太環境，身體會漸漸發生異狀。為了方便理解，我姑且稱這樣的症狀為暈乙太。」

不只是埃莉諾，連馬蒂娜和奇德都是第一次聽說。如果不是出自真正飛到遙遠天際的艾爾之口，簡直可疑得令人無法相信。馬蒂娜不禁發出沉吟，因為綜合之前所得到的消息，就會得到一個不怎麼讓人高興的事實。

「聽說飛龍可以若無其事地在那樣的高空中行動。這樣一來，敵人就不只是強大，還能逼近世界原理的核心，並利用那種狀況。原本就不好對付了……」

「我也這麼認為。對方在飛空船以及航空相關的技術和知識方面，果然還是領先了一兩步。不過，如果只是戰鬥的話，也不是沒有應對的方法。簡單來說，就是不要讓飛龍有機會攀升到高空。」

艾爾說得雲淡風輕，可是那種事到底要怎樣才能做到？馬蒂娜的臉色愈來愈難看了。不擊敗飛龍，新生王國就永無寧日。

「……我不是懷疑艾爾涅斯帝先生的能力。可是，面對那樣危險的對手，真的有辦法戰鬥嗎？」

不同於徹底站在國家與戰爭的立場思考的馬蒂娜，埃莉諾純粹是擔心朋友才這麼說的。身為女王，這樣或許有點優柔寡斷，但這也算是她的個人特質。

「只有銀鳳騎士團才跟得上你和伊迦爾卡的戰力吧，但我聽說在那場戰役中也出現了傷者。你又打算怎麼做？」

據馬蒂娜所知，這世上不存在足以與伊迦爾卡匹敵的幻晶騎士。就算他說需要協助，但要帶什麼過去才能幫上忙，她實在一點頭緒也沒有。

「我和飛龍的戰場在天空，就算是銀鳳騎士團也應付不來。因此，我會在下一次的戰鬥中派出在米謝利耶擄獲的飛空船。」

「可是，艾爾，我們抓到的是普通飛空船。帶著那種船去跟飛龍打，不覺得很不安嗎？」

奇德插嘴問了一句。

「也是，所以首先要做的，就是和老大一起把飛船改建到可以和龍戰鬥的程度。雖然是我們僅有的貴重飛船，但為了勝利也沒辦法。」

「……感覺好像會變成別的東西啊。」

埃莉諾感到另一種不同於奇德的驚訝。無論有怎樣的困難擋在眼前，艾爾和銀鳳騎士團都不會猶豫、沮喪，或者停下腳步。他們協助收復了被甲羅武德王國占領的國土；面對第一次看見的飛空船，也沒有膽怯。因此激發出令人難以置信的強大力量，克服一道又一道難關。

埃莉諾心懷純粹的疑惑，讓她不由得詢問艾爾：

「你為什麼可以那麼不屈不撓地挑戰呢？……艾爾涅斯帝先生不會感到恐懼嗎？」

光從年齡看來，艾爾和埃莉諾沒有什麼差別。除了性別以外，兩人最大的不同之處，就是艾爾敢獨自挑戰強大無比的飛龍；即使被世界之理拒於門外，依然沒有停止前進的腳步，彷彿字典裡完全沒有『氣餒』這兩個字一樣。他與事到如今還經常感到迷惑、力不從心的埃莉諾正好相反。正因如此，她才想知道艾爾的毅力從何而來。

也許是察覺到什麼，只見艾爾露出嚴肅的表情，認真地回答：

「建造、駕駛幻晶騎士並與之戰鬥是我的興趣，也是活著的目的。只要『這條命』還在，這一點就不會改變。機械龍愈是強悍，該跨越的難關愈是困難，我的幻晶騎士就必須爬到更高的地方。能改進的地方還多得很！這麼一想，您不覺得不管是怎樣的困難都能夠樂在其中嗎？」

「我覺得還是有困難。」

遭到奇德反駁，艾爾看起來很不滿的樣子。那或許是他毫無虛假的一番肺腑之言，只可惜別人根本無法理解。

在這樣難以言喻的氣氛之中，只有埃莉諾一臉嚴肅地像在思考什麼事情。

◆

在士氣逐漸低落的新生王國之中，有一群人仍舊滿腔熱忱地投入作業。正確來說，應該是被逼得連沮喪消沉的時間都沒有才對。

「好！調整好的人先回到崗位上！要開始運轉了!!」

在憑塔尼耶近郊闢建的港口，又臨時增設了『飛空船工房』。銀鳳騎士鍛造師隊一進駐那裡，便立刻沒日沒夜地展開飛空船的調查和改造工程。帶領他們的老大現在正坐在擄獲而來的飛空船船長席上，一副不可一世的樣子高聲指揮。

「老大，全員就定位了！」

「很好，那就來試試這傢伙的能耐吧。開始輸送魔力！」

「遵命——!!」

巴特森等鍛造師們聲音宏亮地回應，接著轉向艦橋上增設的各種機器。這裡原本排列著許多向船內各處下達指令的傳聲管，在短期間內發生了很大的變化。

「源素浮揚器，開始注入乙太！」

他們緊盯著成排的儀表，一邊謹慎地操作槓桿和操舵輪，同時壓下各式各樣的按鈕。當穩定上升的儀表顯示超過了臨界點，他們隨即感受到一股奇妙的感覺。

「濃度上升，進入浮揚力場了！」

「很好。起錨！傳令船首像，叫他們還不要動起風裝置！」

他的指示通過傳聲管傳達下去後，布署在船上各處的部下們馬上吊起錨。等老大確認船體緩緩地浮起，才終於放鬆緊繃的身體並擦了擦汗。

「……好，沒有異常。唉，這個叫源素浮揚器的東西還真是有夠纖細。動作要是太粗魯，馬上就鬧脾氣啊。」

脫口而出的這句話充滿了他切身的體會。畢竟，在之前的操縱測試中挑戰極限的結果，就是差點把船弄沉了。源素浮揚器本身的構造是很單純沒錯，乙太與浮揚力場的操作卻使其變得複雜。爐的控制之所以仰賴人力，就是因為需要經驗和竅門，不過這些也是過去的事了。

「那玩意兒有乖乖在運作，看來和源素浮揚器連接的魔導演算機表現得不錯嘛。」

他們對這艘船做了一項創新的改造，就是『源素浮揚器的自動化操作』。

過去，飛空船完全藉由人力加以控制。從調整使船隻浮起的源素浮揚器濃度，到起風裝置推進器等所有儀器在內皆是如此。銀鳳騎士團則考慮將其大幅地簡略化，並同時進行由艦橋直接操作船的改造，不再使用傳聲管對各處發出指令，艦橋上各式各樣的槓桿和按鈕類就是為此而設。

「這些大概還不夠處理所有的指示。不過，這樣就算只有銀鳳騎士團（我們）的人數，也能讓船動起來吧。」

「因為操縱很困難嘛。」

他們之所以決定改造，其背後原因在於由銀鳳騎士團來操縱飛空船的難處上。不僅技巧還不夠熟練，他們的人數更是個大問題。操縱飛空船必須在各個裝置布署一定的人員。從銀鳳騎士團的規模來看，會帶來相當大的負擔。

最後，解決了這些問題的，就是裝載到船上的魔導演算機了。有人重新構築專用的魔法術式來解決操縱的問題，並利用銀線神經連結各部裝置。當然，完成這些的人正是艾爾。

以前乘坐飛空船時，艾爾興致高昂地——至少在他人眼中是如此——研究每一處的裝置，最後乾脆整個人黏在源素浮揚器的調整桿前，玩到差點壞掉。關於那個時候船隻所做出，猶如特技表演般的飛行動作，共乘的人到現在都還不願多談。

這些暫且不提，這台演算機中包含了反應當時經驗而構築的魔法術式。在現階段其實還沒有萬能到可以冠上『自動』的名稱，只能算多少減輕了控制的程序步驟。

「唔。大概是從難搞而且個性彆扭，變成有點任性的小鬼那種程度？」

以上是老大實際使用過的感想。就算是很難搞的裝置，其背後的象徵意義也很驚人，畢竟操縱的簡化大幅拓展了飛空船的可能性。

測試成功之後，艾爾很快便得知了結果。他和老大一起研究報告書時，這麼低聲說道：

「擴大騎士像的魔導演算機操縱系統。這樣一來，不但能強化與艦橋之間的合作，還能減少搭船人數。剩下就是改善推進系統了吧，如果要取代起風裝置……這邊果然也要裝上魔導噴射推進器嗎？」

「唉，我看也只能那樣了啦。想靠推進器讓這個大傢伙飛來飛去，若不讓伊迦爾卡搭上去，魔力供給速度會來不及。」

「那可傷腦筋了，因為我和伊迦爾卡不是只想待在船頭喔。」

他們為了輔助伊迦爾卡，實現對抗飛龍戰艦的第一步，才會改建飛空船。如果因此限制了伊迦爾卡的行動，就是本末倒置了。

「推進器也是，再來要改造的就是武裝了。必須想個強大到可以把那條龍打下來的武器，也要請老大多多出力喔。為了在下次碰面的時候盡全力款待飛龍，我一定會奉上最棒的裝備。」

「到底想裝什麼上去啊，少年……」

艾爾徹底無視感到困惑的老大，像是在思考什麼，心思早已飛到九霄雲外去了。在旁人眼裡看起來很開心的那副模樣，背地裡卻燃燒著執著的火焰。

「聽說飛龍也是很不得了的東西。就算你再厲害，只靠伊迦爾卡真虧能打到那個程度。不過啊，打輸了有那麼不可原諒嗎？」

見艾爾的言行一反常態地充滿攻擊性，老大疑惑地問。艾爾微偏著頭，然後說：

「輸贏是很重要，但我更無法忍受那東西的存在。要說為什麼，原因就是那副巨大的身軀。那麼巨大的建築結構勢必需要相當的強化魔法來維持，而且就我所知，補足必要魔力的方法並不多。」

不是準備大型爐，就是並聯好幾具爐一起驅動，所以問題不在於技術，而是魔獸的有無。很難想像甲羅武德王國擁有皇之心臟那樣的大型爐，因此，可以合理推測飛龍是大量運用現有的爐當成動力。

這在銀鳳騎士團也許算不上是稀奇的構想，但在這個世界卻能夠歸類為異想天開。即使如此，在他們把世界搞得天翻地覆以後，出現得到相同靈感的人也不奇怪。

「集中運用大量的魔力轉換爐。事實上，那麼做也使飛龍成為強大的兵器，但問題就在這裡……若是幻晶騎士不使用單獨一爐驅動，而是集合爐心做成巨大兵器，結果也證明比較強的話，同樣的大型兵器早晚會增加。這麼一來，幻晶騎士的個體反而會減少。」

當然，不論幻晶騎士或是飛龍戰艦，既然在這個世界都被當成實用兵器，也就免不了維修運送所需的費用。飛龍戰艦是強大無比沒錯，卻是遠超出既有鍛造師技術體系的東西，所需的運作費用也高昂到不合理的地步，頂多只能當成決戰兵器。

相對之下，幻晶騎士的優勢在於這個世界已經具備穩定運用的技術。就算因為大型兵器增加而稍微減少數量，應該也不會馬上滅絕。即便如此，人型兵器狂（艾爾涅斯帝）也絕不會允許這樣的事態發生。

「我會在這裡消滅飛龍戰艦（那東西），好讓幻晶騎士繼續在這個世界擔任核心角色。我的時代不需要那種東西。」

「……喔、喔。」

連老大都有點被他嚇到了。不管怎樣，既然早晚會在敵對陣營碰上，鬥志高昂也算好事一件──老大決定忽略其他有問題的部分。

就這樣，鬼神與飛龍這兩個死對頭註定要展開一場你死我活的激烈爭鬥。除非某一方被徹底破壞，否則這場戰鬥不會結束。

在騎士團長非常私人的理由驅使下，今天的銀鳳也熱熱鬧鬧地大肆改造飛空船。

◆

彷彿沉眠一般的寂靜，突如其來地被打破了。

兩國再次發動戰爭的契機始於飛龍戰艦的再起。新生克沙佩加王國最前線的國境，又暴露在凶惡猙獰的龍隻威脅之下。

又有一座要塞陷落於火海中。這個消息很快地被送到馮塔尼耶，而為了思考對策，拉斯佩德城也立刻召集了諸位貴族。

也許是反應出貴族們的心情，所有人到齊的會議室裡，瀰漫著一股極為沉重的氣氛。

「嗚……又來了！那些傢伙的龍又來燒毀我們的國土、要塞，還有士兵！」

「假如有更多的雷馮提亞和魔導飛槍，不就沒什麼好怕了嗎？」

「只靠那些怎麼夠！對手連銀鳳騎士團都應付不來，誰知道究竟有沒有辦法贏過那個……」

會議一開始便籠罩在悲觀的氛圍中。聚集而來的貴族們議論紛紛、各持己見，建設性卻遠遠不夠。沒有結果的爭論則使得他們的思考變得更為消極，形成惡性循環。

到場參與會議的艾爾為了改變悲觀的走向，率先開口進行目前的戰況分析：

「敵人的戰術和之前一樣。以飛龍為中心進軍的少數地面部隊，只靠飛空船載送避免被包圍，並且針對各要塞進攻。這種戰術可以充分發揮飛空船的機動性和飛龍的火力。」

戰術看似單純，但難就難在執行的對象是飛龍這一點上。憑現在的新生王國軍，完全不是飛龍的對手。

此時，其中一名貴族提出他的疑問：

「可是，他們為什麼要慢吞吞地四處攻陷要塞？既然有飛龍那樣壓倒性的優勢，直接把馮塔尼耶當成目標也不足為奇。他們的目的到底是什麼？」

在座的貴族們你看我、我看你，因為說不出答案而沉默下來。

一道悅耳的嗓音接話了。難得的是，回答剛才那問題的是女王埃莉諾。她並沒有接受過軍事教育，對這方面也不是特別足智多謀，所以過去在商議戰略、戰術的場合，她從不曾主動發言。

「飛龍在害怕銀鳳騎士團……不，是艾爾涅斯帝先生。艾爾涅斯帝先生單槍匹馬也能夠對抗飛龍，再加上我方兵力的話……」

這番話讓現場氣氛為之一變。伊迦爾卡在數日前的戰鬥中雖然沒有擊墜飛龍，卻和強大的對手僵持到不分勝負。儘管我軍最後只能撤退，卻不是完全無力還擊。

貴族們找出一線希望，馬上振奮地說：

「那麼，我們應該在受到更大的災害前集中戰力，迎擊飛龍！以銀鳳騎士團為首，只要集結新生王國的全部戰力出征，勝利不就是我們的囊中物嗎？」

「那樣做的話，包圍國境的黑騎士部隊就會高興地進軍吧。飛龍也不會攻過來，反而會在無人的新生王國內恣意遊走。」

聽見艾爾輕聲指責，他們蒼白了臉沉默下來。他們經常忘記敵人不是只有飛龍與黑騎士，兩者都是不相上下的強敵，新生王國得要同時解決這個困難的狀況。這回換馬蒂娜開口：

「得先牽制住黑騎士才行。我們需要一個既能守護國土，又只需要對付飛龍的方便辦法……能做到這點的，果然還是只有銀鳳騎士團。」

「既然已經打過一次，也知道對手有多少能耐，我就不會再犯同樣的錯誤。不過，這勢必會是一場苦戰。就算有伊迦爾卡的力量，要突破飛龍使用的雷電防禦也不是那麼簡單的事。等到我們的船改建完成，我想勝算應該會再高一點。」

儘管鍛造師隊拚了命趕工，但飛空船的改建工程預估還需要一段時間才能完成。

「那……究竟要怎麼迎戰飛龍和黑騎士？飛龍造成的傷害非常嚴重。這樣下去，我們甚至沒有餘力壓制國境，持續一進一退的攻防。在銀鳳騎士團做好準備以前，還不曉得會出現多少損害……」

在銀鳳騎士團重整旗鼓之前，他們欠缺對抗飛龍戰艦的有效手段。畢竟連唯一對飛龍造成損害的鬼神都只能勉強擊退敵方。就算把雷馮提亞全部集合起來，也實在找不出勝算。

「相反之下，如果繼續這樣袖手旁觀，損害只會增加更多。這次應該換我們攻擊對手的弱點了。」

「……中央護府。你打算進攻舊王都戴凡高特……對吧？」

艾爾的建議很快便得到回應。朝貴族們驚訝地望去的方向一看，開口的人又是埃莉諾。她已經沒有低垂著頭，而是懷抱堅定的決心抬起頭說道：

「……我們沒有多少選擇。是要這樣任憑飛龍宰割、真正地失去一切，還是在那之前搶回王都，把甲羅武德王國趕出去。」

貴族們不禁為之譁然。這的確是解決僵局的方法，但其中的風險卻也不是普通地高。

「女王陛下說得極是，可是這樣的賭注未免太危險了。前往敵軍中樞！不曉得戴凡高特究竟有多少黑騎士等在那裡！進攻的戰力幾乎等同於集結全軍。那麼一來，究竟要由誰來守護馮塔尼耶……！」

「即使如此，陛下還是打算集結全軍吧。」

「……是的。」

艾爾和埃莉諾之間的交談讓在座貴族們聽得一頭霧水，他們剛剛才說明完集結全軍有多麼愚蠢了不是嗎？

「因為我人在這裡，才不得不守護馮塔尼耶。這樣的話……我也一同前往戰線。那麼，就可以發動所有兵力進攻了。」

貴族們一時無言以對。他們都認為女王不熟悉軍事，所以才會說出這種蠢話，但可怕的是——冷靜一想，她的意見又不是那麼離譜。若是只能把力量集中在攻擊或防禦一方的話，為了打破僵局，他們就必須發動攻擊。反正新生王國已經被逼到不得不賭點東西的地步了。

剩下的問題只有一個，就是那賭注竟然是『女王』本身。站在常識的角度來看，此舉非但不敬，而且也太危險了，根本無法付諸實行。可是，埃莉諾本人卻笑著做下決斷：

「我已經下定決心了。過去就因為我太軟弱無力、不敢反抗危險，因此造成許多人的犧牲，我再也不會犯同樣的錯誤。在我們失去更多騎士以前，要收復甲羅武德王國中央護府……不，是舊王都戴凡高特。」

所有的貴族都被年輕女王的氣勢給壓過去了。雖說他們原本只是小貴族，但也是歷經多場戰役的猛將。即使對女王懷有敬意，心裡卻仍有輕視她的部分——她的存在終究只是延續國家的道統罷了。然而，這樣的評價也在這場會議中被推翻，女王為他們指出了前進的道路，並且做出要完整收復新生克沙佩加王國的決策。

「基於此，我對艾爾涅斯帝先生有個請求。我們將向甲羅武德王國發起決戰，到時候……」

「飛龍必定會現身吧。」

聽到艾爾這麼說，埃莉諾有些猶豫，卻又肯定地點點頭。

「即使能夠成功收復王都，並且打倒中央護府，留下飛龍依然很危險。和米謝利耶那時候一樣……由我們同時擔任誘餌的角色。」

與她所說的恰恰相反，米謝利耶那時候的情況和這次有很大的不同。當時的甲羅武德王國恃強而戰，所以才有可趁之機，但這一次不能相提並論。假如進攻他們的大本營，敵人一定會拚死抵抗吧。這個賭注打從一開始就對我方不利，即使如此，艾爾也沒有遲疑。

「謹遵陛下吩咐。既然這樣，飛空船就請交給我使用了。以大軍對抗飛龍或許是下策，所以將由我的伊迦爾卡加上少數精銳對付它。」

「艾爾涅斯帝先生研發的飛空船趕得上這場戰爭嗎？」

「賭上銀鳳之名，無論如何都會趕上。就算一邊飛一邊改建也要趕上。」

就因為他這句話，銀鳳騎士團鍛造師隊即將見識到何謂地獄。

埃莉諾點點頭，有些憂鬱地說：

「我身為克沙佩加的王……卻不得不將我國的命運託付給隸屬他國的你……令我感到很羞愧。」

「女王陛下，請不用在意。」

肩負最危險、最沉重任務的人明明是艾爾，他卻一副事不關己的樣子，臉上甚至綻放出愉快的笑容。

「我必須證明『我的人型兵器(伊迦爾卡)比飛空船還要優秀』這件事，所以消滅它正如我所願，當然會賭上全力將其擊墜。」

他笑容的背後滲透出一股瘋狂執念，甚至連拜託他的埃莉諾都覺得有點恐怖。她只慶幸他的瘋狂與王國的目標指針一致，並不合場況地為此感到安心。

就這樣，新生王國決定將『不守護本國領土』這樣破天荒的策略付諸實行。

會議結束後，心情好到不行的艾爾召集了銀鳳騎士團宣布：

「來吧，要決戰了！接下來會開始忙著準備喔！尤其是鍛造師隊的各位要特別加油，還有奇德、亞蒂，我要給你們和澤多林布爾一項重要任務，請跟我來。」

「瞭解！交給我們吧！」

「…………好。」

被叫到名字的時候，奇德不是看向艾爾，而是他的身後，然後和站在那裡的埃莉諾對上了視線。看見他輕輕點頭，埃莉諾便雙手交握，做出祈禱的動作。奇德接著將視線轉向艾爾，用力點頭回應：

「瞭解。差不多該把那些囂張的侵略者一個不剩地打出去了！」

銀鳳騎士團也下定決心，面對即將迎來的決戰時刻。

第四十三話　女王陛下御駕親征

大質量物體所奏出的鋼鐵步行聲隆隆作響。如果靠近聽，就會壓迫耳膜的大音量層層重疊在一起，形成讓人誤以為是地震的震撼規模。

這裡是新生克沙佩加王國定為王都的都市——馮塔尼耶。如今，城門前集結了一支幻晶騎士大軍。有『塔之騎士』之稱的法擊特化型幻晶騎士雷斯瓦恩特・維多，以及最新型機、同時也是新生王國軍的主力量產機雷馮提亞。由這兩種機體為中心構成的克沙佩加王下直屬騎士團——也是被稱作近衛騎士團的部隊。

騎士團的規模已經成長到幾乎像是從城牆下延伸到大地盡頭的程度。看到這個光景，應該很難想像他們正陷於絕境吧。幻晶甲冑的引進使得鍛造技術有所提升，所創造出來的生產能力非常驚人，新生王國軍正逐漸恢復不輸以往的規模。

最後，騎士團停止步伐。大地的震動平息下來，四周只餘幻晶騎士吐出的平緩進氣聲。一陣風吹來，帶走行進間揚起的塵土。有架幻晶騎士綻放燦爛奪目的光輝，從騎士團後方從容地穿過馮塔尼耶的大門，來到整齊列隊的騎士團面前。國王的座機身披絢麗的鎧甲——那是理應早已失去的『國王騎』。正確來說，並不是原來那一架。原本的國王騎因為先王的死而一同失去了，所以在這裡的是重建的後繼機『卡爾托加・歐爾・克謝爾二世』。

騎士團一齊屈膝跪下，做出駐機姿勢。機體的胸部裝甲開啟，騎操士們都走到外頭，在打開的裝甲上端正站立。面對迎接主人的騎士團，卡爾托加・歐爾・克謝爾二世停下腳步，打開胸部裝甲。在場的所有人都將視線集中到從國王騎中出現的人影身上。所謂的國王騎，就是只為國王存在的幻晶騎士，所以理所當然的，從中出現的只可能是女王埃莉諾。

女王的身姿讓騎操士們不禁瞪大雙眼。因為出現在眼前的並不是宛如溫室花朵一般惹人憐愛的女王。她身上的裝束不是平日穿著的奢華禮服，明顯是戰鬥用的服裝，而且那大概是騎操士專用、減緩衝擊的輕鎧。那張被喻為盛開花朵、受到西方諸國人們讚頌的美貌上，雖因為幾番勞心傷神而蒙上些許陰影，卻散放過去不可能有的堅定意志。如同荒野中綻放的花朵一般，柔中帶剛，從她身上已經看不出那時候低垂著頭的無能為力。

埃莉諾深吸口氣，環顧在場集結的騎士團後說道：

「克沙佩加的騎士們……我們歷經許多試煉。在過去曾經名聲遠播西方諸國的美麗都市戴凡高特受到戰火包圍的那一夜……體認到無力、敗戰的那一夜。侵略者儘管卑鄙，卻也非常強大。我們失去了很多東西，也被奪走了許多……我們所敬愛的這個克沙佩加王國與父王……

不，與先王陛下曾一度退居歷史幕後。」

國王騎上的揚聲器將女王的聲音傳達到每一個角落。靜靜聆聽的騎操士們漸漸握緊自己的拳頭，舊王都的淪陷是侵略與破滅的象徵。

「然而，我們獲得盟友的協助，再次站了起來。新的盾牌擁有不輸給黑騎士的威力，新的劍足以穿透那堅固的鎧甲。可是如今，我們失而復得的新王國再次暴露於飛龍的淫威之下。龍……實在太過強大。這樣下去，那個夜晚的悲劇想必會重演。」

一股動搖空氣的熱量冉冉升起。不知是由幻晶騎士發出，還是回應騎操士的意志所產生的。即使面對敗北的徵兆，他們也沒有退縮的意思，反而引頸期盼著那個時刻到來，期盼女王下令擊退侵略者、奪回他們的故鄉。有如拉緊的弓弦一般，蘊含的力量益發強烈。

「但是，我們不會再重蹈覆轍。我們已經下定決心，不光是關起門來保護自己，我們要憑自己的雙手……奪回自己的國家。我以克沙佩加王國女王，埃莉諾・米蘭妲・克沙佩加之名下令!!」

埃莉諾的眼中已經沒有淚水。她擺脫了怯懦、畏縮不前的深閨公主形象，向前邁進。卡爾托加・歐爾・克謝爾二世拔出劍，反射的陽光就像指引前方道路一般閃耀著。

「克沙佩加的騎士啊！全軍前進！將這個國家，以及被奪走的王都給取回來！……勝利屬於我們!!」

喔喔！回應的怒吼撼動地面，起身而立的巨人騎士再度踏響大地。為了奪回舊王都戴凡高特的行軍，就此開始。這一仗投入了新生克沙佩加王國的主力近衛騎士團全軍，正是可謂總體戰的型態。形勢彷彿與曾經進軍而來的甲羅武德軍互相對調。

進軍的幻晶騎士之中，不只雷馮提亞，還看得到雷斯瓦恩特・維多的身影。雷斯瓦恩特・維多雖然由於自身重量而幾乎不具移動能力，但其解決方法非常單純，就是將占了大部分重量的『華爾披風』拆下解體，另外用馬車運送，藉由這個方式確保移動能力。不過，為了讓與魔力轉換爐分開的結晶肌肉能夠快速放出儲存的魔力，在進入戰場前得先重新組裝才行。即使如此，這個方法還是讓維多能進行長途移動，可說獲益匪淺。

至於跟在主戰力的幻晶騎士後方的，是滿載物資的輜重部隊。在輜重部隊旁則有穿著幻晶甲冑的騎士們同行。

在長長的隊伍中央，有個位置的騎士特別密集。他們圍繞著國王騎卡爾托加・歐爾・克謝爾二世。與國王騎並肩而行的是另一架豪華的金色騎士，那是埃姆里思駕駛的金獅子。

「哈哈！那番演說講得真好！埃莉諾（艾莉）也變得很有女王架子了嘛！」

「是、是嗎……？我還不夠成熟，如果能多少表現得不愧對女王的頭銜就好了……」

從卡爾托加・歐爾・克謝爾二世裡頭傳來有些難為情的回答，接著又傳出另一個聲音：

「那是艾莉……不，是陛下自己所想的內容。請放心，陛下很完美地達成任務了。」

在駕駛座裡，埃莉諾轉頭望向『背後』。

「……伊莎朵拉。妳那麼畢恭畢敬的態度，總讓我渾身不對勁。」

「可不能像以前那樣，您已經是這個國家名符其實的女王了。」

卡爾托加・歐爾・克謝爾二世的駕駛座裡有『兩個人』。其中一人是埃莉諾，另一人則是她的堂妹伊莎朵拉。照理說，國王騎只有國王本人可以搭乘，但現任女王埃莉諾完全沒有接受過操縱訓練，連讓機體行走都有困難。因此，在建造二世時進行了一項緊急改造，做成兩人共乘的方式才勉強能操縱。由於二世不像人馬騎士那樣有多餘的空間，所以駕駛座中顯得特別狹窄。

「重要的是，伊莎朵拉，對不起。都是因為我沒用，害妳也要上戰場……」

埃莉諾茫然地眺望幻象投影機上流動的景色，同時深深嘆了口氣。

「沒關係。既然妳決定要踏上戰場，我當然會幫忙，我也想奪回這個國家啊。」

伊莎朵拉仗著外面聽不到而改回原本的稱呼方式。聽她這麼說，埃莉諾微微一笑，然後打開了揚聲器：

「還有，埃姆里思先生。我們……國王騎完全無法戰鬥，不過就算只是裝飾，我們也必須站在這裡。所以，請你一定要保護我們。」

為了集結收復舊王都的必要戰力，不能在身後留下要保護的事物。正因如此，別說操作幻晶騎士了，連指揮部隊都辦不到的埃莉諾才會在這個地方。在戰場上她不過就是作為『王』的象徵而存在，即使如此也有她才能完成的任務。

收復舊王都戴凡高特是一場非常危險的賭注，考慮到人民和騎士的心情，也是無論如何都要達到的目標。

所以，年輕美麗且柔弱的女王，最適合鼓舞士兵了。在首戰中失去身為先王的父親，這個事實也能在士兵間獲得很大的共鳴。女王絕不是優秀的指揮官，但可以說沒有比她更適合提升士氣的人選了。

此外，從長遠的目光來看，新女王御駕親征，收復舊王都的這個事實，也有很重要的意義。綜合各方面考慮的結果，才會讓國王騎硬是載上兩個人前往戰場。知道前因後果的埃姆里思在金獅子裡咧開嘴，露出豪爽的笑容回答：

「嗯，在戰場上就屬本陣，也就是國王的所在地最危險了。怎麼說都是敵人的第一個目標啊！不過我絕不會讓伊莎朵拉和艾莉遇到危險。有我和金獅子在……再加上他們啊。」

金獅子轉動頭部，望向周圍，在他們四周的是以國王騎為中心展開的王護部隊。由克沙佩加軍中挑選出的精銳全數到齊了，不只如此，其中還有牽引著貨車的巨大人馬騎士，也看得見紅白兩個中隊的身影，鬼面六臂的鬼神也從容地跟在隊伍後頭。這裡聚集了銀鳳騎士團擁有的全部戰力。

「這裡有銀鳳保護，就算飛龍跑出來也不足為懼!!」

在金獅子的背後，紅白幻晶騎士無言地舉起武器，擺出架勢。埃莉諾忍不住輕笑出聲：

「好的，我相信各位。」

這時候，一道巨大的影子蓋過他們的頭頂。仰頭一看，一艘飛空船正悠然地滑過天空。船體上大大描繪著新生克沙佩加王國的紋章，以及銀鳳展翅的圖案。

「……那就是艾爾涅斯帝先生的船……」

「是啊，他好像跟老大他們湊在一起放了什麼東西上去。真是，不曉得到底在搞什麼鬼。」

如果事前聽說的話是真的，那艘船應該就是對付飛龍的王牌了。埃莉諾那位不在身邊的騎士——奇德也坐上了那艘船。

飛船在空中帶領新生王國軍前行，下方舉著克沙佩加旗幟的大軍則尾隨著船前進。

◆

甲羅武德王國克沙佩加領，東境。

在舊克沙佩加王國，說到東方國境，指的就是歐比涅山地。對現在佔有克沙佩加過半國土的甲羅武德王國來說，由於舊東方領重生為新生克沙佩加王國，中央領的邊境就發揮了國境的作用。

舊克沙佩加時代的城塞連結而成的境界被視為兩國的分界線，城塞的防衛也就因此變得更重要了。在這場戰役中，呈現爭奪彼此城塞的拉鋸戰。

甲羅武德軍一方負責城塞防衛的自然是黑騎士。由擁有重裝甲和大輸出力，移動速度卻很遲緩的黑騎士負責防衛據點再適合不過了。

布署在圍繞要塞城牆上的騎士警戒地瞭望四周。高達十公尺的幻晶騎士本身就算是一種高台，正適合用來監視。那名騎操士目不轉睛地盯著幻象投影機上的景色。

原以為這天的早晨一如以往地平靜，他卻在薄霧中看見了許多黑影。

「……！緊急警報！有敵襲!!」

發現異常的騎士動作非常迅速且確實。當監視的黑騎士發出尖銳的警笛聲，附近警戒的兵力就像是在回應他似地，發出魔力轉換爐的低沉咆哮。在城塞周圍待命的黑騎士們紛紛起動，準備應對敵人來襲。

「又來做無謂的掙扎了啊？一大早真是辛苦他們了。」

「只要有我們在，就不會讓……什麼？那是……!?」

在配置於城塞周圍的黑騎士們眼前，從森林中出現的幻晶騎士向前挺進。它們舉著新生克沙佩加王國的旗幟，逐漸縮短與城塞間的距離。

見到這一幕，黑騎士們感到強烈的動搖。因為出現的敵人數量太多了，進攻這種規模的據點，實在用不著投入那麼多戰力。就算黑騎士再怎麼擅長防禦，既然數量差距太過懸殊，他們也無能為力。

「……那些傢伙當真打算攻下這座據點啊。」

「不，慢著，情況不太對勁……對了！出動那樣的大軍，背後的防禦一定會產生疏漏，難道他們要捨身攻擊!?」

黑騎士們有種不寒而慄的預感。飛龍戰艦的活躍表現正逐漸使新生王國陷入困境──這個消息他們也有所耳聞。話雖如此，擁有相當於一國軍力的敵方怎麼會採取這種自暴自棄的戰法？更驚人的是，當他們在新生王國軍中注意到那個反射出刺眼陽光的存在時，終於忍不住驚叫出聲：

「那個難道是、國王騎!!居然親自出征!?」

事已至此，他們的不祥預感成真了。絕對的規模差距加上國王騎率兵出征的高昂士氣，使得甲羅武德軍根本無力還擊。沒花多少時間，新生王國軍就一口氣攻破城塞並將其拿下。

◆

這個消息轉眼間便送到戴凡高特。

傳令兵連滾帶爬似地跑進來，坐鎮於中央護府的王女卡特莉娜，面無表情地聆聽著他的報告。

「……新生王國軍在攻陷行進路線上的城塞後，似乎仍打算繼續進軍！他們具有一個旅團（一百架）以上的規模!!」

「那不就是新生王國的總戰力嗎!?……慢著，這麼說，現在他們後方的防禦很薄弱。那麼就出兵攻擊他們的王都馮塔尼耶，這回一定要把那裡夷為平地……」

見騎士團長因為自己想出的主意而沾沾自喜的樣子，卡特莉娜厭煩地揮了揮手，開口道：

「事情沒有那麼簡單。」

她接著將剛才收到的報告內容告訴訝異的騎士團長。

「根據報告，侵略軍之中有像是國王騎的機體。」

「怎麼可能！臣聽說，他們的國王騎在首戰就被克里斯托瓦爾殿下給破壞了。」

「仿造……不，是重建了吧。算了，機體是怎麼來的，如今根本無所謂。重要的是，誰坐在那架國王騎上。」

無須找尋線索，靠簡單的推測就能得知。騎士團長很快就露出恍然大悟的神色，抬頭仰望她。

「莫非……女王親自上陣!?」

「不然還有其他可能性嗎？他們放棄守護城鎮、王都，集結全軍發動侵略。或許是仗著只要女王還在，就能夠復國而採取的行動吧。」

卡特莉娜低笑出聲。新生王國發起的這場侵略行動看似魯莽，但站在甲羅武德王國的角度卻也有棘手的地方。

儘管敵人放空了後方，但就算甲羅武德王國出兵反擊，也不太可能去攻擊被留下來的都市。他們的目的終究是完全支配克沙佩加領。無意義地毀滅都市，對意欲統治的他們來說才是令人頭痛的事情。因此，最好的辦法就是只排除新生王國的正當血統——王族。

「真大膽。可是，不惜放棄王都的防禦也要侵略，對他們而言肯定也是很大的賭注。如果這一仗非贏不可，目標就只有這裡了。」

卡特莉娜低聲說完，指向腳邊。甲羅武德王國中央護府——舊王都戴凡高特。新生王國軍的目標除了這裡以外，在場沒人想得到其他地方。

「……不對。換個角度想，這樣就省了把女王引誘出來的工夫，出兵迎擊吧。最後會是我們或者是他們奪得這塊土地的霸權？如他們所願，就在此做個了結。」

站在甲羅武德王國的角度，女王大搖大擺地來到戰場，也算是求之不得的事情。因為這樣就省了反復派出飛龍戰艦和黑騎士進攻的麻煩。這時，卡特莉娜忽然感到一陣憂慮襲上心頭。她抬起頭，馬上找來傳令吩咐道：

「盡速派人去找馬多尼斯卿，轉達我的命令。既然敵人聚集起來，就不必分頭擊潰他們了。叫他把侵略軍……連同女王燒個一乾二淨。」

「遵命。」

飛龍戰艦應該正在攻打新生王國的據點才對。不先轉達他們這個情況，甲羅武德的最強兵器就無法參戰。接到命令的傳令兵匆忙跑了出去，其餘部下們也各自從謁見廳退下，去做戰前的準備。寶座上的卡特莉娜一邊感受眾人的氣息遠去，一邊用手指敲著扶手。

「親征……還以為那個女王會更膽小一點呢。沒關係，妳也是必須打倒的對手。在飛龍戰艦回來之前，還得做一些準備才行。」

於是，她為了進行所謂的『準備』，將某個重要人物召來謁見廳。

◆

「臣奉命前來晉見，不知殿下要幹嘛？」

受召見前來的是古斯塔沃。他那種缺乏敬意的用字遣詞怎麼也改不了，而事到如今，卡特莉娜也不會多跟他計較。

「找你來不為別的，古斯塔沃・馬多尼斯。我要給你新的機體，我軍現在可沒空讓優秀的騎操士閒置。」

「……是，謹遵吩咐。」

前幾天與銀鳳騎士團的戰鬥中，由古斯塔沃所率領的翠玉龍騎團地上部隊負責追擊潰敗的新生王國軍。儘管成功對敵軍造成損害，但他自己的座機『劍客』也在與宿敵對決後毀壞。當時被破壞的殘骸雖然已經回收，損害的程度卻是致命性的，到現在還無從修復。與其等待機體修好，直接給仍然活蹦亂跳的騎操士一架新的機體還比較快。

有了幻晶騎士，古斯塔沃就可望重返戰線。即使如此，他心裡還是很不痛快。甲羅武德軍擁有的主力幻晶騎士狄蘭托，其厚重裝甲與笨重的腳程跟古斯塔沃的特性實在太相剋了。

就算外型多麼怪異，劍客依然是屬於特別訂製的機體，而他再怎麼優秀，也需要適合的座機才能發揮出實力。兩者間相容性太低，他因此感到不安。

假使不用狄蘭托那樣的重量級機體，他的選擇就只剩下從克沙佩加那裡擄獲的雷斯瓦恩特。不過，在東方樣式早已普及的這個戰場上，再回頭使用舊式的雷斯瓦恩特，對古斯塔沃來說也是很嚴苛的選擇。

「讓你看看要賜予你的騎士吧，跟我過來。」

卡特莉娜沒把古斯塔沃猶豫不決的態度放在心上，領著他邁開步伐。兩人來到城裡的工房，然後往最深處的區域繼續走去。出現在眼前的，是一架肅然端坐的幻晶騎士。見卡特莉娜伸手指向那架機體，古斯塔沃驚愕地瞪大眼睛。

「這機體就給你吧。」

「殿……殿下！這、這不是那個……『王族專用機（阿凱羅力克斯）』嗎!?」

那是專門為了甲羅武德王國王族開發的最高級機體『阿凱羅力克斯』。鑲著金邊、雕琢出優美曲線的純白色機體靜靜地俯視他們。

「沒錯。就單體的幻晶騎士而言，或許是我軍的最高等級，也比狄蘭托更適合你的特性吧，你的操縱方式太獨特了。之後我會給你人手，就隨你喜好調整成容易操縱的模式吧。」

古斯塔沃一時找不到話回答。這的確是破天荒的好待遇，但他在感到喜悅之前，心裡先萌生一股疑惑。

「這個……難道是克里斯托瓦爾殿下的……？」

對於他戰戰兢兢的提問，卡特莉娜緩緩搖了搖頭否定道：

「阿凱羅力克斯不算是國王騎，是做成類似國王騎的王族專用機體。當然，得到它的不只我的兄弟……這架是我專用的機體。」

加上人在本國的長兄卡爾托斯持有的機體，共有三架王族專用機阿凱羅力克斯，眼前的就是其中一架。

「但你也知道，我操縱的技術不怎麼樣。身為王族的一員，雖然還是替我準備了這個，但派不上用場的它在戰場上也只是裝飾品。實際上，它比較類似為了兄弟準備的備用機體……只不過，弟弟(克里斯)已經不在了，這個地方沒有應該駕馭它的人。」

此時的卡特莉娜心中懷抱何種情感，在她身後的古斯塔沃無從知曉。

「你是我軍中首屈一指的騎操士，但個人癖好也很強烈。不僅不適合團隊行動，也不習慣駕駛黑騎士。那麼，就拿起我的白劍吧。弟弟的仇，想必多羅提歐會替我討回來。所以，你就代替我討伐克沙佩加的王族，帶領我軍贏得勝利。」

既然王女都說到這個份上，已經不需猶豫懷疑。古斯塔沃不顧一切地屈膝跪下，垂頭說道：

「請交給我。我將會用我的劍，把我國和殿下的敵人一個不剩地全部砍倒!!」

聽他這麼說，卡特莉娜一副很滿意的樣子點點頭。

卡特莉娜離開之後，古斯塔沃仍留在原地仰望阿凱羅力克斯。一群騎操鍛造師們隨即來到

工房。

「我們聽殿下吩咐過了……您想做成什麼樣子的？」

他們莫名興奮地這麼詢問。這些人是王族專用機・阿凱羅力克斯專屬的鍛造師，可是自從克里斯托瓦爾死去後，工作一下子就沒了。這次面臨睽違許久的大工程，沒有理由不充滿幹勁。

可惜，他們高興的心情也只持續到古斯塔沃說話為止。

「殿下說，我可以隨自己喜歡改造這傢伙。既然這樣，裝備就決定是這個了。」

「請交給……？咦？是劍嗎？劍本來就有配備……」

古斯塔沃所指的地方擺著相當數量的劍，而阿凱羅力克斯的腰間原本就有佩劍。鍛造師們不明白他特別表示要追加的理由，不解地歪著腦袋。古斯塔沃笑著搖頭，然後說：

「那些還不夠。我要裝上那裡有的劍，全部。」

「全部……呃，全部!?您是認真的嗎？這裡大概有三十幾把啊!?」

也難怪鍛造師忍不住反問。因為他們完全無法理解只要裝備劍的理由。誰能想像裝上那麼多武器的機體會變成什麼模樣？但古斯塔沃沒把他們的困惑當一回事，再度點頭並肯定地回答：

「對，少了劍我果然還是沒勁。不過啊，只是裝上去可不行。這次需要更大的力量，才不會輸給那個雙劍的傢伙！」

古斯塔沃放肆且貪婪地，將阿凱羅力克斯盡情改造成自己想要的怪異模樣。在他提出更多要求的情況下，它的外形變得更為異常。

「這……它的裝備本來就跟一般機體不同，再加上這種東西的話，我實在不認為還能夠正常操作……」

他不僅指定要裝上極為沒效率的裝備，還提出了更加強人所難的要求，鍛造師們不禁面有難色。可是，古斯塔沃的意志有如鋼鐵一般頑固，到最後也無法說服他，他們只好讓步。已經有點自暴自棄的鍛造師最後順便問道：

「我們會盡可能滿足您的要求……說起來，這架機體也等於是為您量身打造了，機會難得，您不如自己取個名字怎麼樣？有什麼好點子嗎？」

站在鍛造師的角度來看，這架機體已經稱不上是王族專用機，這麼說是有點意氣用事。古斯塔沃卻認真地點頭回應：

「啊啊，名字早就決定好了。我拿起的這把劍，是由卡特莉娜殿下所賜予，要獻給已故的克里斯托瓦爾殿下。那麼，就只有一個選擇。這傢伙的名字是……『死者之劍』！」

◆

向著舊王都進攻的新生克沙佩加王國軍，在短期間內前進了不少距離。

這裡原本就是他們的國土。他們熟悉地理，因此得以避開可能成為障礙的各地要塞，選擇最不費力的路線。即使偶爾乍看之下像是在繞遠路，卻能縮短時間。

當舊王都戴凡高特近在眼前時，他們碰上了一個很嚴重的問題。

從馮塔尼耶出發後的某一天夜晚，在野外紮營休息的新生王國軍幹部們湊在一起面對面地煩惱著。一張畫著王都周邊地形的地圖攤在他們面前，眼下他們煩惱的原因就畫在地圖上的王都附近。

「這裡是我們的目的地戴凡高特，然後這是……『四方盾要塞』，為了保護王都建造的最後一道要塞群。」

往埃莉諾纖細的手指指的方向一看，那裡是將王都圍繞在中心，幾乎以東西南北四個方位建成的四個要塞群。

身為一個大國的首都，戴凡高特這座城市卻缺乏防衛的力量，這些要塞群便是為此而存在。它們擋住通往王都的主要幹道，抵禦各種外敵。

「可是如今，這些要塞……擋住了我們的去路，變成最後且最大的障礙橫亙在我們眼前。」

飛空船的存在打從一開始便無視以往的戰術，王都的陷落足以證明這種兵器有多麼犯規。結果，克沙佩加王國引以為傲的要塞群碰到這種新兵器，簡直無能為力。自從王都被直接攻擊、過去的主人倒下以來，四方盾要塞也落入了甲羅武德王國的手中。諷刺的是，如今它們卻要對被趕下王座的新生王國女王履行本分。

伊莎朵拉接著埃莉諾的話開口：

「從陸路攻打要塞極為困難。如果要發動攻城戰，勢必會拖上很長一段時間，因為甲羅武德應該也集結了相當程度的兵力。」

對快速行軍至此的新生王國軍而言，冗長的攻城戰能免則免。何況，他們還有另一項拖得愈久就愈不利的要素。

「哼，動作太慢的話，那條飛龍還會從後方來襲啊。」

埃姆里思互敲著拳頭，沉聲說道。他們從新生王國出發的時候，飛龍戰艦應該還在國境附近。它會在什麼時間點返航，對新生王國軍來說是最大的賭注。他們設想過的所有可能性之中，在進攻四方盾要塞的攻城戰時碰上飛龍就是最壞的狀況。

「儘管還比不上三城寨，但四方盾要塞也十分堅固。其中最麻煩的就是要塞周圍的河川，還有架於城濠上的吊橋。緊急時可以拉起吊橋，防止敵人侵入內部。」

幻晶騎士這種巨型兵器擁有與外觀大小相應的重量，也因為是用雙足行走的人型機體，渡河可說是它最大的弱點之一。雙腳受到限制時，動作會變得非常遲緩。不能動的幻晶騎士，在防禦方看來就是絕佳的靶子。就算能順利渡河，收起吊橋的城門本身也是一堵難以攻破的高牆。

「這個城門也是考慮到幻晶騎士可能徒步渡河而建造，挨上幾發法彈也是不痛不癢。想突破城門，就必須靠近使用攻城兵器……」

例如黑騎士用的小型破城鎚，或是由數架機體抬起衝撞城門的破城用重衝角。兩者都具備相當重量，當然也不適合帶著渡河後使用。

「這麼一來，還是得打開城門，把橋放下來了。」

「對。可是，總不可能拜託他們幫忙開門吧。」

沒有人會傻到主動向敵人開啟防禦裝置。不是先想辦法把橋放下來，最壞的情況就是破壞城門，不管哪一種方法都不容易做到。

「城門是用鐵鍊支撐並拉起的。這些鐵鍊也是，斷了幾條不至於影響吊橋起落。反正從外側絕對沒辦法動手腳，要降下吊橋，必須啟動要塞中的起落裝置。」

聽完伊莎朵拉的說明，艾爾的腦中閃過一個點子。他們剛好有適合潛入和動手腳的兵器。

「原來是這樣。那麼，之後就輪到幻晶甲冑部隊出場了呢。」

伊莎朵拉和埃莉諾點頭同意。這與過去救她們逃出馮塔尼耶的手段、要領相同。

「我們熟悉地形，就讓幻晶甲冑部隊繞到後方的森林，再穿過森林，潛入要塞。首要目標是打開這個城門，然後配合全軍的行動一口氣突破。那麼，幻晶甲冑部隊裡……」

「人手全到齊了，這次也請交給我們負責。」

決定好大致的作戰方針，艾爾接著進行部隊的編組。率領幻晶甲冑部隊的，是他們很熟悉的藍鷹騎士團團員『諾拉・弗克貝里』。

這時，一直靜靜聽著眾人說話的迪特里希忽然轉向隔壁的老大，小聲問道：

「老大，古拉林德修理得怎麼樣了？」

「喔？抱歉，完全沒有進展。我們光是處理少年要求的飛空船改造就忙不過來了。話是這麼說，把中隊長機交給這邊的人修理又不太好。」

如果是團員們的卡迪托雷，交給克沙佩加的鍛造師修理也沒問題，可是中隊長機——尤其是古拉林德有很多特殊設備，不方便讓人隨意碰觸。也因此修理的進度一拖再拖，結果沒趕上這次的遠征。

「事情就是這樣。雖然對你不好意思，但也只能請你去借一台雷馮提亞戰鬥……」

見老大一臉鬱悶，迪特里希先是陷入沉思，然後突然舉起手開口：

「好吧。艾爾涅斯帝，那我能不能加入那個幻晶甲冑部隊？」

「哦？你願意嗎？」

「我多少也有一點操縱幻晶甲冑的經驗。既然古拉林德動不了，就沒辦法戰鬥啦。」

聽到迪特里希的提案，這回換成埃姆里思陷入沉思了。他沒多久就猛然站起身，一副想到了什麼好點子的模樣。

「好！那第二中隊就由我借走吧！我正好想要一支可以自由行動的戰力！」

見埃姆里思高聲宣布，第二中隊的隊員們不禁面面相覷。

「怎麼辦？少爺比迪隊長還要憑直覺行動耶？」

「嗯——可是啊，既然你說憑直覺行動，那不就跟平常沒什麼差別？」

「唉，總不能連我們都坐上甲冑嘛。少爺帶頭也沒問題吧？」

中隊員們偷偷摸摸地討論完，最後達成一致的意見。

「我明白了，我們會遵從少爺的指示。」

「總覺得達成協議的經過讓人無法接受……」

無視滿臉不高興的迪特里希，第二中隊決定了行動走向。

如此這般，定好方針的銀鳳騎士團與新生王國軍繼續進軍，踏上攻略四方盾要塞的戰場。

第四十四話　出擊，四方盾要塞攻堅戰

甲羅武德王國，克沙佩加領中部。汎克謝爾大道一路延伸到中央護府的所在地——戴凡高特。

汎克謝爾大道在中途被歐比涅山脈流下的梅爾巴里河截斷。以往守護王都的最後一道盾牌——四方盾要塞，其東邊的關卡便聳立於河畔。

關卡的城牆特意沿著河岸建造，強力抵擋來自外側的入侵者。平常會在梅爾巴里河上架橋，現在則把橋吊了起來，收入城牆中。

河岸東側是一片被稱作科德爾列的平原，就像是專門為幻晶騎士戰鬥所準備的、毫無遮蔽物的平原。收到斥侯回報，掌握了新生克沙佩加王國軍動向的甲羅武德王國軍不僅在要塞中，更在平原區布署幻晶騎士大軍，迎接即將到來的戰鬥。雙方在平原兩端設陣，遙遙相對。舊王都收復戰之中最大的一場戰役——四方盾要塞攻略戰就此揭開序幕。

甲羅武德王國的黑騎士先按照常規，擺出壁型陣面向前。重量機體的巨大身軀化為高大的鐵壁，讓科德爾列平原漸漸染上漆黑。面對蜂擁而來的甲羅武德軍，新生王國軍擺出讓雷斯瓦恩特・維多擋在前方的陣形。塔之騎士是法擊特化型的機體，能夠先發制人的好處是說不盡的。

儘管黑騎士的重裝甲以及高輸出動力使它們擁有強大的格鬥能力，卻避免不了對上塔之騎士的遠距離法擊能力時不利的形勢。正因如此，甲羅武德軍在進入魔導兵裝的射程範圍之前，就停止了行動。而塔之騎士原本就行動緩慢，沒有馬上縮短距離。

就在地面上照例即將展開對峙的這個時候，上空突然發出一陣低鳴，在空氣中引起振動，隨後擴散開來。塗成黑色的巨大船影——一支飛空船隊的船帆乘著起風裝置的風大大地鼓起，不斷向前推進。撥開平靜無波的空氣，以新生王國軍築起的塔之陣列為目標前進。調整起風裝置的出力後，飛空船逐漸進入敵軍的正上方。

這時，地上的監視兵也察覺到異常，大喊道：

「是飛空船！發現敵方飛空船！方位南南西。數量……超過十艘!!」

隨後，一陣連戰場上的喧囂也蓋不過的嘹亮喇叭聲響起。聽到那聲音，原本瞪視著正前方敵人的雷斯瓦恩特・維多隊匆忙展開行動。

「維多隊，對空攻擊預備！別讓飛空船靠近！」

在新生王國軍調整陣形的期間，飛空船仍不斷地靠近。船在魔導兵裝的射程範圍外還有點距離的地方巡航，將側腹轉向敵人。船體上打開了好幾個小窗，露出裡面的木製基座。緊接著，飛空船上搭載的『飛礫之雨』開始猛烈地噴出岩塊。

新生王國軍也馬上開始還擊。塔之騎士發射出的濃密法彈幕呼嘯著將飛來的岩石炸飛。要在半空中精準擊落不算大的岩塊極為困難，於是靠數量來彌補。在半空被法彈打中的岩塊接二連三地粉碎，但還是有幾發穿過法彈暴雨，衝進陣形裡激起漫天塵土。

飛空船船長一邊聽著觀測兵的報告，一邊迅速發出一連串指令：

「接近魔導兵裝的射程範圍內！要安岐羅沙準備攻擊！」

「收到！接近，降低高度！源素浮揚器開始稀釋大氣!!」

騎士像捲起風，黑色的船體被鼓脹的帆牽引著，在降低高度的同時慢慢逼近新生王國軍。這些飛空船都在那一場『米謝利耶攻防戰』之後經過改造，兩舷上加裝了過去沒有的突出物，上面排列著幻晶騎士。那些架著大量魔導兵裝、有如刺蝟一般的幻晶騎士，在機體四周圍著一圈厚重的『華爾披風』，外觀與塔之騎士非常相似。那些是由奧拉西歐所率領的甲羅武德王國開發工房所生產，專門為法擊戰設計的幻晶騎士──安岐羅沙。

安岐羅沙的四門背面武裝蠢動著，前端指向地面瞄準。敵人才剛進入魔導兵裝的射程內，它們就一齊朝地上噴射出法彈。飛空船隊鬆散地包圍住新生王國軍，並且在空中沿著旋轉的軌道持續發射法擊。這期間，塔之騎士依然奮勇應戰，空中很快就被數不盡的法彈填滿了。

在數量上雖然是新生王國軍的法擊佔絕對優勢，但是相對於在空中行動的飛空船，他們卻無法輕易移動，這樣的差異慢慢顯現在中彈量上。片刻之後，新生王國軍所受的損傷逐漸變得無法忽視。

「光靠維多隊撐不住啊！好吧，沒辦法了。把雷馮提亞……投槍兵隊派過來！」

傳令兵帶著前鋒部隊悲痛的支援請求跑走了，新生王國最新型的制式量產機雷馮提亞部隊也急忙趕來前線回應他們的呼救。他們架起對空防禦用的大盾後，從隙縫間瞄準飛空船，並且啟動背上的裝備。原本應該有輔助腕握著背面武裝的位置，由夾著長槍的『軌道腕』所取代。那和銀鳳騎士團澤多林布爾所裝備的垂直投射式連發投槍器的構造相同，只不過是單發版本。

銀鳳騎士團的騎操士們所駕駛的澤多林布爾，能夠單騎同時操作好幾座投槍器，不過那是因為他們經過訓練，擁有很高的能力才辦得到。即使從克沙佩加的一般騎操士中挑選出有潛力的人才，也頂多只能控制一座而已。

用這種單發式魔導飛槍投槍器取代背面武裝的機體，為了與原本的機體作區別，便稱之為『投槍戰特化型機』。

「投槍部隊，魔導飛槍預備！第一發、發射——!!」

隨著中隊長一聲令下，投槍部隊一齊射出魔導飛槍。投槍拖曳著紅色的尾羽開始上升，在加速的同時將尖端對準飛空船飛去。

「發現地上發射的投槍!!左舷安岐羅沙部隊，用『雷之鞭』迎擊！」

飛空船的觀測兵用比之前更急迫的聲音朝傳聲管怒吼。能夠在空中有效調整方向，而且能將飛空船直接擊落的魔導飛槍就是如此具有威脅性。由於飛槍的防禦重視即時應對，所以一聽到觀測兵的警告，安岐羅沙不等指示就展開行動。一直用四支背面武裝朝地面發射法擊的安岐羅沙，舉起雙手上握著的兩支魔導兵裝，瞄準了飛來的長槍。期間，魔導飛槍也不斷地加速並修正路線，最後和達到極限的銀線神經切斷連結，進入慣性飛行。

下一秒，傳出一陣雷劈似的巨響，『雷之鞭』放射出的光芒朝飛來的魔導飛槍擊去。那不是一般使用的爆炎系魔法，他們用的是雷擊系魔法。雷擊系魔法儘管威力十足，但是卻有難以命中目標、射程短等缺點，所以算是很難操作的對幻晶騎士用裝備，也並不普及。然而，現在他們的目標是直飛而來的金屬製飛槍，幾乎不需要控制飛行方向。這種能夠有效擊落魔導飛槍的『近程防禦武器』反過來利用自身缺點，再度躍上戰爭的舞台。

如同字面形容般，以雷速在空中奔馳的法擊摧毀了大部分的魔導飛槍，但是卻沒辦法達到滴水不漏的程度。幾支穿過防禦網的飛槍筆直朝著船體中央飛去。新生王國軍透過飛空船的調查報告，已經掌握到擊落飛空船的有效方法，就是破壞船體中央部的動力爐——源素浮揚器。

在『雷之鞭』後就沒有方法攔得住飛槍了。為了保護船的心臟，有的安岐羅沙捨身代替肉盾被貫穿，也有的被薄弱的裝甲板幸運擋下。

承受著裝甲被貫穿的怪聲與振動，艦橋上的船長扯開嗓門大喊：

「別慌！先回報受損情況!!」

「左舷中了幾發！船體損傷輕微，但是有兩架安岐羅沙受到中等程度破壞，防禦力下降！」

「快準備『飛礫之雨』！給那些投槍兵一點顏色瞧瞧。我們要暫時脫離戰線!!」

他們撒落岩塊回敬敵人之後，就乘機慢慢拉開距離。在距離較遠的地方迴轉船身，迎出無傷的右舷繼續參戰。

空中展開激戰的同時，地上的黑騎士隊也開始前進。由於新生王國軍的塔之騎士必須對付飛空船，加在黑騎士身上的壓力就相對減輕，他們抓緊機會縮短距離。注重格鬥的傳統幻晶騎士──後來被稱為『近戰特化型機』──只要能接近，就可發揮超過法擊戰特化型機體的戰鬥能力。

擁有重裝機體、架起大盾的黑騎士看上去就像堵會移動的城牆，一邊承受著法彈攻擊一邊前進。看出黑騎士的動向，飛空船也從旁繼續對新生王國軍進行掩護射擊，藉此分散目標。

雖然因為行動緩慢，所以多花了一點時間，但黑騎士部隊的最前端也終於接觸到塔之騎士了。它們架起盾，一副連武器都懶得換的樣子，直接用身體朝著前方衝撞，將並列的塔之騎士逐一摧毀。拉近到這個距離，塔之騎士也不過是行動遲緩的獵物罷了。新生王國軍的前線漸漸顯露破綻。

「糟了，維多隊快退後！」

不甘就那樣被耍得團團轉，雷馮提亞隊於是收起軌道腕，開始前進。魔導飛槍是很強力的武器沒錯，但為了發揮足夠的威力，多少需要一段加速的距離，因此並不擅長近身戰，對上重裝甲的黑騎士就更加不利了。雷馮提亞隊拔劍朝黑騎士砍去，黑騎士則用重鎚擋下攻擊。很快地，前線陷入混戰之中。

戰鬥開始幾個小時過後，雙方仍是混戰不休。狄蘭托與雷馮提亞展開搏鬥；維多不斷發射法擊，盡可能地壓制敵人；飛空船在空中周旋環繞、伺機採取行動，來自地面的法彈與魔導飛槍也不斷射向天空加以牽制。

鋼鐵之間的碰撞聲、法彈的爆裂聲，各式各樣的聲音在平原上迴盪，甚至傳到了位於軍隊最後方的新生王國軍本陣。在本陣的中央，可以看到被留下來護駕的近衛隊所包圍的國王騎卡爾托加・歐爾・克謝爾二世。

「戰爭果然……免不了出現許多犧牲呢。」

「艾莉，妳要忍耐。他們是為了收復這個國家，為了保護妳而戰。妳是為了見證這一切，才來到這裡的不是嗎？」

埃莉諾女王在國王騎中緊握雙拳，側耳聆聽周圍的聲響。即使不能親眼看到戰場，但是光憑傳來的聲音，戰場的景象便清晰地在腦海中浮現。她第一次為了自己沒有能力引導這場戰爭邁向勝利而感到懊悔。緊握雙拳，像是在強忍些什麼的她忽然抬起臉，然後說：

「對、對了。能不能將這裡的近衛兵派去幫忙……」

「冷靜一點，絕對不能削弱這裡的守備，萬一有人把妳當成目標怎麼辦？妳倒下的話，這個國家又會失去支柱了……失去國王的國家會有什麼樣的下場，妳已經看得夠多了吧。」

受到勸諫，埃莉諾不禁陷入消沉。伊莎朵拉心想，雖說出於必要才讓兩人共乘二世，但幸好是由自己來操作。如果操作的人是埃莉諾，她恐怕會因為動搖而做出多餘的行為，要制止她想必要費一番工夫。

「……可是，再這樣拖下去，確實不好。」

伊莎朵拉壓下盤踞在心頭的不安。然而，不祥的預感總是會成真。這時候，異常變化早已悄悄靠近了益發混亂的戰場。

◆

「……聽得見風聲。很強，非常強……」

最早察覺情況有異的，是站在卡爾托加・歐爾・克謝爾二世旁邊的金獅子——它的騎操士埃姆里思。身處於這充滿戰鬥聲響的環境中，這微小前兆其實難以聽見。埃姆里思憑著戰鬥時的敏銳直覺而捕捉到風聲，於是將金獅子轉向後頭。漸漸地，一陣呼呼作響、像是氣流被捲起的風聲益發強勁。連近衛軍也注意到接近的威脅而躁動起來，在場沒有人不曉得那是什麼東西發出的聲音。

「果然來了啊。近衛軍，加強女王的護衛！那傢伙八成是……」

聽到金獅子像是怒吼的指示，近衛軍迅速重新組成陣形。

「里思哥！我們……！」

「依照約定，交給我們吧。妳們只要穩穩擺出架勢就好。」

在伊莎朵拉驚慌失措的期間，風聲的來源也朝著新生王國軍的本陣逐漸接近。橫空而過的黑影，理應是飛空船才對——但是當船的全貌展現在眼前時，新生王國軍的士兵們全都啞口無言。

「那就是……甲羅武德的飛龍啊！原來如此，那外型怎麼看都是龍屬，而且就算是真的魔獸，也是難得一見的大傢伙!!」

它龐大的身軀幾乎要覆蓋天空，在地面上清楚投射出像是龍的黑影。

甲羅武德軍過去所使用的飛空船，完全不能與出現在眼前的船相提並論。那個龐然大物比原本就很巨大的飛空船又大上一倍。張著血盆大口的昂揚船首，以及展開帆翼的模樣，怎麼看都不像是艘船。親眼目睹怪物的尊容，就連素來以大膽著稱的埃姆里思也掩飾不住動搖。

「如果傳聞屬實，這傢伙應該擁有攻城兵器，讓它用那玩意兒把本陣燒掉的話就玩完了。哼，情況變麻煩了，不過……」

進攻四方盾要塞的新生王國軍將女王所在的本陣置於最後方。飛龍戰艦抓住新生王國軍背後的破綻，從後方現身。再讓它繼續接近，本陣就會變成首先被攻擊的目標。

「我們就是為此留在這裡的。第三中隊，先給飛龍打聲招呼，來場盛大的歡迎會吧！」

「準備好了，少爺！」

埃姆里思預料到這樣的情況，把銀鳳騎士團留在本陣附近，澤多林布爾則啟動了垂直投射式連發投槍器代替回應。當代最強的地對空武器，將其尖端對準了在空中翻騰扭動的飛龍。

「發射！」

中隊長海薇的號令一下，魔導飛槍便一齊發射出去。上升的鐵槍迸散到空中，很快就轉向飛龍戰艦，並且在加速的同時集中鎖定。就在命中船身的前一刻，飛龍戰艦上下兩方的安岐羅沙放出『雷之鞭』迎擊。

「用雷迎擊啊？跟聽說的一樣。不過既然有這麼多飛槍，被打掉一些也沒關係！」

「……不對，樣子不對勁。那個雷網！上次看到的時候明明還沒有那麼大的威力!!」

騎士們仰望投槍掠過天空的軌跡，而飛龍的威脅就在他們眼前展開。飛龍朝四面八方放出的雷電，同時出現奇怪的動向。它們彼此纏繞結合，像個籠子似地包圍住龍軀。

魔導飛槍來不及閃避，湧向電光閃爍的障壁。連幻晶騎士也能貫穿的必殺魔槍遭遇雷擊阻攔紛紛被擊落，只能徒然在空中破碎四散。賭上第三中隊全力的總攻擊，結果連一支飛槍都沒碰到飛龍。雷鳴過後，飛龍戰艦仍舊毫髮無傷，悠然地在空中遨遊，一陣恐懼的戰慄竄過新生王國軍之間。

「……發射信號法彈。紅色的，快點！」

埃姆里思下達指示的聲音也變得僵硬。飛龍操縱的雷電擁有遠超乎其他飛空船的規模與威力，若是連第三中隊竭盡全力攻擊都不管用，他們就等同於束手無策了。他很快便明白過來，有辦法對抗那條飛龍的人——

「不愧是高加索卿費了一番工夫改造的船。新生王國軍啊，你們自豪的投槍對這條飛龍也沒用。就算跟鬼神同時攻過來，也會被我們的雷盾全部打下去！」

飛龍戰艦的船首上，多羅提歐在龍騎士像的駕駛座中露出大膽的笑容。

飛龍戰艦在整修時，曾經由奧拉西歐親自施加更多強化改造，因為他認為這是為了擊敗超脫常識的鬼神必要的準備。過去碰上鬼神時讓他們吃盡苦頭的魔導飛槍，如今卻能夠把遠超過上次攻擊數量的飛槍擋下，更讓他們相信自己穩操勝券。

多羅提歐游刃有餘地觀察著地面狀況。他的視線停在某一處，露出略為驚訝的表情後，嘴角揚起嘲諷的笑容。

「那面旗，那架機體！雖然聽了報告，但該不會真是國王騎吧？想不到那時候的新女王（小丫頭）竟敢跑到這裡（戰場）來。原本以為是一碰就碎的小娃娃，倒比外表看起來有膽量啊。」

過去在拉斯佩德城裡見到的王女，外貌有如玻璃工藝品一般脆弱，只是個弱不禁風的少女，一副連戰爭兩個字都不知道怎麼寫的模樣。結果甫一登上王位，就率領大軍親赴戰場，判若兩人的變化簡直令人驚嘆。多羅提歐也考慮到駕駛國王騎的是替身的可能性，又覺得多做思考無濟於事，便搖搖頭。

「不論那是不是本人，只要在這裡把他們全燒掉就好，該警惕的……反而是鬼神到現在還沒現身。鬼神不可能不在這裡，恐怕在找尋可乘之機吧？不能掉以輕心，但是……」

他的煩惱只維持一瞬間，多羅提歐立刻做出決斷。飛龍戰艦的船首大大張開下顎，露出最強最大的攻城兵器。

「沒道理放過這個機會，準備發射『龍炎擊咆』。把那些膽敢對卡特莉娜殿下不利的無禮之徒，用飛龍的烈焰燒個精光！」

一股龐大的魔力在飛龍戰艦的船首中醞釀，接著順從紋章術式的引導，轉化為猛烈的爆炎。一旦放出那種規模的烈焰，地面想必會立刻化為人間煉獄吧。

在飛龍噴出火焰之前，從地面上發射出的人造星光劃過天空，鮮紅色的耀眼光球彷彿為了阻止飛龍的行動一樣出現。看到光球的信號，另一艘新的飛空船出現在戰場上。

「唔，那艘船是誰在駕駛？我可沒有發出信號給龍騎團的船……不對，情況不對勁。」

那艘船從與飛龍率領的翠玉龍騎團不同的方向而來。一看到那艘船，多羅提歐馬上生出一股異樣的感覺，一種應該有卻少了什麼的缺失感。

他很快就搞清楚這感覺從何而來——那艘船沒有『帆』。船尾拖曳著火焰尾羽，在空中滑行前進。

「……不對，那不是甲羅武德軍的船，是敵人！這麼說……!!」

多羅提歐馬上就發現了。在甲羅武德軍擁有的船中，採用魔導噴射推進器的只有飛龍戰艦。這是因為魔力供給的問題，不能應用在其他船上。剩下的不用想也知道，除了飛龍以外做得到這點的，只有那種技術的起源者，也就是他們不共戴天的仇敵。

「來了啊，鬼神!!原來如此，你讓擄獲的飛空船參戰。混帳東西，竟敢如此愚弄我軍……!!」

銀鳳騎士團的飛空船破風前進。伊迦爾卡正昂然矗立於船的頂部甲板上，駕駛座裡的艾爾全心全意地凝視著飛龍戰艦，這麼喊著：

「呵呵呵！飛空騎四式裝備・空對空突擊特化型飛空船……唉，太長了啦！簡稱『對空衝角艦』!!飛龍船啊，我準備了最高規格的款待喔。這次不會再放過你了，要在這裡把你吞噬殆盡!!來吧，全速突擊!!」

說起這艘船的來頭，就是過去敵將克里斯托瓦爾所搭乘的旗艦。如果多羅提歐知道了這件事，一定恨不得殺之而後快，這大概就是所謂的眼不見為淨吧。

自從米謝利耶一役後落入銀鳳騎士團手中的這艘船，被他們拿來徹底分析、調查飛空船的性能，更經過對抗飛龍戰艦用的大改造工程，接著在此刻出戰。

船的外觀與過去有很大的不同——船帆全被取了下來，裝甲化的船首大大突出；推進方法也有改變，是靠後部的魔導噴射推進器吐出火焰當成動力前進。推進器的動力不大，但由於船身較飛龍戰艦來得輕，因此能夠發揮不相上下的速度。

對空衝角艦吐出一股劇烈的噴射火焰並在瞬間加速。它的目標不用說，自然是衝著飛龍戰艦。

「跟船一起上嗎？鬼神。正合我意，就在這裡做個了斷吧。別以為裝上推進器就厲害了。想靠飛空船挑戰這條飛龍，簡直要笑掉我的大牙！傳令，準備魔導光通信機，向僚艦發送指令。地上就交給他們了！」

飛龍戰艦上利用魔法驅動的燈開始發光。藉由固定頻率的燈光閃爍，能夠遠距離傳遞信號。收到飛龍戰艦發出的指令，又有兩艘船從後方現身。

相較於傳統的飛空船，那些船是增加了裝甲的改造型。有重裝甲保護貨物，是專門為了輸送戰力到戰場上所建造的船。這種搭載法擊戰特化型機、獲得對地攻擊能力的船陸續投入戰場。從初期的設計理念發展出來的這種形式被稱為『兩棲突擊艦』，與以往機型作出區別。

撼動大氣的突擊艦勇往直前。厚實的裝甲彈飛不斷飛來的法擊，同時一口氣打開下部艙門。隨著一陣鎖鏈捲動的尖銳聲響，船上載送的幻晶騎士開始被一架接著一架投向地面。出現在這裡的甲羅武德軍人數雖少，和新生王國軍的本陣卻離得夠近，等於將短劍架在敵人的咽喉上了。

凶惡的飛龍盤旋在頭頂上，背後又出現了新的黑騎士。這樣腹背受敵的情況帶給新生王國軍不小的衝擊。

「……近衛軍，別被這點程度嚇到了！只要不讓敵人靠近艾莉就行。阻止他們，冷靜地一個個打倒敵人！」

埃姆里思的大喝響徹整個新生王國軍的本陣。集合中小貴族組成的新生王國雖擁有一定程度的戰力，在指揮系統方面仍存在一些問題。於是，身為他國援軍，卻擁有王族頭銜以及高強武力的埃姆里思自然成為實質上的總指揮。

「告訴前衛，要他們不必擔心！天上的龍一定會由鬼神打倒，本陣則由我們守護到最後一刻！而且敵人已經把底牌亮出來了，接下來只要打倒他們前進就好！」

儘管是沒什麼根據的激勵，可是能夠抬頭挺胸地清楚說出這些話，也算是埃姆里思特殊的領袖魅力了。無論處於何種情況，將領都不能示弱。他自信滿滿且平靜的模樣帶給身邊的人安心與信賴感，認為他不愧是獅子王安布羅斯的孫子，在新生王國軍中擴散開來的動搖情緒慢慢平息下來。

在形成混戰的前線上，新生王國軍重新組成陣形。衝垮了擺出橫列陣的黑騎士之牆，意圖突破中央。身處陣中一隅的瑪斯奇亞蘭男爵仰望天空，高聲喝道：

「銀鳳騎士團正在戰鬥！以那隻飛龍為對手！銀鳳團長必定會替那些被燒死的同胞報仇雪恨！我們要完成自己的職責。同胞們，不必膽怯害怕！大家只管前進，開闢通往四方盾要塞的道路!!」

前方阻礙重重，到舊王都的路依然很遙遠，可是新生王國軍的每一位騎士仍維持著高昂的士氣。

面對不畏接踵而來的襲擊，反而愈挫愈勇的新生王國軍，甲羅武德軍也發起了激勵士氣的呼喝。他們的守護龍——飛龍戰艦（維維爾）就在頭頂上，背後的要塞也仍然堅不可摧，致勝的機會還是站在他們這邊的。

「光榮的黑騎士們，我們的守護龍出現在戰場上了!!天空早晚會臣服於飛龍的雄威！管它什麼新生王國軍，一瞬間就會被燒個精光！現在要堅持住。黑騎士們，大家奮起抵抗！」

隨著騎操士的吶喊，甲羅武德軍舉起盾牌對抗新生王國軍。

瞧了一眼遭受敵襲而變換陣形的近衛軍，等在埃姆里思背後的第二中隊出聲詢問：

「少爺，我們要怎麼辦？如果要動員突破的話，差不多是時候了。」

聽到這意見，埃姆里思盤起雙臂環視戰場。在混亂進一步擴大的戰場上，隨著時間流逝，再次分成各陣營之間一進一退的攻防。

飛龍的登場以及敵軍的增援，也因為伊迦爾卡及時出現而將被害降到最低限度。他們緩慢卻穩定地朝著四方盾要塞接近，可以說進展得很順利吧。雖然得補充「至少以現階段來說」的但書。

「……不行，還不要輕舉妄動。橋沒有降下來，等到那些傢伙露出要害以後再說。」

不管多麼靠近要塞，四方盾要塞的城門依然擋在新生王國軍面前。這樣下去，不用多久就會演變成隔著河川對峙的形勢吧。強大的突陣力在橋架起來之後，才能發揮最大的效果。

「我看，少爺你跟迪隊長是靠不同種類的野性直覺生存的吧……」

「那就先保留實力，到可以大鬧一場的時候再拿出來。」

「話說回來，穿越平原以後，接著就是那個要塞，不曉得裡頭到底有多少敵人。」

「別說喪氣話了。獵物愈多，打起來才愈起勁，就來鬧個天翻地覆吧！」

橋再不降下來，新生王國軍就會轉而陷入困境，他們沒有餘力浪費時間停下腳步。一旦變成持久戰，可以想見先舉白旗投降的會是他們。四方盾要塞依然堅如磐石，它的存在正緩慢但確實地將新生王國軍逼上絕路。

「那城牆愈來愈礙事了啊，還沒收到潛入部隊的通知嗎……!?」

埃姆里思惡狠狠地瞪向要塞這麼嘀咕，就算擺出一副泰然自若的樣子，他心裡也慢慢生出一股焦躁感。

◆

地面幻晶騎士激烈交戰的同時，空中的飛船也展開了激戰。

甲羅武德軍配置飛空船包圍新生王國軍，在戰場上空佔有數量優勢的是翠玉龍騎團與鋼翼騎士團的飛空船隊。有艘船闖進他們包圍網的正中央，該船船體上繪有克沙佩加的國旗以及銀鳳紋章，名為對空衝角艦。

它在頂部甲板附載鬼神，筆直朝著最大最強的飛空船——飛龍戰艦衝去，速度比甲羅武德軍的船更為突出。這也難怪，畢竟對空衝角艦是從後部噴出爆炎，靠著反作用力前進，起風裝置根本比不過它的推力。

「……速度和我們的飛龍不相上下啊。看來是打算乘著加速度，用厚重的船首撞穿我們的船。」

多羅提歐仔細觀察筆直衝過來的對空衝角艦，突出的船首部分另外用裝甲包覆加強，一眼就能看出增加了厚度。至於用途，更是想都不用想。

「……不過，增強船首的如果是那個鬼神的同夥，他們的目標不可能只是衝撞而已。」

多羅提歐幾乎可以確信，鬼神那夥人擁有幻晶騎士相關的最新技術。實在很難想像他們會把唯一的飛空船當成普通的破城鎚使用。

不過，對空衝角艦沒有做出直線前進以外的行動，於是他決定先進行試探。飛龍戰艦各部的安岐羅沙開始發射法擊，法彈尖聲呼嘯著掠過空中，朝對空衝角艦蜂擁而至，使其再也無法無視攻擊繼續前進，只好轉移航道。

不知是因為優異的速度，或是距離還不夠近的關係，命中的法彈數量並不多。多羅提歐打開了駕駛座上的傳聲管下令道：

「加強法擊壓力，由我們主動接近！」

對空衝角艦繞了個大圈，仍確實地接近飛龍。這次飛龍方也主動前進，兩艘船沿著螺旋狀的軌道，逐漸靠近。雙方的距離愈短，飛龍的瞄準就愈精確，命中對空衝角艦的法彈也隨之增加。

「……怎麼了？鬼神！要就此成為法彈下的亡魂嗎!?」

最後，對空衝角艦像是再也忍受不了法擊而改變路線。這回總算做出離開飛龍的行動，開始急速脫離戰圈。

「難不成他們為了對抗飛龍而派出飛空船，現在卻還不習慣操縱？真是如此就太可笑了!!我可不會放過這個機會。準備雷霆防幕！用最大出力驅動，直接進行衝撞！把那艘船連同鬼神一起給我撞個稀巴爛!!」

船體各處的安岐羅沙蠢動著，將雙手拿著的『雷之鞭』舉起，經過改良的連動術式產生的雷電，糾纏著逐漸包圍住飛龍的巨軀。包裹雷電之繭的飛龍戰艦一口氣提升速度，朝著對空衝角艦猛撞過去。

速度方面是使出全力的飛龍更勝一籌，兩者間的距離不斷縮短。在追逐對空衝角艦的期間，兩艘船也遠離了新生王國軍與甲羅武德軍交戰的戰場。

「……我等這一刻很久了。」

伊迦爾卡轉動頭部，眼球水晶捕捉到的景象投射到幻象投影機上。一確認對空衝角艦和緊追在後的飛龍離開戰場，艾爾便加深臉上的笑容。

「畢竟，我的新武器不能在同伴們的頭上使用嘛。但在這裡就不必客氣了！」

對空衝角艦略微展開左右兩側的帆翼，使其成為空氣動力減速裝置，降低了船的速度。

「來吧，飛龍船，時候到了。你在空戰也許是所向披靡，只強化過裝甲的飛空船你也根本不放在眼裡……那樣的自信正是你的弱點，因為會讓你輕易接近我的船！」

伊迦爾卡內藏的兩具大型爐發出高亢的運轉聲，猛烈的進氣聲換來龐大的魔力輸出。但是，它的機體框架反而降低機能，進入沉睡狀態。艾爾不打算用伊迦爾卡迎擊逐漸迫近的飛龍戰艦。

在陷入沉睡的伊迦爾卡身邊布滿了無數銀線神經，神經一路延伸到『飛空船的內部』。他沒打算用足以跟飛龍匹敵的龐大魔力輸出驅動伊迦爾卡，而是要運用在其他地方。

「甦醒吧，『內藏式多連發投槍器』。」

艾爾演算的魔法術式沿著銀線神經傳達到船內每個角落。很快的，有如草木發芽一般，伊迦爾卡周圍的船體外殼陸續開啟，露出收在船內的垂直投射式連發投槍器與軌道腕。船的頂部甲板密密麻麻地設置了許多軌道腕——那是數量多達128座的魔導飛槍投槍器群。

艾爾涅斯帝・埃切貝里亞仗著他最大的才能——也就是組織魔法的演算能力駕馭名為伊迦

爾卡的鬼神。它據傳能夠以單騎對抗一百架幻晶騎士的力量，全是出於他卓越的演算能力。

灌注他只能用強得離譜來形容的全部力量驅動，密集如豪雨的鐵槍攻擊，這就是對空衝角艦引以為傲的最新、最大武裝——內藏式多連發投槍器的真面目。

「來……我們的戰爭（祭典）要開始了。敲響開始的鐘，用力敲得四分五裂吧！」

多達１２８座魔導飛槍同時發射的光景，只能用壯烈至極來形容。掀起的爆炎重奏猛烈得幾乎要燒掉對空衝角艦的頂部甲板，宛如枝幹茁壯成長一般，向著天空飛升而去。還以為那些飛槍會不斷上升，就此一去不返，接著卻看到它們開枝散葉、劃過一道道和緩的曲線開始往下墜，散放猶如柳枝倒垂的火焰——其掉落的目標自然是飛龍戰艦。

面對眼前這只能說是超乎常理的景象，就連身經百戰的猛將多羅提歐也愕然失色。看準他一瞬間露出的破綻，持續加速的鐵槍如雨般落下。

「怎麼可能……太荒唐了！不過！天真，太天真了啊，鬼神！別看扁人，以為大量攻擊就行得通嗎!?所有人拚了，全給我燒得一乾二淨!!雷霆防幕，全力投射!!」

哪怕鬼神有從天而降的眾多魔槍，飛龍也有雷電的防禦。與飛龍戰艦連結在一起的法擊戰特化型機體竭盡所有的魔力，抵抗如雨般落下的長槍。

包圍飛龍全身的雷擊風暴成為抵抗槍雨的保護傘。被狂暴雷擊擊中的投槍一一折斷碎裂、迸散飛落。即使被那些碎片打到，也不足以對飛龍戰艦構成傷害。

「沒用，沒用!!只要有這條飛龍具備的新力量——連動式魔導兵裝・雷霆防幕！你發射再多飛槍也打不中我們！」

龍騎士像裡的多羅提歐沒有注意到，此時飛龍的周圍正在發生異常變化，可是安岐羅沙的騎操士們卻看出了不對勁。

投槍碎片從天而降。在理應由金屬與觸媒結晶構成的零件之中，不曉得為什麼混進了木屑，更別提灑落其間、閃閃發亮的『液體』了。如雨點般不停飛散落下的液體，漸漸淋濕了飛龍和安岐羅沙的表面。

騎操士們不禁心生疑惑。周圍是晴天，根本不可能下雨。他們疑惑的表情也在慢了一拍、聞到飄過來的『氣味』時，瞬間變得蒼白。

「……這、這是！『油』!?」

等注意到時，已經晚了一步。從上空落下大量的油，將飛龍戰艦的船體淋得溼透。這時，從前方的對空衝角艦上發出一團小小的光芒，那是僅有一發的、熊熊燃燒的紅色法彈。

「……！…………啊!?」

一切都為時已晚，別說進行防禦，連逃走都來不及。炸裂開來的炎彈產生火苗，沿著散布於空間中的飛沫蔓延到飛龍戰艦的上部，眨眼間便引燃大火。

耀眼奪目的火球在飛龍戰艦的頂部膨脹開來，傾瀉而下的雨將一切化為熾熱的火焰。由於火勢太過猛烈，遭受爆風吹襲的飛龍也忍不住痛苦地扭曲身體。它至今傲然遨遊於天空的巨軀開始搖晃並且微微下沉，又在浮揚力場的支撐下被抬回原本的高度。

在壓迫耳膜的轟隆聲和猛烈的爆炸波摧殘之下，船首的龍騎士像搖晃得厲害。裡頭的多羅提歐起先大吃一驚，但他不愧是老練的騎操士，一陣折騰後很快恢復過來，打開了傳聲管破口大罵：

「什……出什麼事了!?究竟是怎麼回事？這些火是從哪裡來的!?喂，快回報船的損害情況……！喂，來人……!?」

然而，回應他的只有一片不祥的沉默。

看到出現在空中的火球，身處對空衝角艦頂部甲板的伊迦爾卡站了起來。它把連接在身上各處的銀線神經揮開，然後逐一拿起擺在附近的武裝。艾爾的鬥志充滿了鬼神全身，滿溢而出的魔力在機體上下循環。

「我知道你會使用雷擊魔法迎戰。只要想到雷之網被強化的可能性，就算發射再多的魔導飛槍也沒什麼意義。可是，那才是陷阱所在。那些飛槍是預定要被你們『破壞』的武器。」

對空衝角艦上的魔導飛槍與以往的飛槍不同，是特別訂製的。金屬製的投槍尖端裝著木製的容器。容器內裝滿了一種稱作『魔獸油』、具有高可燃性的特殊油分。

在上次的遭遇戰中，艾爾得知飛龍戰艦擁有『雷之鞭』的機能，因此想出了藉由數量發起佯攻的策略。實際上是藉由讓飛槍在目標上方破碎，使裡面燃油飛散出來的組合招式。

「怎樣？為你特別訂製的槍『魔導火箭』嚐起來味道如何？來吧，這場戰鬥才剛撥亮了開始的火種，好戲現在才要揭幕喔。」

對空衝角艦闔上頂部甲板的外殼，恢復成原本平坦的樣子。伊迦爾卡沿著甲板飛馳而出，魔導噴射推進器也發出高亢的咆哮加速，推著機體飛到空中。

破壞的鬼神飛向深陷火海、搖搖晃晃地前進的飛龍戰艦。

「竟敢……好大的膽子！可恨的……鬼神！竟然把飛龍、還有我的部下！不可原諒，我絕不原諒……!!」

從多羅提歐臉上已看不到平時的冷靜與理智。他的表情扭曲、整個人彷彿化為惡鬼羅煞一般。

他們早已有所防備，知道鬼神一定有什麼企圖。只不過，實際上發起的攻擊卻遠遠超乎他想像，鋪天蓋地而來的魔導飛槍其實只是誘餌，根本不是正常人想得出來的辦法。

「竟然……竟然放火！膽敢愚弄我們。火可是我們飛龍的武器！你的火不過只有這點程度!!」

飛龍至今仍深陷火焰包圍中，附著在船體上的油持續燃燒著，魔獸油素來以難以撲滅聞名。此時的他完全喪失了理智，無法忍受理應屬於飛龍之力的火焰，卻由仇敵回敬反咬一口，因此做出了有勇無謀之舉。

飛龍戰艦的船體嘎吱嘎吱作響。那些並非痛苦的悲鳴，而是殘存的結晶肌肉所發出的運轉聲。飛龍猛地一扭身，令人驚訝的是，整艘飛龍戰艦居然就那樣一口氣翻轉了一圈。狂暴的氣流與劇烈的離心力將附著其上的油拋了出去，成功吹熄大半的火源。這樣粗暴的舉動，一個不小心就很有可能把船弄得四分五裂。

火焰剛熄滅不久，處於狂亂狀態中的多羅提歐聽到倖存部下傳來的痛苦聲音：

「…………隊、隊長，您沒事嗎!?剛才的翻轉勉強擺脫了火焰。可是，不行了……其他的……安岐羅沙……」

部下的報告已足夠給予失去理智的多羅提歐一記當頭棒喝。爆炸的衝擊加上熊熊燃燒的大火，使飛龍戰艦頂部的安岐羅沙遭受致命損害。頂部搭載的六架機體中，實際上有多達五架停止了機能。

「隊長……這是最壞的狀況。這樣下去，魔力供給會……!!」

不需要部下聲音顫抖地指出這一點，多羅提歐也明白。飛龍戰艦壓倒性的動力，換來的是劇烈的魔力消耗，而且還是全十三具爐拚命運轉，也遲早會到達極限的程度。若是失去其中五架，想必沒多久就會耗盡剩餘的魔力儲存量，現在的狀況已經等於沒希望了。

「……不對。還早，還沒完。一定還有辦法。」

多羅提歐布滿血絲的雙眼，瞪著駕駛座上某個被封印起來的機能。飛龍還有一項絕招沒有使出來，那就是『龍血爐』——奧拉西歐・高加索引進的乙太祕術結晶，據說那種瘋狂的爐一具便足以供應整條龍的魔力消耗。

「受損太嚴重了……不過，只要恢復魔力供給，飛龍還能再戰鬥。對，沒錯……仔細想想，那種規模的攻擊不可能一再使出來。」

多羅提歐激動沸騰的思緒，在陷於如此困境時一下子冷卻下來。恢復冷靜的他，從剛才的攻擊特性中找出了某個弱點。

原理很簡單。

魔導飛槍與法擊不同，投射出的是實體的槍。因此，要展開同樣的攻擊，就必須再準備同樣數量的槍。從敵人的船隻規模來看，他已經識破對方沒辦法再次發起剛才那般大規模的攻擊了。

「勝利女神尚未拋棄我們。只不過，龍血爐……」

即使如此，他仍有一絲迷惑，啟動龍血爐就會消耗源素浮揚器的燃料，也就是支撐船體浮游的源素晶石。其所代表的結果只有一個，就是他們這次無法再逃往高空。只剩下擊敗鬼神甚至是新生王國軍，直到獲得完全勝利的這條路可走。

然而，他們沒有多少時間了。這個時候，地面正發生一件足以將他的迷惘全部驅散的大事。

第四十五話　宿敵的去向

科德爾列平原上正展開一進一退的攻防。另一方面，機動隊的幻晶甲冑部隊正悄悄地繞了一大圈，前往梅爾巴里河的下游。

如果是駕駛巨大的幻晶騎士過河，想遮掩都沒辦法，但幻晶甲冑就不一定了。他們將甲冑分別裝到幾艘小型船上，再祕密運送到對岸。陡峭的河岸與蓊鬱的山野展現在眼前，一行人藏好船後，迪特里希一邊穿戴幻晶甲冑，一邊喃喃說著：

「單純由幻晶甲冑編組的行動，也只有在這種沒有魔獸的地區才能這麼蠻幹啊。」

「是啊。如果在本國這麼做，只會增加危險性。」

諾拉回應他的閒聊。在弗雷梅維拉王國內，僅由幻晶甲冑組成部隊移動雖不至於說是不要命的行為，卻也很有可能招來危險。

期間眾人準備就緒，幻晶甲冑部隊出發進入森林裡。他們輕快地穿梭於路不成路的林間，善用結晶肌肉、具備強勁腳力的幻晶甲冑能應付惡劣的路況。因為續航力也很高，能勉強在密林中前進。走了好一陣子後，諾拉對後面的人發出停止的信號。

「……我們已經靠近要塞，差不多該分神警戒敵兵，一邊前進了。」

之後，他們放慢速度，沿著茂盛草木形成的陰影前進，不久便走出森林。一塊整齊的草坪出現在眼前，明顯經由人手修整過。

「接下來呢？迅速前進，看到敵人就幹掉嗎？」

聽見迪特里希的問題，諾拉搖頭否定道：

「不。我們握有要塞內部各方面的情報，不需要冒多餘的風險，該前進的路在這邊。」

諾拉領著他們來到位於森林一隅，一個隱密的洞窟入口。看上去像是自然形成的產物，沒有被封鎖或刻意隱藏起來，彷彿融入周遭環境一樣不起眼。假如不知道位置的話，根本不會有人繞到這種地方來。

幻晶甲冑部隊點亮了手上的魔法光源，往洞窟內部一步步前進。入口處的地面還是裸露的泥土地，但往裡面走去，就出現了人工建造的痕跡。

「是密道嗎？原來是這樣，真是適合潛入行動啊……幻晶甲冑也不是擠不過去啦，但這也太誇張了吧？」

迪特里希發著牢騷。也許是為了極力降低密道的存在感，通道只維持最低限度的大小，僅能容納比真人還要再大上一圈的幻晶甲冑縮著身子勉強通過。

「在這裡碰上敵人的話可就好玩了。」

「好了，走的時候安靜點。」

前方傳來細小卻尖銳的提醒聲，迪特里希於是閉上嘴。洞窟裡的回音比想像中來得響亮，雖然覺得聲音不至於傳到外頭，但還是小心為上。

之後，一行人便默默地繼續前進。身為弗雷梅維拉王國的騎士，雖然受過各式各樣狩獵魔獸的訓練，但凡事都有底線，這趟隱密之旅快讓他喘不過氣來了。藍鷹騎士團的人能忍耐的限度似乎更勝於自己，看起來全都一臉若無其事。

好似永無止境的緊張和壓迫感過後，盡頭終於出現在他們面前。那裡搭著梯子，前端隱沒於牆壁中。

「終於可以跟這狹窄的地方說再見了。」

「我要打開最後的機關了，請不要放鬆警惕。」

諾拉把魔法光降低了一級亮度後，在昏暗的空間裡靈巧地操作機關。接著，如同她事先告知的一樣，梯子前端的出口打開了。

幻晶甲冑夏多拉特將它的隱密性發揮到最大值，悄然無聲地侵入內部。確認四周環境後，發現這裡似乎是像倉庫的地方。如同情報所示，他們成功進入了四方盾要塞的內部。

等所有人爬上梯子後，諾拉便拿出新的地圖，那是四方盾要塞內部的配置圖。這座四方盾要塞由於是王都防禦的要地，因此禁止留下建築構造的紀錄。這份地圖是透過王族們的記憶重現的，雖不能說完整詳盡，但有總比沒有好。

「下一個目標是啟動吊橋，我們得先確保啟動吊橋的動力。」

足以支撐幻晶騎士通過的吊橋，以驚人的重量換取橋的穩固性。無法輕易活動起落，甚至連幻晶騎士也無法簡單抬起，平時都藉由梅爾巴里河上設置的水車群充當動力。

「這條密道的出口在這裡，而我們要去的動力室在這裡。敵人的注意力或許仍放在本隊，但還是不可大意。所有人都記得操縱程序吧？順利抵達動力室的人，就按照程序執行。」

諾拉等藍鷹騎士團的團員們早就把程序牢記在腦子裡，就只剩如何平安抵達操作室而已了。

「……好啦，好戲接下來才要上場。」

做完最後的確認，幻晶甲冑部隊邁步走向要塞內。

即使對外有天然資源與城牆組成的堅固防禦，四方盾要塞的內側防禦也不是滴水不漏。加上為了對付目前在要塞正面展開的新生王國軍大部隊，後方的監視就有了疏漏。隱密性高的幻晶甲冑徹底化為影子，穿梭於通路的死角迅速移動。

在四方盾要塞中，擔任後援的黑騎士部隊正摩拳擦掌地等待出擊時刻。騎操士和鍛造師們在機體附近忙碌地來回奔走，緊繃的情緒一分一秒逐漸高漲。他們專注於自己的機體，萬萬沒想到穿戴著幻晶甲冑的敵人已經潛入到眼皮底下。

沒發出任何聲響，只靠肢體動作溝通的一群黑影逐漸深入要塞冰冷的石造通路中。也許是兵力全被派去做戰鬥佈署，他們沒碰到任何人就順利地接近目的地。

「前方就是動力室了……」

諾拉一行人沒看到敵人，卻仍小心謹慎地前進。沒多久，他們就來到距離動力室只差一個區塊的位置了。

「呵呵呵……早知道你們會來了。」

他們的隱密行動在最後遇上阻礙。通往動力室的路上，有支兵團正拿著武器迎接他們到來。

一名女性身處於兵團中央昂然而立，露出駭人的笑容。她是『凱希爾・歐塔康納』，銅牙騎士團團長，守著這裡的士兵也是銅牙騎士團的團員。

「呵哈哈，沒了士兵，也沒了幻晶騎士。要是只能做後勤工作，我可是敬謝不敏！」

銅牙騎士團曾對米謝利耶的舊克沙佩加軍發動夜襲，結果卻被銀鳳騎士團反將一軍，受到幾近全滅的損害。他們則因為任務失敗而被追究責任，加上失去了力量，最後被完全拉下表現的舞台。

「那座城門很難靠蠻力打開，所以當然會採取其他手段開門。結果來的真是那種小型幻晶騎士，被我料中了！」

凱希爾因自己的預測應驗而發出竊笑。

「不管敵人從哪裡入侵，只要明白目標是什麼，事情就簡單了。因為我們只要等在這裡埋伏就行了啊!!」

配合她的指令，團員們紛紛將十字弓和魔杖對準了諾拉等人。這裡是一條狹窄的通道，如果老實跳出去攻擊的話，轉眼間就會被射成蜂窩吧。

「果然沒那麼簡單就能完成任務呢。就算我們有幻晶甲冑，對上那些也很麻煩。」

銅牙騎士團員在通道上設置障礙物並隱身其後，用武器瞄準他們。幻晶甲冑動作再快，也應付不了那麼多的十字弓。只能做好犧牲的覺悟往前衝，賭上突破的可能性了。

迪特里希正抱頭苦思，諾拉一臉平靜地告訴他：

「……由我們當盾，請你在我們掩護的期間去把吊橋放下。」

「唔。就算有幻晶甲冑，對上那種數量的敵人還是太危險了。」

「那就是我們的工作。」

話才說完，諾拉便展開行動。放出的弓矢如雨般直撲而來，這裡無處可逃。夏多拉特的裝甲迸散出火花，一塊塊被削去。

「我很敬佩妳的覺悟！可是，那樣的角色分配就錯啦!!」

迪特里希立刻拔出幻晶甲冑上配備的大劍，然後奮力蹬向地面。猛烈的速度讓他在一瞬間超過跑在前頭的諾拉等人，一馬當先衝向敵人。破空而至的弓矢對準他飛來，全速前進的他卻沒辦法躲開。不對，是沒有躲開的必要——他大劍一揮，就一口氣把那些箭都打落了。當大劍呼嘯著發出的一擊把箭全部格開，眼前只剩下驅散了敵人攻擊的迪特里希傲然立於敵我雙方之間。

騎操士不單是指幻晶騎士的操縱者。幻晶騎士需要特殊的駕駛技術，更必須瞭解如何操縱幻晶騎士。因此，強大的騎操士幾乎無一例外，本身都是擁有高超技巧的戰士。

率領銀鳳騎士團第二中隊，自認為是『圍毆部隊隊長』的迪特里希・庫尼茲在正面迎敵的作戰中不可能屈居下風。即使被飛行武器奪得先機，他仍單槍匹馬地打回去。

「任務交換。我還是比較習慣揮劍攻擊，而且妳的手也比我巧。之後就交給妳了，記得留幾個人給我。」

迪特里希的側臉透露出身為騎士的自信。雖然藍鷹騎士團的團員們戰鬥能力絕不算低，但他們的訓練著重隱密行動。如果只談短兵相接的情況，還是比正式騎士略遜一籌。

「你怎麼擅自行動……！那樣跟騎士團長有點像呢。沒錯，這邊似乎交給你比較合適。祝你武運昌隆！」

有約一半的人數跟隨諾拉。聽著背後的腳步聲漸行漸遠，迪特里希接著打掉第二輪飛來的十字弓箭。像是心裡的鬱悶散去一般，他表情愉快地吼道：

「來吧，這樣就不必偷偷摸摸地行動了！我要盡情大鬧一場，做好覺悟吧!!」

話還沒說完，迪特里希已經跑了出去。敵人根本來不及重新裝填十字弓，只好改而發起交雜魔法的攻擊，但還是全被他用暴風雨般凌厲的劍技給擋下。他突然往腳邊回砍一刀，然後將碎裂的石板碎片狠狠踢出去。藉由幻晶甲冑力量所踢出的石塊，威力足以致人於死，當場把銅牙騎士的團員連同障礙物一起砸得七零八落。

「嗚，這傢伙!?糟了！」

迪特里希趁著敵人退縮的瞬間闖入敵陣中央。面對穿戴幻晶甲冑的劍術高手，在讓他殺進面前的這個時間點就等於分出了勝負。沒花多少時間，敵人就全數倒地。

「這樣就解決了，我們接下來要把要塞搞得天翻地覆。唉，反正盡情搗亂就對了，把所有人的目光都引到我們身上來吧！」

於是，為了掩護前往動力室的諾拉等人，這群人開始在要塞內大肆活躍。

此時，銅牙騎士團的獨立性反而害了他們自己。防禦這決定完全是出於他們的獨斷獨行，內部人員對敵人入侵的事情一無所知。無預警碰上幻晶甲冑的甲羅武德士兵們反應不及，三兩下就被打垮了。何況，要塞內部原本只是專供守衛的士兵和騎士們活動，幻晶騎士根本擠不進來。

出乎意料之外、闖進這種地方來的幻晶甲冑因此發揮了驚人威力，畢竟防禦力和攻擊力用在對抗人類上也綽綽有餘。很快的，整個要塞就亂成了馬蜂窩，迪特里希等人刻意四處橫衝直撞，使得整個狀況混亂無比。

「……他們似乎幹得不錯。」

諾拉和部下順利地抵達吊橋的動力室。正因為這裡是要塞重地，即使外頭亂成一團，守備也稱不上薄弱。她們也必須先排除擋在眼前的士兵後前進才行。

「本隊還在等我們，動作快。」

語畢，諾拉啟動了放下吊橋的裝置。

「混帳東西……該死，該死的！為什麼每次每次都要妨礙我!?」

凱希爾嘴上不停咒罵，一邊在四方盾要塞中倉皇遊蕩。當迪特里希迅雷不及掩耳地發起突擊時，她當然丟下部下跑了。一而再、再而三的失態讓她失去了體恤部下的感情，只為手上的棋子用罄而焦躁。

東山再起的可能性微乎其微。銅牙騎士團只剩下她一個人，這樣究竟能成就什麼？不過，她的眼神還沒有放棄。

「就算只有一個……我也要親手搶過來。」

這麼說完，凱希爾便朝工房走去。

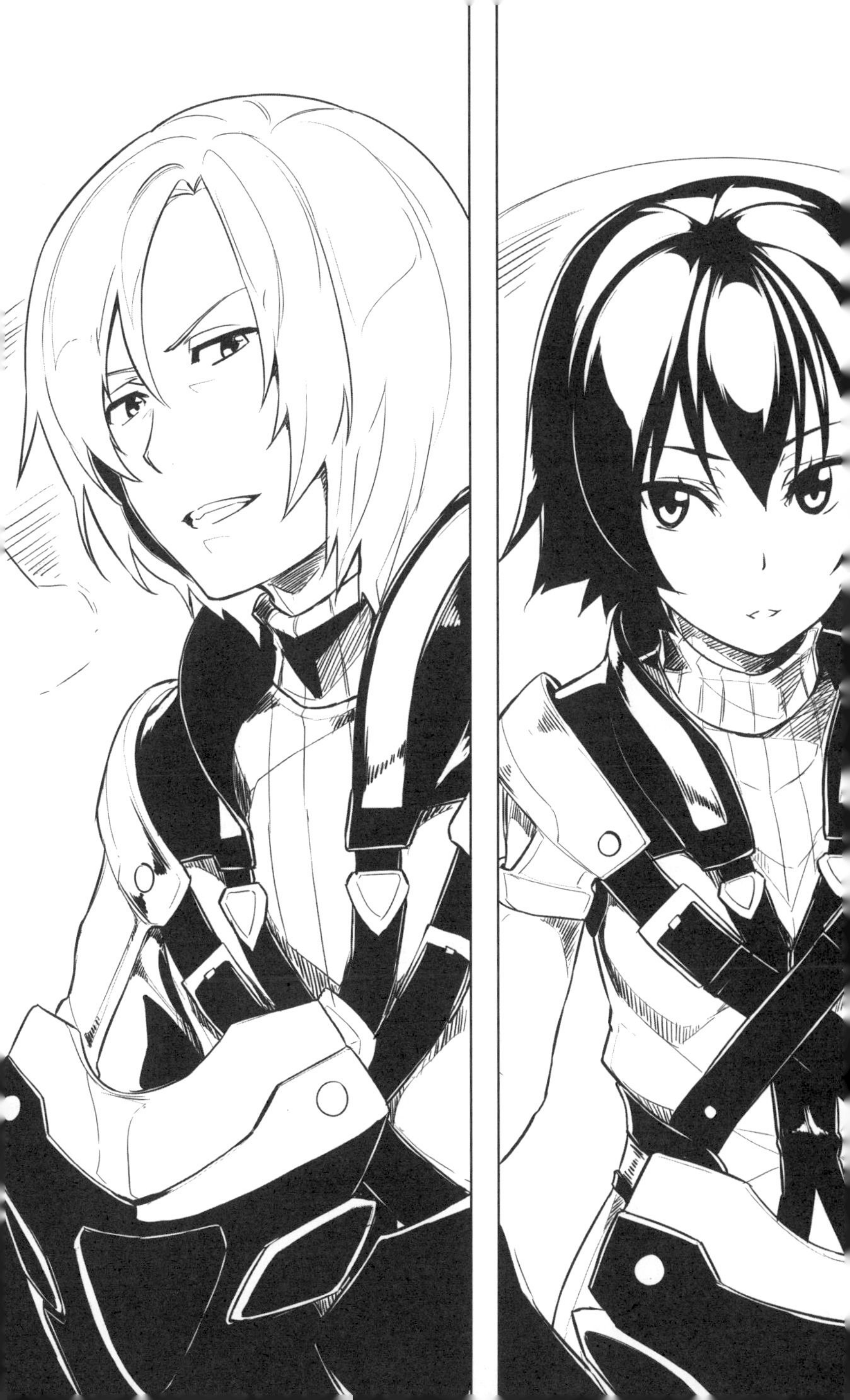

◆

四方盾要塞東關口。這座緊鄰梅爾巴里河，守護戴凡高特的堅固要塞。如今，它牢牢閉合的城門正發出摩擦聲準備開啟。

新生王國軍的氣勢頓時高漲。阻礙他們的最後一道障礙即將被排除，一口氣增強了前進的動力。

位於成功擺脫火焰、懸浮空中的飛龍戰艦上的多羅提歐，也目睹了那樣的光景。

「愚蠢，竟然在河上架橋！那樣敵人不就能夠長驅直入！要塞裡的兵到底在……」

說著，多羅提歐腦中掠過以往某段苦澀的記憶。

「……這樣啊，是那些模仿幻晶騎士的東西幹的好事，他們又把那玩意兒帶過來了啊！」

甲羅武德軍從過去的敗北中汲取教訓，應付各式各樣的意外狀況，唯有對幻晶甲冑的對策始終慢了一步，他們光是要應付幻晶騎士和飛空船就竭盡全力了。此時的多羅提歐無從知曉，只有銅牙騎士團預先採取了措施。不過，那成果也由於凱希爾想獨占功勞而歸於破滅。

飛龍身負重傷，要塞的防禦力也正在下降，如今正是分秒必爭的時刻。

多羅提歐堅定了解放飛龍戰艦『被封印機能』的決心。他打開傳聲管，向倖存的部下平靜地下達指示：

「……我們將使用最大化戰鬥形態，準備啟動龍血爐。」

這麼一來，他們就沒有退路了。多羅提歐自己作戰時總是做好捨命的覺悟，但要連累所有的部下們陪葬，還是多少感到猶豫——這是到剛才為止的想法。如今，如果飛龍再不採取行動，甲羅武德軍將會陷於不利的形勢，是難以容許的事態。

「這裡沒有撤退的選項……所有人，善盡你們的職責吧。」

飛龍體內傳出沉悶的運轉聲，船內的氣流通路經由部下們的操作而變更。源素供給器貪婪地吞食源素晶石並產生出大量高純度的乙太，再循著通路流進龍血爐內，也輸入那些倖存的安岐羅沙之中。

「源素晶石崩壞，開始連結！高純度乙太繼續供給全魔力爐……開始最大化型態！」

獲得高純度乙太供給的龍血爐發出令人不快的怪聲甦醒過來。同時，剩下的魔力轉換爐也全發生了異常反應，開始轉換出龐大的魔力。

——『最大化戰鬥型態』。

這指的是一種隨著封印的龍血爐被啟動，開始向艦上所有的幻晶騎士持續供給高純度乙太的暴衝狀態。只要維持這種狀況，就能讓原本就已擁有強大戰鬥力的飛龍戰艦持續發揮超越極限的能力。

「這下子，就算贏了這場戰役，飛龍也不可能倖存吧。」

然而，這是一把雙面刃。魔力轉換爐是由生長於大地的人們所創造出來的道具。以地表上稀薄的乙太環境為前提設計而成的爐，無法長時間承受異常高濃度的乙太。過去在甲羅武德王國開發工房進行的實驗顯示，過度使用源素供給器的爐心，在過了某個時間點後會急速喪失機能，最後徹底『死亡』。無論做什麼處置都無法修復，只能廢棄。

進入最大化戰鬥型態的飛龍戰艦正面臨這個問題。犧牲退路所換來的最強能力是有時間限制的，在盡頭等待的確實是龍的死期。

船體發出的恐怖轟鳴聲益發響亮，從多羅提歐握著的操縱桿上也傳來了異樣的手感。

「唔嗚，最大化、居然如此強悍難馴……果然還是無法完全控制啊。」

獲得爆發性魔力供給的飛龍，它的力量開始超過人類能夠駕馭的範疇了。

每一個動作都蘊含著熾烈的能量，龍身化作狂暴的猛獸。人們長年累積而來的技術，至今還沒有成熟到能駕馭此等力量。其桀驁難馴的程度，就連在騎操士中能力首屈一指的多羅提歐都拿它沒轍。

「不能再拖下去了。根本不需要駕馭！就這樣直接全力衝過去！」

他放棄精密的控制，將這股狂暴的力量全施加在敵人身上。敵人是鬼神，不那麼做的話，憑受傷的飛龍是打不過它的吧。

「隊、隊長！鬼神離開飛空船，朝著這裡飛過來了！」

「來了啊！正合我意！接下來將全部的裝備開啟到最大模式。我們撐不了多久，一口氣燒光他們，徹底消滅敵人!!」

使用源素浮揚器的航空器，其行動模式非常特殊。只要沒有外在因素的干擾，就會停留在由浮揚力場的強度所決定的高度上（這就是所謂的比乙太高度）。因此，即使飛龍戰艦身負重傷，看上去仍維持穩定。

「我們上……展開雷霆防幕!!」

就在這一瞬間，他們成為沒有退路的死士，懷著滿腔毀滅意志的死亡飛龍發出恐怖的嚎叫，上前迎戰鬼神。

◆

在此，我們將場面拉回耀眼奪目的火球出現在天空中的那一刻。

有如一顆小太陽的熾熱火焰挾帶高熱與衝擊重創了飛龍。構成飛龍身軀的鋼鐵剝落，並且發出痛苦的摩擦聲響。

在地面上交戰的新生王國軍與甲羅武德軍有一瞬間忘記了戰鬥，被天上正在發生的事情吸引了注意力。身為新生王國最大的威脅，卻是甲羅武德軍守護象徵的飛龍，如今淪為負傷的猛獸。它損害的程度乍看之下不算致命，仍搖搖晃晃地在空中繼續前進，但是從那怪物身上再也看不到一絲不斷折磨新生克沙佩加王國的威嚴。

「喔喔喔喔喔喔喔！銀鳳騎士團！給了飛龍迎頭痛擊啊!!」

「……大、大家快看！城門就要……!!」

緊接著，新生王國軍的陣營爆發出更大聲的歡呼。梅爾巴里河對岸牢不可破的四方盾要塞正緩緩開啟城門。城門降下之後變成了橋，在河川上架起通道。

通路開啟了，阻擋新生王國軍最大的障礙已被排除。軍隊士氣高漲、奮勇向前。前鋒一舉突破了由黑騎士集結而成的防禦壁，往橋上行進，意欲乘勢攻進四方盾要塞的內部。

「這個四方盾要塞原本是屬於我們的！要請你們歸還了!!」

有如洶湧濁流般的新生王國軍衝向前。此時，在要塞內待命的甲羅武德軍出現，擋住他們的去路——奇怪的是，從要塞中走出來的幻晶騎士僅有一架。

「那是搞什麼？難道他們沒有後援!?不管怎樣，不需要客氣，給我硬闖進去！」

那架幻晶騎士單槍匹馬擋在大軍面前。隨著距離逐漸縮短，也更加突顯出那架幻晶騎士的異常之處——在那白底金邊、線條俐落的裝甲上，大量的劍亂七八糟地配備於全身上下，活生生糟蹋那美麗的設計。

機體上配備的劍數量實在太多，看不見其他裝備。很難想像哪個腦筋正常的人會做出那種幻晶騎士。

新生王國軍負責打頭陣的騎士搜尋著記憶，他忽然浮現一種不好的預感。白底金邊的高級機體，那不就是甲羅武德軍的司令機嗎？若真是如此，眼前的狀況雖令人一頭霧水，但也是絕佳的機會。畢竟敵軍的大將可是單騎出現在大軍面前，沒有比這更容易擊敗它的狀況了。他讓機體舉起劍，乘著衝刺的勁勢砍向司令機。

回過神來，才發現敵人手裡握著劍。令他覺得不可思議的是，那把劍已經呈現猛力揮砍的狀態了。如果劍在那個位置，就表示自己的機體——

不曉得他是否理解了整個過程。此時，他已連同幻晶騎士一起被劈成兩段。煞不住勢頭的上半身滑落，失去平衡的機體直接掉進河裡。原本因勝利近在眼前，聲勢銳不可當的新生王國軍紛紛為之戰慄。

這回輪到那名渾身是劍的騎士邁步前進了。儘管對方在人數上是絕對的劣勢，克沙佩加的騎士們仍感覺到一股難以言喻的戰慄。

「那不算什麼！就算敵人再強，也要擊潰對方!!」

不愧是勇於率先闖進敵陣中的騎士，不少人的膽量頗大。他們與友機肩並肩，架起盾牌便衝向敵人。這是基於就算敵人再怎麼強大，如果它所持有的裝備只有劍，或許可以用盾牌壓制所採取的行動。

面對群起而攻的雷馮提亞，渾身是劍的騎士毫不猶豫地上前迎戰。下一秒，一架雷馮提亞無預警地往後仰，一把不曉得到底是什麼時候擲出的短劍深深刺進了它的頭部。

新生王國軍的騎士們甚至無暇顧及友機的損害情況，因為敵人已經滑進被打倒的那一架所產生的空隙裡了。渾身是劍的騎士更進一步鑽入盾牌防禦的內側，雙手握住的劍反射出渾厚光芒。每次刀光一閃，就有雷馮提亞被砍斷手腳、失去裝備而倒地不起。

「該死！怎麼能一直單方面挨打！敵人只有一架，若是能牽制它的話……」

新生王國軍連忙展開反擊，結果卻全部敗下陣。敵人不是用劍架開，就是用鞘格擋，他們沒有一次攻擊奏效。然而若對方回敬斬擊，卻招招挾帶致命的威力。當渾身是劍的騎士突破了包圍，它身邊已經倒著一架又一架剛才主動發起攻擊的雷馮提亞了。

「可惡，竟然……那個騎士是怎麼回事！只憑一架！就把整個前鋒部隊擊垮了!!」

橋上呈現一幅地獄般的光景。渾身是劍的騎士毫不費力地踢開倒在腳邊的機體殘骸，有的直接被踢落河裡。每一架都是一擊就受到致命損害，再也無法活動，它精湛的劍法令人心生畏懼。除了異常以外，眼前的光景找不到別的說法來形容。

「那就是、那就是司令機的力量嗎？簡直令人難以置信，多麼威勢逼人啊。那不就像是銀鳳的鬼神嗎!?」

僅憑單騎，一架幻晶騎士就牽制住新生王國軍全體的行動，這狀況宛如惡夢一般。

「全軍暫時撤退！橋上沒辦法發揮人數優勢，由我去對付它！」

一道白色光輝穿過停滯不前的新生王國軍之間，那是艾德加的阿迪拉德坎伯。它驅動身上的可動式追加裝甲，將新生王國軍護在自己身後。

「你們幫我守住後面。」

「收到！隊長自己也要當心！」

「還用你說。看到這種景象，想輕鬆都輕鬆不起來啊。」

跟著艾德加的第一中隊隨著他的指示，往左右散開。也許是受到隊長的影響，第一中隊特別擅長防守。其中有的機體手持盾牌，甚至還有跟阿迪拉德坎伯一樣配備可動式追加裝甲的機體。

他們的真正價值在於有效率的陣型，分成兩邊就是為了協助過不了橋而陣腳大亂的新生王國軍。

中央遭到突破的甲羅武德軍在不知不覺間變換了陣式，開始對新生王國軍展開夾擊，而第一中隊搶先一步化為白色城牆制止了他們的行動。

「原來如此，對手掌握了吊橋機關這項地利啊。話是這麼說，光靠地利就能贏也絕非易事。」

目睹橋上的慘況，艾德加不禁發出呻吟。儘管橋的寬度足夠讓兩架幻晶騎士並肩而行，但依然有所限制。新生王國軍人多勢眾，但在這樣的情況下也不能盡情發揮人數優勢。全身是劍的騎士又強大得能夠同時對付兩、三架敵機。正因如此，它才會挑在這個地方迎擊。

「想越過它的防守，只有靠少數精銳對付了。」

對手握有地利，也是同時打敗好幾架雷馮提亞的猛將，半吊子的騎士根本不是他的對手。能夠與之一較高下的，大概需要銀鳳騎士團中隊長以上的實力吧。既然迪特里希和古拉林德不在，這裡唯一的人選就只有艾德加和阿迪拉德坎伯了。

全身是劍的騎士從容地走向前，來到阿迪拉德坎伯面前站定。兩架皆以白色為基調的機體在橋上相對而立。說來奇怪，兩者的裝備屬性居然正好相反。一邊被劍給包圍，另一邊則全身覆滿了裝甲。

在近處看著詭異的敵人，艾德加微微皺起眉頭。

「裝備大量劍刃的騎士……難道就是迪說的那個？擊敗了古拉林德的使劍高手——看來迪會稱讚它不是沒有原因的。」

現狀可說是『百聞不如一見』，敵人是單槍匹馬便抵擋住大軍的修羅。當彼此舉劍相向，對方看似不經意地擺出架勢，實際上卻沒有露出一絲破綻。

「無論你是什麼人，都要請你讓開那條路！」

阿迪拉德坎伯率先衝上前，全身是劍的騎士也不落人後地飛馳而出。在雙方的距離縮減為零之前，阿迪拉德坎伯展開了可動式追加裝甲。不是為了防禦，而是露出內藏的魔導兵裝。

面對出其不意射來的法擊，全身是劍的騎士揮劍掀起旋風將法彈彈開，立刻逼近還煞不住腳的阿迪拉德坎伯。轉為防守的阿迪拉德坎伯再次啟動了可動式追加裝甲擋住攻擊，卻被全身是劍的騎士靠蠻力壓回去。

「阿迪拉德比力氣怎麼會輸！而且裝甲也……」

艾德加猛然後退，逃出敵人的攻擊範圍。視線掃過機體上下，看到一部分的可動式追加裝甲已然扭曲，結晶肌肉的碎片也掉了出來。要是再繼續承受劍騎士的攻擊，追加裝甲八成也會被破壞，他的表情變得緊繃。期間，劍騎士又趁機補上追擊，阿迪拉德坎伯一樣用劍迎戰，兩把劍電光石火般地交會。一把同樣以劍格擋，另一把則揮出盾牌把它彈開了。結束這一回合，兩者之間再次拉開距離。

「哦哦——！你這傢伙跟那些雜兵不一樣嘛。看你的動作，雖然只有一把劍，還是強得讓我想起雙劍的傢伙啊。」

劍騎士中突然傳出聽起來很高興的聲音，那種輕鬆到愚蠢的態度讓艾德加眉間的皺紋更深了。剛才那番話裡有令人無法充耳不聞的部分。

「雙劍的？是指古拉林德……緋紅騎士嗎？你果然是跟那傢伙打過的變態。」

「哦？搞什麼，你真的是雙劍的同伴啊。那傢伙好像不在這裡，還以為可以回敬那時候把我打趴的仇呢。不過，由你來代替他也可以，我會讓你成為我和『死者之劍』下的亡魂!!」

古斯塔沃在死者之劍的駕駛座上放聲大笑。對他這個戰鬥狂來說，有強敵出現，打起來才帶勁。艾德加努力把他的哈哈大笑聲趕出意識之外，全神貫注地盯著敵人。

「開玩笑，不能讓你繼續鬧下去了。為了我們的勝利，請你讓開那條路吧。」

「哈哈！很好，我最喜歡硬著來啦。因為你夠強，只要打倒你，就能夠重挫新生王國軍的聲勢！」

被看透了。原以為只是在說笑的對手卻擁有意外敏銳的洞察力，這個事實讓艾德加著實憂慮在心。銀鳳騎士團第一中隊長專用機——阿迪拉德坎伯無疑是在場最強戰力之一。若他被擊敗，確實會對新生王國軍的士氣造成重大挫折。同時，通往勝利的那座橋被奪回這件事，對新生王國軍而言也是致命的情形。

「少打如意算盤，只要我打贏就好。」

阿迪拉德坎伯展開可動式裝甲並舉起劍，死者之劍逐步縮短與它的距離。雙方都在觀察彼此的破綻，等待先發制人的機會。艾德加提高集中力，不放過敵人的一舉一動。

正因如此，他才能夠迅速發現異狀。從幻象投影機映出的景色裡，他忽然看見一道影子落在機體旁邊，同時朝阿迪拉德坎伯落下——他當下就明白那是什麼東西。

「嗚！這種情況下還有援軍嗎!?」

可動式追加裝甲蠢動著從阿迪拉德坎伯機身上浮起。艾德加往踏板用力一踢，讓機體猛然後退了一大步。

隨之而來的，是出現在阿迪拉德坎伯前一秒所在位置的那道黑影。可動式追加裝甲擋下了黑影發出的追擊，阿迪拉德坎伯則乘著後退的勁勢，又往後退了幾步。回過神來，他才發現自己退出了橋面，回到河岸上。

黑影緩緩起身。艾德加的表情益發嚴峻，死者之劍這個強敵就夠難對付了，如今再加上新的敵人，看來免不了一場苦戰。

不過，理應是敵人的兩架機體卻開始了他意料之外的行動。擺好架勢在旁觀看的死者之劍中傳出充滿怒意的低沉聲音：

「喂喂喂喂，再怎樣都沒人這麼搞的吧？喂，『銅牙』。那傢伙在跟我戰鬥，妳少來礙事。我說過了吧？這次就算是妳，我也不會手下留情！」

死者之劍將劍指向黑影同伴。沐浴在修羅的狂怒之中，黑影卻頭也不回地啐道：

「哈！少說夢話了。敵人那邊不就有一大堆嗎？你想在這傢伙一個人身上浪費多少時間？有餘力的話，還不快去打下國王騎！殿下不是賜予你那架機體了嗎!?」

「……嘖！那張嘴還是那麼會說。好吧，既然是妳提起的，這裡就交給妳了。」

古斯塔沃臉上的表情前所未有地苦澀。他個人愛好挑戰強敵，這也是他最強烈的願望。可是，駕駛由卡特莉娜欽賜的死者之劍，他在這個戰場上還有比自己的欲望更該履行的義務。想起這件事，他不甘心地讓沉浸於戰鬥中的腦袋冷靜下來。死者之劍像是對阿迪拉德坎伯再也不感興趣的樣子，掉頭就走。

「慢著，怎麼可能讓你……」

「噢，你別想妨礙！」

艾德加正準備踏前一步阻止他，就被那架莫名靈活的黑色幻晶騎士擋住去路。它耍特技般揮下的劍，被阿迪拉德坎伯的可動式追加裝甲彈開了。

「唉，先別急著走。你的對手是我，可不能繼續讓你找麻煩了。」

話才說完，黑色幻晶騎士的攻擊便接踵而來，那乾脆俐落的劍法甚至容不得艾德加反擊。在黑色幻晶騎士牽制住阿迪拉德坎伯的期間，死者之劍從容地走過他們身旁，從它背後的四方盾要塞中又有更多黑騎士冒了出來，準備對新生王國軍發動反攻。

「……礙事，給我讓開。」

「你說礙事？那可是我要說的話。不管到哪裡都三番兩次來找麻煩！結果居然還跑來這種地方!!」

阿迪拉德坎伯用劍和可動式裝甲勉強頂住她伴隨咆哮發起的猛攻。艾德加無法理解她話中的真意，可是下意識感到疑惑。他搖頭甩開那些雜念，專注地盯著投影機上的敵人。

「看來不先打倒妳，我們就無法前進。那麼，我只好竭盡全力打勝仗了！」

魔力轉換爐的咆哮聲更為高亢。白色騎士催動所有力量挺身上前，黑影也直撲向它，正面迎戰——這場梅爾巴里河的吊橋之爭漸趨白熱化。

◆

從四方盾要塞出擊的甲羅武德部隊越過梅爾巴里河繼續前進，黑騎士軍團以制式量產機為核心配置。在全副武裝的黑騎士前方，古斯塔沃的死者之劍帶頭一個勁地往前衝。

「我們上，死者之劍。絕不能再像當時輸得那麼難看了！」

古斯塔沃收起手上的長劍，讓另一把大劍出鞘。那把劍巨大而厚重，連擁有繩索型結晶肌肉的東方樣式機用起來似乎也頗為吃力。

他的死者之劍是以最高級的王族專用機改造而成。儘管是一般的標準體型，卻擁有不遜於重型機狄蘭托的力量。死者之劍充分發揮它巨大的輸出動力，輕鬆地揮舞大劍。

「大夥跟我來！我們的目標就在那面顯眼到不行的旗子下方，位於該處的國王騎首級！只要幹掉它，就是我們的勝利!!」

古斯塔沃發出吶喊，同時舉起代替儀仗的大劍。以此為信號，甲羅武德軍一齊進攻。另一方面，新生王國軍在敵方進行戰鬥準備的時候也不只是在發呆。

「敵人由司令機帶頭攻過來了！」

「還以為只差一步就能攻破，結果卻反擊了啊。好強……不過，讓他們衝得太猛也不行！第三中隊，準備發射！」

坐在金獅子(戈德力歐)裡的埃姆里思火速向四周下達指示，第三中隊的澤多林布爾馬上架起了垂直投射式連發投槍器，將魔導飛槍裝填完畢的幻晶甲冑紛紛散開退下。魔導飛槍的攻擊對象當然不限於飛行船，在地面上對付幻晶騎士也能發揮出足夠的威力。

「目標正前方，敵軍司令機。發射!!」

配合著金獅子揮下手臂的號令，所有澤多林布爾一齊射出魔導飛槍。

在精密的操作下，拖著火焰尾羽升空的飛槍改變方向並劇烈加速，當到達極限的銀線神經分離開的時候，飛槍已獲得足以貫穿厚重鋼鐵的威力。

「哈！那種棒子怎麼可能打中我啊？天真天真天真!!」

死者之劍舉起一對大劍，它非但沒有逃離如雨般落下的飛槍，甚至加速朝著正中央衝過去。幻晶騎士這種由騎操士操縱的鋼鐵巨人，之所以被稱為人類最強的兵器，原因可不只是由巨大身軀產生的破壞力這麼簡單。

望著漫天襲來的魔導飛槍，古斯塔沃在死者之劍的駕駛座上露出凶暴的笑容。即使致命的魔槍已殺到面前，卻沒有顯露絲毫畏懼。

面對極速飛來的魔導飛槍，死者之劍先是一刀將它砍飛，接著又用另一刀摧毀了間不容髮射來的下一支飛槍。下一支、再下一支，包括下下一支全都無一例外。每當死者之劍揮起手中的劍，魔導飛槍就紛紛變成破碎的殘骸。視擊中的部位而定，連黑騎士也能破壞的魔槍全被死者之劍以壓倒性的劍法擊退了。

幻晶騎士的本質，就在於將人類所擁有的技巧和能力擴大數倍之後重現出來。為劍痴狂的修羅和『死者之劍』的力量，完全沒把數量眾多、如雨點般落下的魔槍放在眼裡。那已經稱得上是一種奇蹟，也是異常的展現了。

「跟緊隊長！別因為幾把小槍就退縮，讓他們瞧瞧黑騎士的驕傲!!」

黑騎士們舉起盾牌，沿著死者之劍開闢出的道路挺進。他們都是駕駛王女卡特莉娜賜予機體的精銳。各個手持厚重鋼盾，面對威力強大的魔導飛槍也毫不退縮，就算是魔導飛槍，也無法同時貫穿盾牌與黑騎士的鎧甲。從過去的數度交戰，他們也學會根據分享的情報研擬出各種對策。最後在挺進的過程中，他們總算撐過投槍的暴風雨，眼前只剩下敵人的身影。

「已經停下攻擊了嗎!?那麼，接下來就輪到我們啦!!」

死者之劍從全身發出摩擦的咯吱聲響。結晶肌肉收縮、彈開，解放爆發性的力量。死者之劍以幾乎要劃起地面的力道一蹬，然後飛奔而出。這架以王族專用機阿凱羅力克斯為基礎改造的機體具備了與狄蘭托同等的腕力，敏捷度也不會輸給既有的幻晶騎士。很快的，他就成了集團中衝在最前方的一架機體。

相對之下，新生王國軍不禁倒抽了一口氣。魔導飛槍有一個『致命的弱點』，那就是需要重新裝填的時間，利用幻晶甲冑手動裝填的方式難免會產生空檔。何況在填彈期間，投槍兵的動作也會受到很大的限制，無法兼顧防禦。此時的第三中隊動作反而顯得有些遲緩，失去了原有威力。

「甲羅武德的混帳！別想通過這……咯啊!?」

「閃開！沒時間理你這小嘍囉啦!!」

期間，死者之劍挾帶著猶如鬼神的氣勢向前突進，將擋在路上的雷馮提亞一架接一架砍倒在地。緊跟在後的黑騎士立刻填補上它用劍開闢出的空隙。死者之劍所到之處無人能敵，彷彿要將新生王國軍撕裂成兩半一樣繼續挺進。

「敵、敵軍司令機太強大了！擋不下來！」

從本陣也能夠清楚看見新生王國軍所面臨的困境。埃姆里思咂咂舌，趕緊提高金獅子的輸出動力。

「竟然能挺過那麼多飛槍。飛龍也好，那傢伙也罷，甲羅武德還是有些不容輕忽的戰士。第三中隊沒辦法馬上行動，第二中隊，輪到你們上場了！別讓敵人到艾莉身邊去，就在這裡擊潰前鋒!!」

「好！正面交戰就交給我們吧!!」

戰場上隨即響起嘹亮的喇叭聲。以此為信號，新生王國軍的布陣起了變化。陣形迅速向左右兩側分開，在中央空出一條路。

沒了阻擋它的敵人，死者之劍一下子反應不過來，反而慢下腳步。甲羅武德軍前方的空間豁然開朗，在那盡頭就是高揭著新生王國國旗的本陣。

接著，從新生王國軍的本陣中跑出一支幻晶騎士部隊。由金色的光輝帶頭衝向提高警覺的死者之劍，後面跟著刻有紅十字圖紋的騎士。

「那些傢伙是雙劍的部下！這表示壓軸好戲上場了。到這個地步不管誰來都一樣，擋路的話全都打垮就好了!!給我上！」

「第二中隊，拔劍！在我們面前的一律是敵人！盡情大鬧，痛扁他們一頓吧!!」

一拔出劍，第二中隊就毫不猶豫地從正面衝進敵陣。這支別名銀鳳騎士團『圍毆部隊』的中隊，出手時不耍什麼小伎倆，就是卯起來揮動武器，打倒眼前的敵人就對了。

相對的，黑騎士則是拋開沉重的盾牌，舉起重鎚。擁有高輸出動力的近戰特化型黑騎士擅長正面格鬥。雙方的武器碰撞激起火花，衝撞聲活像尖叫一般傳至遠方，兩支部隊轉眼間便陷入混戰。

衝在第二中隊前方的金獅子，與同樣一馬當先的死者之劍短兵相接。

「你就是司令啊？你的力量太危險了，我要在這裡打倒你!!」

「哦哦，來了架金光閃閃的傢伙。是國王騎以外的另一架隊長機？」

死者之劍雖然叮鈴噹啷地裝備著大大小小的劍，動作卻格外靈活，它揮舞兩手所持的大劍，不斷使出強烈攻擊。金獅子在進攻方面也沒有屈居下風，只見它勇猛地舉起一把大劍，卯足全力揮砍。

厚重的鋼鐵呼嘯著劃過空氣，每一次碰撞都迸散出火花。在結晶肌肉的收縮聲伴奏下，以及進氣裝置唱出的悲鳴聲中，兩隻巨人持劍而舞，激烈交鋒。

「……這是!?」

戰鬥漸漸一面倒。死者之劍的攻勢實在太過猛烈，它如烈火般巧妙操縱兩把大劍，不露出任何一點破綻，令人驚訝的招數盡出，使得同樣以攻擊作為主軸的金獅子光是抵擋就忙不過來，漸漸受到壓制。

埃姆里思咬緊牙關，勇猛地揮劍糾纏上去，但他使出的攻擊卻打不到死者之劍身上。

死者之劍和金獅子同樣都是由最新的王族專用機量身打造而成，在性能方面不分軒輊。決定優劣的主要還是騎操士的技巧，埃姆里思身為戰士的直覺敏銳地察覺了這一點。

「不愧是打掉魔導飛槍，只靠劍就殺到這裡的騎士！好強……八成比我還強。正因如此!!」

即使理解這一點，埃姆里思仍因為遇見值得一戰的強敵而歡呼。他加深了臉上肉食動物一般的笑容，發出活像野獸的咆哮。

死者之劍不斷增加攻擊的強度。雖說是腕力過人的機體，但在雙手各握著沉重的兩把大劍的情況下，它的動作仍流暢得難以想像。藉由機體動作，抵銷揮動大劍所造成的反作用力，得以毫無間斷地變換位置，是一種攻防合一的技術。彷彿維持著某種平衡似的雙手大劍不停舞動，這就是劍術狂人古斯塔沃所掌握、攻擊讓人找不到破綻的祕密。

儘管他發起可謂雙劍蹂躪以及鋼鐵肆虐的破壞，壓得金獅子無力還擊，不過古斯塔沃卻暗自顯現焦急的神色。

「這傢伙比我想像中還能撐。劍的技巧明明不怎麼樣，還真是死纏爛打!!」

受到死者之劍凌厲凶狠的攻擊，金獅子還能夠緊咬至今，擋住古斯塔沃的去路。老實說，他對這個情況也感到很意外。他這個為劍瘋狂，只能靠劍理解對手的狂人在短短的幾招交鋒間便能掌握敵人的實力。在他看來，金獅子的機體雖然強大，騎操士的水準卻並非如此。但是，敵人至今仍然健在，而古斯塔沃當然沒有放水。

的確，在他看來埃姆里思只能算是未成熟的騎操士，但他那勇猛果敢的精神力讓他不畏攻擊而選擇主動迎戰，金獅子的性能更起了加乘作用。埃姆里思若在戰鬥時有所保留，大概馬上就會成為大劍下的犧牲品吧，正是他那股旺盛的拚勁使他堅持到現在。

「不管敵人多強大！我也沒那麼容易認輸！只要還沒倒下，戰鬥就還不會結束!!」

金獅子預料之外地難纏，更使得古斯塔沃心裡的焦躁節節高升。他可是放棄了與阿迪拉德坎伯一戰，前來取國王騎首級的。金獅子雖相較之下勉強算是強敵，可是還不足以讓他感到滿意，在他體內蠢蠢欲動的戰鬥狂之心逐漸累積更多的不滿。

「真煩人，我沒空理你啊!!」

焦躁的古斯塔沃急於分出勝負。他運用死者之劍渾身的力道，機體全身上下的肌肉收縮振動，發出擠壓的聲響。在鎧甲下方結實飽滿的結晶肌肉產生卓越的力量，使出與之前截然不同的大弧度斬擊。這一擊能夠打倒任何人，立即分出勝負。

「喔喔喔喔！這一擊！就由我接下吧!!」

面對呼嘯著逼近眼前的大劍，埃姆里思竟愚直地打算正面對抗。他腦袋裡似乎完全沒有躲避這個選項。

當進氣裝置發出尖銳的吸氣聲，金獅子的輸出動力頓時暴增。金獅子微微彎起身子蓄勢待發，接著卯足全力朝襲來的大劍揮出一記重擊。繩索型結晶肌肉的爆發力使得大劍的速度足以扭曲空氣。

雙方攻勢碰撞的瞬間，衝擊波撼動了大地。劇烈的威力使彼此的大劍被撞斷碎裂，鋼鐵巨人的全力不只破壞了武器，更將雙方的軀體彈飛。從開戰以來就不斷進行格鬥的兩架機體之間第一次拉開了距離。

「嘖！閃也不閃就直接承受攻擊？挺有骨氣的嘛！金色的，就稱讚你一下吧。不過這下你就失去武器了。用那把細得像牙籤的劍，別以為打得過我的死者之劍！」

彼此瞪視的同時，古斯塔沃吼道，他的死者之劍依然完好。大劍雖是死者之劍的裝備中威力最強的，但他的武器當然不止如此。畢竟機體上還配備了兩手拿不完，大大小小、種類各異的劍刃。

相對之下，金獅子則算不上毫無損傷。本體所受的損害只算得上輕傷沒錯，卻失去了主要武器的大劍。雖已拔出了備用的長劍，但不可否認的是，用這樣的武器對抗劍術狂人實在無法放心。

「的確很吃虧！好吧，情況不太樂觀，但是……」

埃姆里思朝身後瞄了一眼。他的後方是新生王國軍本陣，在那裡的國王騎卡爾托加・歐爾・克謝爾沒有絲毫戰鬥能力。雖然還能揮劍，但就真的只能如同字面所言『揮一下』而已，實在不能指望它上場作戰，絕對不能讓死者之劍靠近。埃姆里思吐出一口氣，同時放低機體的重心。再次堅定了一步也不退的決心，全神貫注地擺好架勢。

古斯塔沃眼見金獅子改變應戰姿勢，微微揚起笑容說道：

「哦？金色的，你劍術不怎麼樣，架勢倒是挺有模有樣的嘛。好啊，我就試試你有多少斤兩，看你的覺悟夠不夠承受我的劍。」

「隨你怎麼說。不過，你那麼囂張也不是沒有原因，這樣下去我會輸……」

拔出新劍的死者之劍傲然挺進。期間，埃姆里思只能絞盡腦汁思索致勝的方法。

◆

伊迦爾卡在空中留下一道紅色軌跡，朝著飛龍衝去。

在它後方，對空衝角艦則展開了不同的行動。鍛造師隊的隊長，通稱老大的達維正趾高氣昂地坐在船長席上。

「真是，我可是騎操鍛造師，本職不是船夫啊。」

「老大，硬要說的話，何止是克沙佩加，在弗雷梅維拉也沒一個人本職是駕駛飛空船的啦。」

握著操舵輪的巴特森受不了似地回答。不只他們，在艦橋上的所有人原本都隸屬於鍛造師

隊。這都是因為銀鳳騎士團是專業分工化的少數精銳集團，沒有足夠人手駕駛新船，所以在船隻的調查分析結束後，才會由他們繼續擔任船員。

「其實根本沒差吧，我們接下來怎麼辦？」

由傳聲管而來的模糊人聲傳到艦橋上。聲音來自於固定在頂部甲板後方的兩架澤多林布爾，坐在上面的是奇德和亞蒂。技術人員硬是接上傳聲管，讓機體與艦橋之間可以互相聯繫。此外，為了避免在船發生晃動的時候被甩出去，也強化了固定裝置。

他們的任務就是在伊迦爾卡離開後維持船的魔力供給。對空衝角艦與一般的飛空船不同，艦上只裝載了魔導噴射推進器，因此就算只是前進，也會消耗驚人的魔力。必須直接與兩架澤多林布爾連結，才能勉強繼續飛行。

「我們得去掩護艾爾才行！投槍器準備得怎樣了？」

「現在位於船艙，他們已經趕著重新裝填了，可是不太可能馬上發射吧。」

這艘船艦上的魔導飛槍不足以供應所有投槍器再度發射，一齊攻擊的機會也只剩一次。如果情況不算十分有利，同樣的攻擊很難奏效。

「簡單來說，就是看少年那邊了。有破綻的時候再一股腦全射過去就對了！」

語畢，老大的視線追逐著鬼神在空中閃爍的火焰。

◆

飛龍發出震耳欲聾的轟鳴聲返回戰場上空。這一幕讓朝著吊橋挺進的新生王國軍都驚慌起來。他們沒有對飛龍有效的攻擊手段，所以才會專注在地面上的戰鬥。眼見飛龍急速迫近，也難怪他們會萌生退縮的念頭。

「嗚，打算直接攻擊地上嗎!?」

降低高度的飛龍又拉高船頭，像是要浮在那個高度似的飛過天空。落下的速度轉換成前進的氣勢，使得飛龍的魄力更上一層樓。面對壓倒性力量的化身，他們在不知不覺中停下了腳步，卻又馬上咬緊牙關，繼續前進。

「別害怕……！騎士團長殿下、馬上、就會來了……！」

就在這句話快說完的同時，鎧甲武士掠過新生王國軍的頭頂。魔導噴射推進器留下尖銳的噴射音，推著伊迦爾卡有如箭矢般迅速接近飛龍。地面上的騎士們歡呼著目送它的身影。

「來吧！這就算新的一回合了！這次可不會像之前那樣放過你!!」

一認出從正前方逼近的鬼神，飛龍就迫不及待地展開了行動。沸騰翻滾的魔力化為無形的壓力充滿四周，有如無聲的咆哮。飛龍戰艦的王牌——最大化戰鬥型態真正的力量即將甦醒。

剎那間，雷霆防幕覆蓋了整艘船體，剩餘的魔導兵裝一齊發射出法彈。魔導噴射推進器驅策著巨大龍身進一步加速，並以壓倒性的強化魔法支撐其所造成的反作用力。

那就是模仿飛龍外型、純粹的破壞力量顯現的瞬間。飛龍的巨軀挾帶著由魔法現象所構成的破壞之力撲向伊迦爾卡，就算是伊迦爾卡，撞上能將一切事物粉碎的雷之化身，也免不了一死——儘管如此，艾爾依然完全沒有退讓的意思。

「這樣啊，雷電的防禦也強化不少呢。利用防禦衝撞……發揮巨大身軀的優勢，是正確的戰術！可是你知道嗎？我也不需要跟『龍的全力』正面衝突啊。」

『皇之心臟』與『女皇之冠』進一步提高了輸出動力，對抗逼近的飛龍。將不負師團級魔獸之名的龐大魔力送往伊迦爾卡全身。

「伊迦爾卡比你小得多了。所以，貫穿也只需鎖定一個點就夠了！」

艾爾的雙手在操鍵盤上輕盈舞動，伊迦爾卡隨即停止了魔導噴射推進器。他只靠慣性浮在空中，同時將多到快滿出來的所有魔力注入雙手所持的銃裝劍。刀身分裂成兩半，露出內部的構造，魔力之河流過刻在銀板上的刻印紋章，最後形成戰術級魔法。

「就來比比你的信念（維維爾）和我的興趣（伊迦爾卡）誰強大吧！」

伊迦爾卡將銃裝劍指向迎面而來的飛龍，從劍尖射出宛如濁流奔騰的轟炎之槍，在空中綻放出熊熊燃燒的巨大鮮紅花朵。雖然漸漸被重力往下拖，伊迦爾卡仍一心一意地持續發射法擊。

這場信念的較量並沒有持續很久。雷霆防幕與銃裝劍相比，若是只論規模，是雷霆防幕略勝一籌，但是雷霆防幕終究還是『覆蓋整艘飛龍戰艦的雷之盾』。受到伊迦爾卡從正面而來且集中於同一點的轟炎之槍攻擊，就算是由龍之怒支撐的雷盾上也開了個小洞。重啟推進器的伊迦爾卡毫不猶豫地衝向那個點綴著火焰之花的突破口。

看到鬼神像是撥開火焰似地入侵雷霆防幕內側，多羅提歐感到一股令人暈眩的憤怒。他已經無法判斷自己感受到的震動是來自船體，或者是因為自己恐懼的顫抖。他撇開這些情緒，朝丹田凝聚力量並握緊操縱桿，瞪大布滿血絲的雙眼叫道：

「安岐羅沙被破壞，導致雷霆防幕變得不穩定嗎!?沒想到居然能靠蠻力打破……但是，你也別太看得起自己了！所謂飛蛾撲火指的就是這麼回事。這次一定要用龍火把你燒得連渣都不剩!!」

飛龍戰艦對著突破雷盾的伊迦爾卡大大張開了下顎，從突擊前就開始積蓄的魔力量以極盡壓倒性的威力向前發射。飛龍戰艦的最強武裝——龍炎擊咆所放出的煉獄之炎撲到伊迦爾卡面前。

伊迦爾卡打穿的洞只有一個點，四周目前仍布滿了凶猛的雷擊，前方又有火焰逼近。如果想逃跑只能往後方，而且還得先擺脫直撲而來的火焰才行。

想逃過那樣的陣仗，對鬼神來說也極為困難，走投無路的伊迦爾卡只能被火舌吞噬。鬼神再厲害，防禦力也不可能超越幻晶騎士的極限，眼看就要被壓倒性的破壞力燃燒殆盡。

「龍火啊！不過那是對城兵器，對我的伊迦爾卡不管用喔！」

伊迦爾卡點燃魔導噴射推進器，把剛才送往銃裝劍的魔力全部集中到推進器上。可動部位發出聲響，轉動推進器，將『噴射方向』轉向前方。

看起來，艾爾是要讓伊迦爾卡後退——但他並沒有這麼做。伊迦爾卡將裝備在全身的推進器所產生的噴射對準撲面而來的龍炎擊咆噴流，然後釋放。兩股爆炎互相碰撞，就像跳著瘋狂的圓舞曲一樣纏繞在一起。

不放過煉獄之炎那些微的猶豫空隙，推進器再度改變方向。推力的向量發生顯著的變化，使伊迦爾卡像陀螺一樣，旋轉著前進。

龍炎擊咆是飛龍戰艦的最強武裝，不過多羅提歐有點誤會其威力的性質了。這種連續噴射爆炎的武裝只有在目標持續承受爆炎的情況下，才能發揮最大的威力。若是有伊迦爾卡那樣的機動性，承受火焰攻擊也不過是一瞬間的事，跟規模大一點的法彈差不了多少。

「密技・伊迦爾卡躍龍門！因為很有趣，這一招得記起來才行。」

伊迦爾卡一邊旋轉，一邊以異常精密的控制調整推進器的方向，往上衝到龍炎擊咆的火焰頂端，宛如溯溪而上一般翻身騰躍，踏在火焰的奔流上往飛龍前進。

超乎尋常的景象正在眼前上演，多羅提歐這下終於放棄冷靜思考了。鬼神在『空中』跳著不可思議的舞蹈，展現不合常理的機動性。它避開致命的爆炎噴流，機體上迸散出火焰，最後終於接近龍騎士像的面前。

思考跟不上事態發展。到底發生了什麼事？不，應該說，在場能夠正確理解現況的，恐怕就只有艾爾本人了。

「你——這個——怪物啊啊啊啊啊啊啊啊啊啊!!」

多羅提歐沒注意到自身的動搖從嘴裡洩漏出來，只憑著經驗反射性地做出迎擊。龍騎士像拔起船首突出的龍角，當成長槍刺向急速逼近的伊迦爾卡。

即使陷入最糟糕的情況，多羅提歐長年累積而來的經驗也沒有背叛他。龍騎士像的長槍精準地捕捉到鬼神用大劍揮砍出的一擊，成功錯開大劍的力道，化解了攻擊。在交錯的一瞬間，同時迸散火花與金屬的悲鳴後，鬼神飛往背後。

「穿過了嗎……！糟了，後面的安岐羅沙不能正常運作！」

飛龍頂部的安岐羅沙在不久前遭到魔導火箭的攻擊，仍未能恢復機能。這樣下去，將會讓鬼神直接降落在船體上。恢復冷靜的多羅提歐不能允許那種事情發生，他把心一橫、猛力踩下踏板。

伊迦爾卡因為與龍騎士像的格鬥，產生反作用力而停止旋轉。待一降落在飛龍戰艦的船首上就跑了起來，很快抵達船體中央。

「那麼，有源素浮揚器的話，應該位於中央附近……哦!?」

就在踏出下一步的同時，伊迦爾卡突然往旁邊傾倒。正確來說，傾倒的不是伊迦爾卡本身，而是因為它的立足點，也就是飛龍戰艦的船體本身開始急速傾斜。無視船體悲慘地發出咯吱咯吱的摩擦聲，飛龍運用機動能力強行扭轉身子、打算來個一百八十度大翻身，把背上的異物甩下去。

被拋到空中的伊迦爾卡不慌不忙地發動噴射，很快恢復平衡。正當它準備再一次降落到船身上，卻有隻巨大的格鬥用龍腳迎面襲來。飛龍翻身不只是為了甩下伊迦爾卡，也是為了使用它最強的近距離武器。

「這樣啊，又是龍腳!但是那招已經看過一次了。」

艾爾的反應非常迅速。上次受到格鬥用龍腳攻擊的時候，光是迴避就已經是極限了，這一回他只是冷靜地朝比幻晶騎士體積大上許多的龍爪發動反擊。

銃裝劍放出的轟炎之槍命中爪子的根部。爆炸的火焰噴散出零件，連帶轟掉了尖端部位和龍爪。

即使如此，龍腳仍持續接近。伊迦爾卡於是在擦身而過的同時，用上收納在銃裝劍中的魔導兵裝。龐大輸出動力支撐起的銃裝劍獲得足夠強化，戰勝了飛龍的外裝，砍入內部。在伊迦爾卡通過之後，半毀的龍腳前端便墜落地面。

鬼神挺過了凶暴飛龍竭盡全力使出的多段攻擊。

不只多羅提歐，他的部下們都說不出話來，茫然自失。

說起來，飛龍戰艦這種對飛空船兵器根本就不需要認真對付區區一架幻晶騎士。啟動最大化型態所展開的攻擊，拿來對付一架幻晶騎士已經綽綽有餘。不論對手是幻晶騎士或飛空船，那必殺的一擊應該都會讓他們難逃被消滅的命運。然而，現實卻完全出乎他們的預料，不僅號稱最強的攻擊全數遭到化解，飛龍甚至淪落到失去一隻腳的下場。

「鬼神……鬼神，你究竟是何方神聖……？」

多羅提歐等人一下子喪失了現實感。他們早已做好心理準備，明白鬼神就是恐怖威脅的化身，但再怎麼強大也該有個限度。

鬼神的威力已經完全超出幻晶騎士的範疇了。不但擁有非比尋常的機能，能夠駕馭它的騎操士技巧也是超乎想像。以多羅提歐和他的部下們這些身經百戰的勇士為對手，鬼神單槍匹馬就把他們給擊敗了。

「就連飛龍也不是那個鬼神的對手嗎？不，錯就錯在我太相信雷之盾的防禦，挨了火箭的攻擊！」

一開始受到的損害程度太嚴重了。就算不惜投入龍血爐、獲得龐大的魔力輸出，如果位於魔法輸力末梢的幻晶騎士被破壞，也無法發揮飛龍真正的戰鬥能力。

當他們因為不利的形勢而產生動搖、注意力不再集中時，突然感受到一陣衝擊。飛龍戰艦的後方有條為了維持船體平衡的長尾巴，而那個怪物正攀在尾巴上。

「……那個混帳！不是離開了嗎……」

握著怪模怪樣的大劍，鬼面六臂的鎧甲武士——這世上絕對找不到第二個那副模樣的幻晶騎士了，那當然是伊迦爾卡。它背上手臂的手腕連著纜線脫離，前端的執月之手剜進龍尾，固定住機體。

他以為鬼神在閃過飛龍的攻擊後就飛向了後方，但其實它抓住龍尾跟了上來。它看準飛龍戰艦分心的破綻，如今正準備行動。

飛龍怎麼可能讓它得逞。它開始翻身扭動，試圖把伊迦爾卡甩下去。飛龍與鬼神之間的戰鬥尚未結束。

◆

正當死者之劍率領的黑騎士團步步進逼新生王國軍的要害時，在梅爾巴里河的吊橋前方，阿迪拉德坎伯與黑色幻晶騎士相對而立。

「別擋路，給我讓開……！」

「呵呵、啊哈哈哈哈哈……！這可不成。沒那麼簡單放你過去。」

聽到黑色幻晶騎士中傳來尖銳的哄笑聲，艾德加沒有受到她的挑撥，而是仔細觀察敵人要怎麼出招。他的態度看似冷靜，其實內心十分焦急。

單騎壓制住整支部隊的死者之劍，對新生王國軍而言是很大的威脅。雖然埃姆里思率領的第二中隊留在本陣護衛女王，還是讓人放心不下。他必須盡快擊敗眼前的敵人，前去助他們一臂之力。

擋住去路的黑色幻晶騎士在色調上近似狄蘭托，除此之外的部分卻像截然不同的機體。機身修長纖細，只有背部詭異地隆起，裡面似乎藏著背面武裝。

艾德加忽然有種似曾相識的感覺，隨後，他從記憶深處挖出一項重大的情報。

「妳是在米謝利耶的……!?」

曾經在米謝利耶市發動夜襲，欲抓走那時候還是王女的埃莉諾，把銀鳳騎士團也捲進去的那群間諜幻晶騎士，和眼前的機體屬於同一系統。形狀不用說，那種異常敏捷的身手明顯相同。

「哼？啊啊，你說得沒錯，那時候真是承蒙你們關照了……」

銅牙騎士團長凱希爾擠出愉快，又像是不悅的笑聲。她的座機是以團員的機體『維滕多拉』為基礎，再進行許多改裝而成的銅牙騎士團長專用機，其名為『威洛奇諾斯』。

在米謝利耶市的夜襲行動失敗後，展開反擊的銀鳳騎士團摧毀了銅牙騎士團幾乎所有的幻晶騎士，導致團隊全滅。唯一留下來的只有她自己的座機『威洛奇諾斯』而已。實際上，銅牙騎士團就連名字都不存在了。

在威洛奇諾斯的駕駛座上，凱希爾露出陰鬱瘋狂的表情開口：

「實在有夠可恨。不管到哪裡都來礙事，竟然還跑來這種地方逞威風！你們害好不容易重建的銅牙騎士團又毀了！教我怎麼原諒！」

威洛奇諾斯以不太像是人類的動作慢慢逼上前來。相對的，阿迪拉德坎伯卻沒來由地停止了動作。這時，艾德加才總算搞清楚自己一直存在的異樣感從何而來。

「……………妳的聲音。我就想會不會是那個人，我對那個聲音有印象。」

艾德加握著操縱桿的手繃緊了。他的力道透過銀線神經傳到機體上，使得兩肩的可動式追加裝甲發出肌肉收縮的咯吱聲響。

「妳、妳是……！那時候的『賊人』嗎!?」

聽見艾德加震耳欲聾的怒吼，凱希爾還是一副事不關己的樣子。反而像是很享受他的憤怒般，浮現扭曲的笑意。

「啊——？唉呀，你也太薄情啦。我們不是互捅肚子的交情嗎？現在才發現？學生騎士!!沒想到事情會變成這樣，早知道那時候就把你幹掉了，真是讓我後悔莫及!!」

威洛奇諾斯大叫著放低身子，朝這邊衝來。

「還不遲。我的夢想還沒結束……我不會放棄!!只要帶回你們的項上人頭就還有希望！你就在這裡接受報應吧!!」

「報應？妳說報應啊。賊人的胡言亂語雖然不干我的事……但我也跟人約好了。要接受報應的是妳才對，厄爾坎伯的仇還有搶走特列斯塔爾的帳，就用這架阿迪拉德一併算清！」

突然碰上一直在尋找的敵人，艾德加眼中的焦躁消失，反而燃起了旺盛的鬥志。阿迪拉德坎伯確實回應操縱者的意志，將可動式追加裝甲舒張開來，內藏的魔導兵裝開始發射法彈。威洛奇諾斯往旁邊一躍、避開刨進地面的法彈激起的爆炎，然後提升了奔跑的速度。

「唉呀，還真是熱情！讓人有點心跳加速呢!!」

由維滕多拉改裝而成的威洛奇諾斯，它的動作之快已經到達就幻晶騎士而言令人驚愕的境界了。黑影掠過地面，行動比魔獸還快。

威洛奇諾斯一個箭步向前，遞出刺突劍。對這迅速得連眼睛都跟不上的一擊，阿迪拉德坎伯則驅動了可動式追加裝甲迎擊。它的攻擊比艾德加記憶中還要刁鑽、凌厲不少。

在上一次的交戰中，凱希爾駕駛的是她不熟悉的特列斯塔爾，光是那樣都能夠擊敗厄爾坎伯了。現在她駕駛的是為她量身打造的機體，誰曉得她的實力有多麼深不可測。

我方的防禦稍微早了一步，敵手劍尖滑過裝甲表面。艾德加立刻啟動可動式追加裝甲，意圖將敵人的劍連同手臂彈開。不過，此時的威洛奇諾斯早已越過他背後離開原地。艾德加的追擊沒有趕上，對方仗著絕對的速度差距，才選擇了這種襲擾戰術。

經過好幾輪的攻防後，雙方仍無法給予彼此致命的打擊，艾德加於是改變了戰略。他發揮可動式追加裝甲的防禦優勢，強行讓阿迪拉德坎伯上前，架開威洛奇諾斯的劍，把劍插入內側還擊。

「哈哈！我不討厭那樣硬著來喔！」

凱希爾的態度莫名地從容，只是看著阿迪拉德坎伯的動作。下一秒，威洛奇諾斯的背部一口氣動了起來。它的軀體纖細修長，背部卻詭異地隆起。那個部位突然伸展開來，變成許許多多的『手臂』。

那些手臂有許多關節，外形和輔助腕類似。如果要比喻的話，就像是許多有著凶惡爪子的蜘蛛腳從威洛奇諾斯背後長出來一樣。

其內部的繩索型結晶肌肉成為強力的彈簧，讓那些像是輔助腕的東西獲得猛烈加速。其尖端每一隻銳利的爪子放出渾厚的光芒，往阿迪拉德坎伯全身落下。

可動式追加裝甲已經用來抵擋剛才的攻擊，來不及防禦。艾德加在思考之前就做出反應，以踏出的腳為軸心，猛然扭轉機身。因為意識到躲不過，於是將身體偏向另一邊藏住要害。更進一步藉由移動整個身體，將原本來不及就位的可動式追加裝甲強行拿來防禦。這時，像是要包圍阿迪拉德坎伯的異形手臂一擁而上。由於數量太多，沒擋住的利爪不斷削掉各處裝甲。

損害不算輕微，但阿迪拉德坎伯還是避開了致命傷。它踏穩腳步，機體重心也沒有搖晃。當他準備立刻展開反擊時，威洛奇諾斯又搶先猛然後退，拉開了距離。

「嘖！反應還是一樣快得莫名其妙，居然連這個都沒辦法解決掉。如何？這裝備還不賴吧？這叫作『可動式攻擊腕』，可以做出靈活的動作……就像這樣！」

已經亮出來的殺手鐧，也沒什麼好隱藏的了。威洛奇諾斯就那樣展開可動式攻擊腕跑了起來。

「啊啊啊啊啊——!!」

「嗚！」

發出蛇一般的嘶聲低鳴，外表卻有如蜘蛛的威洛奇諾斯壓低姿勢，發動突擊。本體的攻擊與可動式攻擊腕的突刺重合，攻擊像狂風暴雨一般襲來，艾德加則巧妙地操作可動式追加裝甲一一抵擋。攻擊與防禦——可動式攻擊腕與可動式追加裝甲，兩者的性質雖然完全相反，兩架機體的特性卻非常相似，形成一種危險的平衡。

「啊哈哈，這樣打起來不覺得很懷念嗎⁉你跟那時候一樣像隻烏龜，只知道防守啊‼」

即使凱希爾在攻擊的空檔刻意出言挑釁，艾德加也不予理會，只是默默擋下每一招攻擊，同時觀察對手是否露出破綻。可惜威洛奇諾斯的招式變換自如，找不到任何可趁之機。

沒有破綻——真是如此嗎？艾德加心中忽然感到疑惑。可動式攻擊腕在結構上具備好幾隻手臂，但操縱的終究還是人類。光憑騎操士一個人，真有可能隨心所欲地控制全部的手臂？他推測那很困難。就他所知，做得到如此神乎其技的傢伙，只有史無前例的狂人——艾爾涅斯帝而已。

凱希爾的本事雖然也有可能足以和艾爾抗衡，不過答案應該更簡單。它跟艾德加所駕駛的阿迪拉德坎伯可動式裝甲，基本上是同樣的原理。事先組合好幾個種類的動作，再視情況切換運作模式，這樣看起來就好像有靈活多變的技巧——這麼想還比較合理。

既然如此，艾德加便專注於防禦，開始逐一分析敵人的動作。他從可動式裝甲還在研發的階段就已參與其中，一旦摸透攻擊腕的運作模式，不難推測出它的下一招。

沒多久，艾德加就從可動式攻擊腕的動作中找出幾個模式，而他身為騎士的能力，也沒差勁到被早已識破的攻擊打中。

見對手正確躲開每一次攻擊，凱希爾的臉龐扭曲。

「這傢伙……難道在這麼短的時間內，就看穿可動式攻擊腕的動作了嗎!?」

一陣難以言喻的惡寒竄過她全身。再繼續打下去，不利的會是她。

「危險……明明面臨如此猛烈的攻擊，這傢伙卻沒表現出絲毫動搖。從那時候就覺得，這傢伙真是莫名堅韌又棘手啊。」

根據經驗，凱希爾深知純白騎士傾向以防守為主，擅長在發現一絲破綻時奮起反擊的戰術。

在上次的戰鬥中，他也是這樣拿下自己機體的一隻手臂，所以她不會重蹈覆轍。凱希爾決定暫時讓威洛奇諾斯退後，思考下一招怎麼出手。

「動作幾乎都被看穿了……繼續反擊只會稱了他的意。何況，又被耗到魔力儲蓄量用光可不妙。」

如果配合純格鬥戰用的阿迪拉德坎伯行動，可以肯定威洛奇諾斯會先耗盡能量。那並非明智之舉，凱希爾於是準備改變戰鬥方式。就在這時，阿迪拉德坎伯搶先一步採取行動。

他展開可動式追加裝甲，露出隱藏在下方的魔導兵裝。耀眼的紅色法彈隨即襲向威洛奇諾斯。

凱希爾當下做出反應，她立刻讓威洛奇諾斯彎下腰，維持低重心姿勢跑了起來。背上的可動式攻擊腕同時蠢動著刺入地面，攻擊腕在地面上配合踩踏彈起的勁道，賦予機體更多的加速度，使它的動作活像蜘蛛一般。化身為怪物的威洛奇諾斯以猛烈的速度在地上爬行。

「嘻嘻嘻！都不讓人家休息呢！難道不只是很堅韌而已嗎!?」

「有完沒完，真是花招百出……！」

面對眨眼間殺過來的威洛奇諾斯，艾德加則用闔起可動式追加裝甲的完全防禦型態迎擊。刺突劍與可動式攻擊腕看似要再一次襲向裝甲——結果卻沒有。在眼前深深壓低姿勢的威洛奇諾斯驅動全身的結晶肌肉與可動式攻擊腕，踢起塵土奮力一躍而起。以幻晶騎士無法想像的靈巧動作飛躍過阿迪拉德坎伯的頭頂，柔軟地扭動身軀，翩然落到它背後。

「啊哈哈！真是個笨蛋。以為這傢伙（威洛奇諾斯）跟其他的幻晶騎士一樣嗎!?」

像要從背後抱住阿迪拉德坎伯一樣，威洛奇諾斯舉起刺突劍撲了過來。凱希爾不認為那些像雜耍的招數每次對艾德加都管用，打算靠這一擊分出勝負。

被身手矯捷的敵人繞到背後，令艾德加陷入不利的形勢。面對比自己回頭速度還更快襲擊而來的可動式攻擊腕，他採取了膽大包天的舉動——

可動式追加裝甲像翅膀一樣大大展開，然後撞上群起包圍而至的攻擊腕，藉此擋下了部分攻擊。撞上裝甲的攻擊腕發出金屬擠壓的聲響並纏繞上去，但威洛奇諾斯的本體卻沒有停下來。刺突劍的尖端挾帶致死的威力，精準地刺入鎧甲的縫隙。短短一瞬間的攻防，更突顯出凱希爾的精湛技巧。

「還沒完！一定還有辦法。阿迪拉德！讓她……見識你的力量!!」

艾德加立刻掀開加裝在操縱桿上的蓋子，用力按下裡面的按鈕。那是僅此一次的緊急手段。收到指令的魔導演算機向機體下達了『解除』某個機能的命令，加在部分機體上的『強化魔法』因此中斷了。

接收到命令的部位就是可動式追加裝甲。由於解除了固定，由層層堆疊的裝甲所形成的可動式追加裝甲無法繼續維持連結，紛紛散落開來。而可動式追加裝甲的解體，也鬆開了可動式攻擊腕的束縛。轉眼間變得一身輕的阿迪拉德坎伯竭力扭轉身軀，使威洛奇諾斯必殺的刺擊偏離了目標，只在堅固的鎧甲上擦出火花就結束了。

「混帳！唉，怎麼就是不認命!!」

明白自己失敗的瞬間，威洛奇諾斯就打算拉開距離，阿迪拉德坎伯卻在此時追上她。脫離裝甲的阿迪拉德坎伯身形變得輕靈，速度不像一開始交戰時差那麼多。

它將裝備在手上的小型盾當作打擊武器，順勢朝著威洛奇諾斯的頭部砸下去。格鬥戰特化型機的強大輸出力將威洛奇諾斯的頭部擊碎，剝奪了它的視野。只見威洛奇諾斯身上迸散出鎧甲的碎片，嚴重失去了平衡。

「你這混帳傢伙！看你幹了什麼好事!!」

凱希爾惡狠狠地瞪著失去光明的幻象投影機，馬上做出反擊。她反過來利用受到攻擊的力道，揮出加上反作用力的可動式攻擊腕。不必瞄得太精準，反正敵人就近在幾乎是互相擁抱的距離內。

攻擊腕的爪子朝阿迪拉德坎伯的全身撲過去。艾德加不顧肩膀、手臂以及軀幹都被利爪刨削，依然刺出阿迪拉德坎伯手上握著的劍。失去平衡還有視覺的威洛奇諾斯躲不開這一擊，讓這一劍貫穿了腹部，伴隨著鋼鐵尖銳的悲鳴。巧的是，這一幕的構圖正好與厄爾坎伯對上特列斯塔爾那時候恰恰相反。

「威洛奇諾斯……！為什麼？我怎麼可能……！可惡!!」

貫穿腹部的一擊破壞了進氣裝置，金屬摩擦的怪聲在駕駛座中迴盪。事到如今，凱希爾也領悟到自身的敗北。

魔力供給被切斷後，就真的沒戲唱了。她大聲咂舌，馬上採取下一個行動——打開機體的胸部裝甲，以驚人俐落的身手跳到外面，根本沒把幻晶騎士高達十公尺的高度放在眼裡，她必須趁敵人的注意力還在威洛奇諾斯身上的時候離開這裡。降落在地上的凱希爾頭也不回，正準備拔腿開溜。

比她的行動快了一步，遭到破壞的威洛奇諾斯機體被扔到她前方。凱希爾揮開揚起的塵土，一回過頭就看到全身傷痕累累、坑坑疤疤的阿迪拉德坎伯俯視著她。就算她身手再怎麼矯健，在被幻晶騎士瞄準的狀態下也很難逃脫。

「啊哈、啊哈哈哈……喂，別開玩笑了。堂堂騎士大人應該不會對活生生的人類揮下那把巨大的劍吧？」

即使被逼到進退維谷的境地，凱希爾還是頑強地尋找逃跑的機會。她故意裝出可憐的模樣，觀察對方的反應。若是對方因為這樣有了絲毫的動搖，那她就能找到一線生路。

可惜她的期望落空，阿迪拉德坎伯毫不猶豫地舉起大劍。

「我說過了，要跟妳算清這筆帳。當時特列斯塔爾被搶走就是這場戰爭的起因……既然我無法阻止那件事，就讓我在這裡了結一切吧!!」

凱希爾只留下一聲痙攣似的呼吸聲，身影早已飛奔而出，巨人拿著象徵破壞的鋼鐵巨劍追了上去。結晶肌肉的性能強而有力，比人類的速度快上好幾倍，並且發揮出無可比擬的力量。

「噫、啊，住、住手……啊啊啊啊啊啊啊該死的啊啊啊啊!!」

揮下的劍刨開大地，衝擊激起塵土，連同石塊四濺。當戰場上的狂風颳走塵土後，那裡已經看不出任何痕跡了。受到幻晶騎士直接攻擊的人類，連殘渣都不會留下。

阿迪拉德坎伯維持著揮下巨劍的姿勢靜止了好一會兒，然後從全身發出像是肌肉收縮的咯吱聲響，挺直身子。駕駛座裡的艾德加沒有露出勝利的表情，他搖搖頭轉換思考，視線盯著前方。

「……解決掉的敵人只有一個，你們一定要平安無事……」

阿迪拉德坎伯鞭策著破破爛爛的軀體跑了起來。在他跟宿敵纏鬥的這段時間，死者之劍正在新生王國軍的本陣撒野。為自己過去的宿怨做出決斷後，艾德加奔向前去幫助友人。

第四十六話　飛龍的覺悟

新生克沙佩加王國軍發起的四方盾要塞攻略戰，終於迎來佳境。

多虧入侵四方盾要塞的幻晶甲冑部隊在堅固的防禦上鑿穿一個洞，打開城門、放下梅爾巴里河上的吊橋。得此助力，新生王國軍一口氣向前進攻。只要突破四方盾要塞，舊王都戴凡高特就近在眼前了。

面臨轉趨不利的形勢，甲羅武德軍也不是坐以待斃而已。翠玉龍騎團以古斯塔沃的死者之劍為核心，對新生王國軍的本陣發起猛攻，目標正是女王埃莉諾乘坐的國王騎。而在一馬當先殺進陣地的死者之劍面前，銀鳳騎士團第二中隊攔住他的去路。

「衝鋒!!衝鋒!!打垮他們前進!!只要破壞掉那面旗幟就是我們贏啦!!」

撼動大地、揚起塵土，黑騎士不斷前進。發揮重裝甲優勢突入敵陣的他們，儼然是一塊巨大的岩石，挾著磅礴氣勢粉碎阻礙去路的一切事物。

銀鳳騎士團第二中隊的卡迪托雷，擋在宛如破壞化身的黑騎士面前。如果就這樣直接撞上，就算是卡迪托雷也免不了遭受破壞，但就算如此，他們也沒有表現出一絲動搖。

卡迪托雷一邊縮短距離，一邊啟動背面武裝進行法擊。目標鎖定在敵人的上半身，尤其是頭部。為了防止視野被破壞，狄蘭托將手臂舉起防護，法彈被堅固的裝甲彈開，沒起到什麼牽制的作用。

「別小看黑騎士的裝甲！那種程度的法擊根本沒用!!」

敵人已經近在眼前，黑騎士更用力踏穩腳步，準備迎接衝擊。覆蓋全身的厚重鋼鐵展現出萬全的防禦能力，想必會像破城鎚一樣粉碎敵人吧。然而，他們預想的結果卻沒有發生。原本就在面前的卡迪托雷突然往旁邊一跳，改變了前進路線，就那樣與黑騎士擦身而過，避開了衝撞。

狄蘭托的騎操士連忙想補上追擊，卻因為向前衝鋒的勢頭過猛，沒這麼容易修正回來。既然黑騎士的衝撞擁有必殺的威力，敵人自然會選擇閃避。儘管如此，他還是讓對方得逞了，原因就在於卡迪托雷不斷射出的法彈。它射出法彈的目的不只是破壞，也是為了擾亂對方的視線。

卡迪托雷躲過衝撞後，出現在它眼前的是敵人毫無防備的背影，沒有人會放過這麼大的破綻。它雙手握緊大劍，一個轉身，狠狠朝對手門戶大開的背部砍去。

卡迪托雷有著東方樣式所特有的強勁臂力，其所揮出的一擊，就算是狄蘭托也無法全身而退，被劍砍中的裝甲發出怪聲並凹陷下去。由厚重鐵塊鍛造而成的大劍，與其說是用來揮砍的武器，更像某種打擊用的鈍器，穿透鎧甲的重擊粉碎了對手內部保護的結晶肌肉。狄蘭托搖晃著身軀，碎片散落一地。腰部的肌肉是支撐整架機體的重要部位，對近戰特化型機體而言，失去平衡的姿勢可說是致命傷，而機體本身就很沉重的狄蘭托更不必說。

「唔喔喔，這混帳……！為什麼？為什麼敢衝到這麼前面!?明明只要受到黑騎士的一擊就會被破壞了！」

狄蘭托的騎操士不禁愕然質問。對手面對致命的威脅仍毫不畏懼地主動進攻，甚至做出反擊，這已經算得上瘋狂的舉動了，腦袋正常的人絕對辦不到。

「一擊就被破壞？把魔獸當成對手的話，這種事根本是家常便飯！那種程度就退縮怎麼當得了騎操士！」

見敵人產生動搖，卡迪托雷的騎操士只回了這麼一句話。平心而論，就算是弗雷梅維拉王國的騎操士，這麼具攻擊性的人也算少數，可惜在場沒有任何人指得出這一點。卡迪托雷接著對姿勢搖晃不定的狄蘭托展開猛攻。在進攻這件事上，沒有人能夠超越第二中隊。沒多久，黑騎士就被打倒在地，再也爬不起來了。

第二中隊的攻勢還不只如此——

黑騎士邁步前進，同時發揮其大量的結晶肌肉所形成的力量揮動重鎚。原本預期將以這擊致敵人於死地，結果卻只是徒然揮過虛空，然後擊碎地面。狄蘭托的強大在於它極高的輸出動力，也就是一擊的重量。不過這項優勢卻在一對一的狀況中，暴露出它們意想不到的弱點。

以重鎚為主的攻擊具有優越力道，卻也連帶造成敏捷性低下的缺點。以往都是靠重裝甲來彌補攻擊時產生的破綻，可是卡迪托雷的攻擊力卻超出他們的想像。

避開重鎚潛入敵人胸前的卡迪托雷舉起手上的大劍，一隻手扶著劍的中段部分，將劍尖當成長槍一樣刺出，將卡迪托雷的力量與速度都集中在一點的突刺超越了黑騎士的重裝甲強度。當它把劍壓得更深、剜入內部時，就聽到結晶肌肉碎裂的刺耳聲響，碎片從裝甲的空隙間散落出來。

隨後，卡迪托雷維持刺出劍的姿勢，用肩膀撞向對方，再利用反作用力立刻脫離。側腹遭到破壞、失去平衡的狄蘭托被撞得腳下踉蹌，令它接下來做出的反擊力道明顯減弱，就算再怎麼強而有力也施展不出攻勢。

失去攻擊力的黑騎士變成空有堅硬裝甲的靶子。又受到了幾次攻擊後，最後還是倒下了。

多虧第二中隊的英勇奮戰，黑騎士的數目確實地逐漸減少。

◆

「呼、哈哈！這下不妙。犧牲大劍是操之過急了啊，只靠長劍實在不好對付!!」

率領第二中隊的埃姆里思在與死者之劍的對決中陷入苦戰。金獅子的外裝上四處可見傷痕，幾乎沒有一處完好。如果大將騎沒有設計成高防禦力的機體，此刻大概已成為劍下亡魂了吧。

看著金獅子那副可憐樣，死者之劍用肩膀扛起劍，像是嘆氣似地排出氣體。

「哈！喂喂，只有一開始有精神啊？你根本還不了手嘛。只不過稍微硬了一點，也差不多該完蛋了吧？」

聽見死者之劍嘲弄地挑釁，埃姆里思露出鬥志高昂的笑容回答道：

「哼！還早得很。我和金獅子還不會倒下!!」

「我不討厭虛張聲勢。不過啊，看你也撐不了多久了！」

埃姆里思的鬥志完全沒有衰退，可是戰鬥拖得愈久，勝利的希望就愈是渺茫，這也是不爭的事實，逐漸累積傷害的金獅子已經沒有餘力扭轉形勢了。

（不對，還有方法。只要能使出金獅子的絕招『獸王咆哮』……！）

金獅子的最大武裝——獸王咆哮一擊便足以消滅中隊級魔獸。一旦受到直擊，區區幻晶騎士根本不是對手。問題在於使用獸王咆哮會消耗大量魔力，更需要一段很長的時間準備發射。以那個為劍痴狂的修羅為目標，別說是命中了，大概連準備發射都做不到。他忍不住開始祈禱有人可以暫時拖住對手的腳步。

「噢噢，真把我看扁了。在我面前想事情，倒是挺游刃有餘的嘛!!」

在埃姆里思分心思考的那一剎那，儘管那樣短暫的間隔實在細微到稱不上破綻，但當他注意到時，死者之劍早已踏進攻擊範圍內了。

「嗚，又是那麼扯的動作！」

出招只慢了不到一拍，就陷於被動形勢的埃姆里思猛然動了起來。死者之劍的攻擊精確瞄準了金獅子的關節部位，一旦關節被破壞，就算裝甲再怎麼堅固也沒有意義。金獅子用單手所持的長劍擋下敵人攻擊，只不過死者之劍是二刀流，還有另一把劍砍過來——

「那又怎樣？不是只有劍可以當成武器!!」

金獅子握緊拳頭，然後硬是用前臂的護具裝甲接住了斬擊。迸現火花的裝甲被削去，噴濺出碎片。它的裝甲防禦再怎麼堅固也絕非無敵，要是繼續這樣亂來，早晚會賠上整條手臂。

「哦，漂亮。不過你也真拚啊。」

聽見古斯塔沃愉快的嘲諷聲，埃姆里思咬緊牙關。他犧牲掉護具裝甲才勉強挺過這一輪攻擊，而且要放心還早得很。畢竟死者之劍的攻擊尚未結束，雙方仍處於彼此劍的攻擊範圍之內。死者之劍將攻擊被擋下的反作用力延伸到下一個動作上，使出新的一擊。舞動的長劍鎖定了金獅子受傷的手臂，這一次它不會來得及擋住。

就在金獅子的手臂險些被砍斷的那一刻，一發冷不防飛來的法彈介入了死者之劍與金獅子之間，並且命中眼看就要砍進手臂的劍上，將那把劍從中打斷成兩截。古斯塔沃詫異地瞪大眼睛，瞬間猛然往後退開、拔出替代的新劍。

「喂喂，這邊也要來礙事啊！」

見到這一幕，埃姆里思的嘴角忍不住揚起笑意。

「哈哈！如何？這就是我的目的！我當然有計畫的好嗎？不過你來得真慢，艾德加，這邊早就炒熱氣氛了啊！」

「請少爺原諒，因為剛才出現了一個有些因緣糾葛的對手。」

射出法擊的是艾德加駕駛的純白騎士阿迪拉德坎伯，它手上的魔導兵裝仍殘留著淡淡發光的魔力。

「嘿！銅牙把話說那麼滿，結果還是被幹掉了啊。唉，無所謂！你能活著過來這裡，我還要誇你呢。可是我看你也快掛了，打算靠那台破銅爛鐵跟我打嗎？」

也難怪古斯塔沃感到傻眼。現身助威的阿迪拉德坎伯損害的程度跟金獅子差不多，完全是遍體鱗傷。

它失去了外觀最明顯的特徵——可動式追加裝甲，純白的美麗裝甲上開了無數個黑洞。連手上的魔導兵裝，也是從拋棄的可動式追加裝甲上強行拆下再帶過來的。

「你別瞧不起它。阿迪拉德還能動，這樣就夠了。」

「真是！只不過多了個笨蛋就踿起來了嘛。」

「你說呢？多一個人，表示能做的事情也增加了。」

艾德加的虛張聲勢並非沒有根據。

在他吸引敵人注意力的期間，金獅子悄悄移動了位置，擺出夾擊死者之劍的態勢。這是發揮數量優勢最單純的戰術，同時也非常有效。不論怎樣的高手，要應付前後同時發動的攻擊也極為困難。

接著，艾德加舉起劍指向周圍。

「而且你以為敵人只有我們嗎？仔細看看你身邊，在你一個人暴衝的時候，部下們都怎麼了？」

古斯塔沃愣了一下，然後趕緊環顧四周。與他一起殺進敵陣的黑騎士部隊在不知不覺間少了一大半，這全是第二中隊的戰果。在場留下的戰力僅剩死者之劍還有數架黑騎士而已。

「混帳東西！真敢下手啊！你們這些半死不活的傢伙少囂張了!!既然這樣，用我的死者之劍把你們全宰掉就好了吧!!」

阿迪拉德坎伯搶先舉劍砍向死者之劍，埃姆里思也打起精神同時發起攻勢。即使受損的情況嚴重，要擋下這兩架銀鳳騎士團引以為傲的機體聯手攻擊，也不是那麼簡單的事情。但是，死者之劍卻用像龍捲風一樣的旋轉力量把攻擊硬是彈了回去。

面對失去平衡、腳下踉蹌的阿迪拉德坎伯和金獅子，死者之劍用短劍劃出銳利軌跡，補上追擊，動作依然有如電光石火般神速。死者之劍凌厲的下一擊殺向被短劍刺中導致損傷，動作變得更加遲鈍的兩機。

「嘿，遊戲時間結束了。差不多該解決掉你們兩個啦!!喔喔喔喔喔，『甦醒吧，我的劍』!!」

古斯塔沃使勁發出吶喊，喚醒死者之劍沉眠的力量。剎那間，死者之劍彷彿從全身長出詭異的枝枒。

這架機體全身上下裝備了大量的劍，那些在它身上插得密密麻麻的劍一齊彈開了劍鞘。由剩下的固定裝置抓住並舉起劍，再牢牢地定住。突出全身的劍戟扭曲了輪廓，使原本就布滿各種劍的機體外型變得更加異常。

「什麼鬼!?根本就是隻刺蝟吧!!你瘋了嗎？那種狀態怎麼可能正常揮劍戰鬥!?」

「這樣很完美。捨棄『保護』我的劍，成為『殺掉』你們的劍。好了，就讓你們親身體驗被砍的滋味，看我到底有沒有瘋吧!!」

這根本是瘋子般的邏輯。對劍之修羅古斯塔沃而言，機體上的劍既是武器，同時也能成為鎧甲。放棄『劍鞘』的死者之劍得以變身成完全的攻擊型態，如實呈現出狂人的堅持。正因如此，才能發揮出瘋狂修羅真正的力量。

「咿呀哈啊啊啊啊————!!」

死者之劍先是微微壓低姿勢，隨即爆炸般往地面猛力一蹬，殺向阿迪拉德坎伯，那副全身鑲滿凶器的模樣彷彿結合成一把劍。眼看死者的魔劍衝上前來，阿迪拉德坎伯連忙用劍和盾抵擋。

劍與魔劍正面衝撞，迸散出金屬摩擦聲與火花。死者之劍利用全身武器將敵人的攻擊彈開，力量被壓制的阿迪拉德坎伯腳下一個不穩，讓死者之劍順勢滑入自己胸前。它手上的劍與從手臂上長出來的更多劍，用力捅進阿迪拉德坎伯的腹部。受到如此凌厲的一擊，令外裝被刺穿的阿迪拉德坎伯騰空飛起。看著灑落結晶肌肉碎片、滾落在地的純白騎士，死者之劍大聲吼道：

「哈哈！先幹掉一個！接下來換你……就說你還太嫩了啊!!」

古斯塔沃沒仔細看過周圍，就直接使出迴旋踢，這是針對跑過來想支援阿迪拉德坎伯的金獅子所做的迎擊。金獅子反射性地舉起手臂互相交錯，及時擋下死者之劍的攻擊。

可是下一秒，古斯塔沃又做出意料之外的行動。它利用突出全身的劍山卡住金獅子的裝甲，靠蠻力硬是把他拽倒在地上。如果單論臂力，以最高級機改造成的死者之劍更勝一籌。他進一步對失去重心的金獅子補上追擊，用膝蓋上突出的鋒利劍刃刺向金色騎士。被那個恐怖的凶器戳中以前，埃姆里思趕緊朝逼近的踢擊猛力揮出拳頭。雖然免去了被鑽孔的命運，卻讓受到衝擊的金獅子被撞飛出去，摔落地面。

瞬間擊敗兩架騎士的死者之劍發出一聲格外響亮的排氣聲。它將全馬力驅使到異常的程度，讓疲勞的身體發出抗議。

「……果然吃掉不少魔力啊。」

依照古斯塔沃的指示打造而成的怪異裝備，維持奔放的外型，並將全部劍刃展開的『甦醒吧，我的劍』會犧牲大量的魔力。他的表情微微扭曲，然後啟動了源素供給器。機體深處的源素晶石開始融解，獲得高純度乙太的魔力轉換爐，怒吼著開始噴出劇烈的魔力。

「嘿嘿，我要誇誇你們兩個。居然能讓我用上這玩意兒……！就懷著驕傲去死吧!!」

話音剛落，古斯塔沃就讓死者之劍跑了起來，目標是搖晃著試圖起身的阿迪拉德坎伯。腹部受損，已經沒辦法正常進行格鬥戰的阿迪拉德坎伯就跟活靶沒兩樣。

死者之劍全身的劍喀嘰喀嘰地發出摩擦聲響，巨軀不斷逼近，裝飾著大量劍刃的破壞野獸將為艾德加帶來死亡。

阿迪拉德坎伯光是站起來就已經竭盡全力，更遑論要躲開這一擊，絕不能在這樣的狀態下承受擁有強大臂力的死者之劍攻勢。因此，古斯塔沃一心以為純白騎士一定會拚死採取迴避。

然而，艾德加卻意外地沒有做出任何防禦，反而主動踏著蹣跚的步伐前進，打算正面迎擊死者之劍。雖然他的行動出人意表，古斯塔沃還是不管三七二十一地發動攻擊。不管純白騎士在想什麼，也不會改變死者之劍的攻擊威力足以致命的事實。死者之劍瞄準半毀的純白騎士，毫不留情地祭出刺擊。

「……阿迪拉德，接下來才是關鍵。我們上！」

在死者之劍將要抵達前，阿迪拉德坎伯踏出半步，側身擺好架勢，並且伸出拳頭擺出揮拳的姿態。當劍尖碰觸到目標，大量突出的劍刃在眨眼間侵蝕黯淡的白色裝甲。受到巨大力量肆虐過後，阿迪拉德坎伯的手臂外裝剝落、肌肉斷裂，就被粉碎破壞了。

「哈哈！這樣你連劍都拿不起來了！那麼想變成肉片的話就成全你……!?」

古斯塔沃不禁倒抽了一口氣。阿迪拉德坎伯在一隻手臂被破壞、腹部也受損的狀態下仍執意往前踏出一步。更多死者之劍身上突出的劍因此牢牢嵌入白色騎士的身體裡。

這個時候，他發現了一項事實——白色騎士應該受到了致命傷，但唯有騎操士乘坐的胸口部分保護得很徹底。古斯塔沃這才明白敵人的目的，純白騎士犧牲自己，只為了封住死者之劍的動作。

「……總算停下來了吧。做好心理準備了嗎？接下來就是你的死期。」

「虛張聲勢！只不過讓我停下來又怎麼樣!?那副德性什麼都做不到吧！這種東西馬上就會被我扯……」

古斯塔沃話說到一半就停了。想起某個事實的瞬間，他僵硬地轉過頭去。他的敵人不只阿迪拉德坎伯一個——

「沒錯，我們可不是孤軍奮戰。」

在白色騎士作戰的期間，金獅子昂然起身。

埃姆里思平靜地低聲訴說，並扣下操縱桿上增設的扳機。收到主人指令的金獅子打開肩部裝甲，露出內藏的紋章術式。同時，背後的魔導兵裝也全部展開、連結，一齊開始運轉。機件充分吸收金獅子所有的魔力，毀滅的咆哮聲漸漸高揚。

「那傢伙……居然還留著魔導兵裝!?可惡!!這下慘了!!給我放開，你這混帳！難道打算跟我殉情嗎!?」

完全掌握狀況的古斯塔沃讓機體拚命掙扎，試圖強行剝下阿迪拉德坎伯。艾德加卻反過來利用對手的動作讓機體重心傾斜，藉以推動死者之劍，使它正面朝向一分一秒都在累積力量的金獅子。

「接我這招……這就是金獅子最大的力量!!去吧，『獸王咆哮』!!」

連結複數魔導兵裝、放出特別強化威力的大規模魔法，金獅子搭載的特殊魔導兵裝『獸王咆哮』甦醒過來。刻入其中的戰術級魔法屬於空氣操作，金獅子周圍的氣流捲動著集中，密度差異使光線折射，扭曲了機體輪廓。經集中、壓縮後的空氣帶著指向性能量釋放出來，化為一股激烈的衝擊波。強烈的暴風襲向死者之劍，並連它背後的阿迪拉德坎伯也吞噬進去。與此同時，釋放出所有魔力的金獅子在魔導演算機的緊急措施下啟動了停止機能，緩緩倒向地面。帶著沉悶爆破聲轟出去的衝擊氣流把兩隻巨人炸上半空，它們巨大的身軀飛上空中，然後重重摔落地面。死者之劍全身上下散落劍的碎片，不停翻滾直到速度減弱，最後再也站不起來。機體內的乙太從扭曲的鎧甲縫隙間迅速流失，溶到空氣中形成七彩光芒，消逝在周圍的大氣中。死者之劍的軀體逐漸失去力氣，正面接下金獅子發起的暴風攻擊，使得軀幹部位遭受重創。不僅進氣裝置被破壞，連旁邊搭載的源素供給器也無法倖免。

倒在它後方的阿迪拉德坎伯，從胸口響起釋放壓縮空氣的聲音，扭曲、卡死的裝甲被強行打開，艾德加從裡面探出頭來。

「……跟你殉情我可是敬謝不敏，但那的確是很危險的賭注。」

他在獸王咆哮命中的前一刻，把死者之劍拿來當成盾牌，才僥倖避開致命的打擊，可惜阿迪拉德坎伯還是代替他成了犧牲品。四肢的損害尤其嚴重，已經完全動彈不得了。

「噢噢，艾德加，還好你沒事！剛才雖然是出絕招的機會，還是讓我捏了把冷汗啊。」

此時，從同樣橫倒的金獅子內爬出的埃姆里思走了過來。他咧嘴露出笑容，舉起手臂這麼說。

「其實也是千鈞一髮。少爺，您威力控制得實在太完美了，令人佩服啊。」

艾德加見識過獸王咆哮的最大威力。假如在完整狀態下被擊中的話，想必無法全身而退，因此他才認為是埃姆里思手下留情了。但不知為何，被稱讚的埃姆里思卻慌忙把視線轉開，然後說：

「啊啊，嗯？沒有啦，只是魔力不夠……呃！怎樣？幹得漂亮吧！」

「少、少爺……？」

艾德加驚愕的呻吟和艾姆里思敷衍的笑聲乘著風，吹過戰場。

「唉～結果又輸了。」

令人驚訝的是，駕駛座裡的古斯塔沃也活了下來。金獅子的魔力不足，與王族專用機的堅固裝甲救了他一命。

他粗暴地搖動操縱桿，最終還是放棄了。他整個人癱在駕駛座上，看著眼前的幻象投影機因為魔力供給中斷而漸漸失去光芒。

倒地的死者之劍最後將眼球水晶轉向廣闊的天空。在逐漸失去色彩的影像中，背後拖曳著濃煙的飛龍擺動著身軀，噴出劇烈的火焰。古斯塔沃發現加速中的飛龍點亮了魔導光通信機，正在傳達某些訊息。

「……老爸……對不起。看來我只能到此為止了。」

身為反擊殺手鐧的死者之劍被打敗，四方盾要塞的防禦力也降低了。能夠保護甲羅武德王國的王牌只剩下飛龍戰艦而已。

「……抱歉，之後就拜託老爸了。一定要連我的份狠狠打爆他們……!!」

機能完全停止的死者之劍發出摩擦聲並且逐漸沉默。這架機體原本就做了很多不合理的改造，因此一旦失去魔力供給便失去平衡、開始自毀。

死者之劍失去暫時借來的生命、再度回歸塵土，幻象投影機的光芒黯淡下去。在被黑暗徹底籠罩的駕駛座裡，古斯塔沃只能無力地癱在座椅中。

◆

飛龍戰艦彷彿喝醉一般在空中蛇行前進。它並不是真的醉了，也沒有發生什麼故障，而是為了甩掉抓住它尾巴的『幻晶騎士』。

抓住飛龍戰艦尾部的是伊迦爾卡。它從遠處發射執月之手鉤住龍身，接著再捲回纜線，牽引本體慢慢地往飛龍的中央前進。飛龍動得這麼厲害，若是不固定機體的話根本無法向前。

當鬼神終於抵達軀幹部位，就在用執月之手抓穩飛龍的狀態下舉起了銃裝劍。

「飛空船和許多幻晶騎士結合的巨大兵器……戰鬥能力是很驚人沒錯，但是單體終究是單體，你們有點疏於防備了呢。像這樣固定住的話，就沒辦法把敵人甩掉了喔。」

艾爾輕撫過飛龍戰艦映在幻象投影機上的船體，那憐愛的表情不像在對待自己的敵人。

「人們創造兵器總是在尋求破壞力。不過，只是一味進行巨大化就想達到目標可不行。硬要我說的話就是……很沒品味。」

隨後，他的手指移向操鍵盤，輕巧地輸入指令。銃裝劍展開劍身，露出內部凶惡的魔導兵裝。

「果然還是人形兵器最好。擴大人類的型體，是最有效率的姿態。難得這個世界從一開始就有完美的解答，怎麼能無視這點呢？就算做不到，至少也該認真想想和幻晶騎士之間的合作，感謝你讓我學到了寶貴的一課。好了，是時候結束了。這裡不會有用來防禦的雷盾，請你墜落吧。」

伊迦爾卡站在船體上方，也就是雷盾的內側。腳下全是靶子，不管攻擊哪裡都會打在飛龍身上。它用銃裝劍隨便對準了某一點後，立即扣下扳機。

銃裝劍噴出火焰，在飛龍的軀體上肆虐逞凶。破壞的鬼神終於露出獠牙，宣告這場決鬥的終結。

「喔喔、咕唔！嘎啊!!」

遭受轟炎之槍直擊，飛龍戰艦的船體噴發出猛烈的火焰並開始傾斜。射出的法彈有幾發掠過船身飛向前方，命中了多羅提歐所在的船首部位。

劇烈震盪撼動了駕駛座上的多羅提歐。經由高輸出動力強化的外裝輕易地扭曲崩解，往地面掉落。飛龍戰艦像是被一隻巨大的手揍了一拳般，搖晃著改變了航向。

不過，儘管龍騎士像受到損害，卻依然能正常運作。被衝擊晃得頭昏眼花的多羅提歐搖搖頭努力維持意識，然後瞪大充滿血絲的雙眼大吼：

「不可能……不，不應該存在。不可能存在如此輕易就超越這條龍的力量!!」

受到足以動搖飛龍巨軀的強烈攻擊，讓多羅提歐和部下們感到一股令人頭暈目眩的焦躁。多羅提歐扳動操縱桿，再次命令飛龍旋轉身體好把鬼神甩下去。雖然這只是單調的迎擊行動，但在敵人爬上船體、極近距離戰鬥的情況下，飛龍戰艦的選擇並不多。不是用法彈迎擊，就是利用那副巨軀進行格鬥戰，而頂部的安岐羅沙已經近乎全毀了。

「哦?又想把我甩下去?這招不可能每次都成功喔。」

察覺到立足點開始傾斜，艾爾立刻朝腳下的船體射出執月之手。四把執月之手的纜線捲回拉緊，將伊加爾卡的軀體牢牢固定住。

飛龍在下一秒急速旋轉，使得視野中的場景跟著不停轉動。強烈的離心力襲向伊迦爾卡，艾爾卻咬牙撐過去了。

「被甩下去以前，先讓你……停止動作吧!」

伊迦爾卡掄起銃裝劍刺進腳下，使刀身裂開並啟動魔導兵裝。像是挖進船體內部一般射入的法擊雖然沒有打中源素浮揚器，還是對四周造成很大的損害。被炸碎的結晶肌肉四散飛出，剝離開來的裝甲也不斷往地面落下。

終於，飛龍戰艦連維持姿勢都有了困難，逐漸開始傾斜。儘管試圖掙扎抵抗，但由於構成船體的結晶肌肉受損，無法繼續正常運作，結果變成半飄半飛的狀態。

「為什麼？到底為什麼!?……為什麼就是贏不過區區一架幻晶騎士!?」

就算多羅提歐想破腦袋，也不能理解事情怎麼會走到這一步。

飛龍戰艦與伊迦爾卡就好似鏡像形成的雙胞胎，同時也是距離彼此最遙遠的存在。兩者都是由某種技術累積而成的終極型態，在具體呈現出瘋狂的這個層面上可說處於同一個等級，而在形式上卻是對立的兩個極端。

決定性的差別在於飛龍戰艦是集結了大量的騎操士發揮出強大力量，跟組成部隊的幻晶騎士能夠與更為強悍的敵人戰鬥是同樣的道理，集結多數之力的飛龍戰艦也因此增強了好幾倍力量。

相對的，伊迦爾卡再怎麼擁有無比的力量，終究是依附在艾爾涅斯帝個人的特異能力上而生，其最大的特徵就是『直接制御』這種操縱方法。以魔法術式為媒介，讓操縱者與幻晶騎士合為一體。艾爾的思考經由魔法術式翻譯，再讓伊迦爾卡透過魔導演算機讀取。

要求騎操士發揮最大的能力，將其擴大到極限。艾爾妄想的結晶——鬼面鎧甲武士伊迦爾卡已經稱得上幻晶騎士這種兵器的頂點。這瘋狂的產物如果少了某個從異世界來的狂人，別說成功啟動，大概根本不會出現在這世界上。

「……可惡啊。還沒完，還沒結束!!」

多羅提歐揮開纏住四肢的恐懼，更用力地握緊操縱桿並且用力踩下踏板，對飛龍下達前進命令。

從飛龍戰艦尾部，噴射出一股尤為熾熱猛烈的火焰。注入所有剩餘的魔力並用最大輸出緊急加速，讓全身更劇烈地翻騰躍動。不把到現在還貼在背上繼續破壞的鬼神甩下去，它早晚會迎來死期。船身因為鬼神的攻擊而受了不算輕的損傷，進行那樣危險的動作，一個不小心很可能會導致自毀。

身纏呼嘯的風聲，飛龍痛苦地在空中翻滾掙扎。在龍騎士像裡的多羅提歐和駕駛各部位安岐羅沙的部下們，都咬緊了牙關忍耐著。維持飛龍的強化魔法，同時也保護內部的搭乘人員承受連強化魔法也制不住的壓力，但他們還是沒停止動作。

「鬼神絕不會就這樣乖乖待著……無論如何都得找出活路才行……」

想必鬼神也受限於相同的慣性而動彈不得，但就算現在有效，也不保證鬼神會一直安分下去。畢竟鬼神可是能夠隨心所欲地在空中飛翔行動。

在努力尋求一線生機的多羅提歐面前，出現了新的阻礙。

一艘飛空船從視野一隅逐漸靠近。甲羅武德軍中根本不存在會追逐飛龍戰艦的船，那只可能是鬼神的同夥——對空衝角艦。

「……那是!!」

「不只鬼神，連飛空船也……即使是飛龍……」

多羅提歐內心生出一股感觸，彷彿一盆冰水當頭澆下。浮揚器早晚會被破壞，飛龍將墜落，這極為真實的預測令他全身寒毛倒豎。同時，也感受到靈魂好像要被輾碎的恐懼。

飛龍開始在上空盤旋。擁有可動式龍骨，能夠利用結晶肌肉控制身體的飛龍戰艦，其迴轉性能是既有的飛空船完全比不上的。飛龍扭動著傾斜船體，將側腹朝向對空衝角艦。上方的安岐羅沙雖然幾乎全毀，下方機體卻還能正常運作，足夠發射法擊。

下方的安岐羅沙往空中散布法彈。這一波攻擊成功牽制住對空衝角艦，爭取到寶貴的時間。

「這隻飛龍的命運也快到盡頭，我就認了吧。鬼神，是你贏了。」

多羅提歐喃喃自語。即使飛龍不可能回應他，但從他耳裡聽來，遭到破壞的地方扭曲變形所發出的聲音就像是飛龍的悲鳴。

魔導火箭破壞掉半數的安岐羅沙、格鬥用龍腳被砍斷，連最強兵裝龍炎擊咆也暴露出弱點。就算他們的魔力供給再充裕，也沒有對鬼神有效的攻擊武器，而敵方甚至還保留著一艘對空衝角艦。

為了稱霸天空而誕生的飛翔之船——飛空船是這個世界首次登場的實用航空兵器，其中專為『對飛行船用兵器』設計打造而成的飛龍戰艦，更擁有超乎單體規格的強大戰鬥力。飛龍的力量不止對付飛空船，對幻晶騎士也很有效。那雙爪子可以把鋼鐵騎士像果實一樣捏碎，龍火則能夠在一瞬間把一整支部隊以上的敵人燒光。

在這個時代，飛龍戰艦無疑是極端先進且異常的存在。照理來說，它應該在未來十幾年內都不會遇到對手——如果沒有那異形的鬼神擋在眼前的話。

「不過，就算要我把勝利交到你手中，也不會讓你妨礙我們的任務。這樣下去，我們的敗戰將直接導致甲羅武德軍的潰敗。」

聽見多羅提歐這麼說，傳聲管中傳來有人倒抽一口氣的聲音。一旦飛龍被擊敗，鬼神的強大威勢就會直接降臨到甲羅武德軍頭上。他想不出任何足以對抗鬼神的可能人選，倖存的安岐羅沙騎操士，以及在船體中央控制爐的部下想必也心裡有數。當他們失去飛龍的時候，甲羅武德軍也就注定落敗了。

守護之龍稱得上是保護甲羅武德王國的最終兵器。曾經身為最強存在的飛龍，如今已是遍體鱗傷，被逼到只能等待死亡的地步了。如果甲羅武德軍到最後落得全體戰敗的下場，想必卡特莉娜也無法全身而退。

多羅提歐的精神被逼到極限。在他所剩不多的理智中，只剩下最後一個願望。

「不行……唯有此事不能允許。這麼一來就無顏面對克里斯托瓦爾殿下……還有卡特莉娜殿下了！就算要犧牲掉飛龍，我也要給予新生王國軍痛擊!!打開魔導光通信機！傳達出我們的覺悟!!」

裝備在飛龍戰艦帆翼上的魔法燈光以一定的頻率閃爍著，看到信號的甲羅武德軍應該就會明白他們的決心了。

「我多羅提歐・馬多尼斯可不會白白被擊落!!既然如此……」

他的言行透出一股瘋狂的氣息，他繼續將飛龍剩餘的力量全部注入推進器，開始爆發性的加速。

飛龍已經放棄甩落伊迦爾卡，兀自如箭矢般筆直往前飛去。累積的傷害使得船體各處發出悲鳴，但是飛龍無視這一切，並於同時釋放出乙太，令飛龍戰艦不斷地降低高度。

這下就連艾爾也只能咬緊牙關，承受著彷彿要把伊迦爾卡壓扁的急遽加速。在這麼危急的狀態下，他對飛龍突然放棄甩開自己、優先選擇移動的行為感到疑惑。

「不把伊迦爾卡甩下去，他們就沒有勝算，而且就算再怎麼提升速度也逃不掉。那他們到底想去哪……啊！這樣啊，居然來這招！」

艾爾瞪向航路前方，眼前愈來愈清晰的景象，讓他自開戰以來第一次扭曲了表情。克沙佩加在戰場上迎風飄揚的旗幟，就座落在化作一道箭矢的飛龍戰艦前方。

◆

半毀的飛龍戰艦點亮覺悟的燈光，不斷提升速度朝著目的地前進，目標是新生克沙佩加王國軍的本陣。多羅提歐瞪著高舉的克沙佩加旗幟，瘋了似地吼道：

「女王!!只要宰掉女王！新生王國就會喪失正當名分而崩潰！那麼一來，就算飛龍墜落死亡，甲羅武德王國也不會失去勝算!!」

就像要把剩下的魔力燃燒殆盡一般，魔導噴射推進器不停噴出劇烈的火焰。不顧負傷的飛龍承受不住龐大的負荷，一副快要解體的模樣，多羅提歐仍執意前進。他早就放棄使用格鬥用龍腳和龍炎擊咆了，滿腦子只想著將半毀的飛龍戰艦本身當作武器，對敵軍降下制裁的鐵鎚。正因如此，他才會如此不計後果、盲目進行加速。

「才不會讓你……得逞！」

當然，艾爾不會對此袖手旁觀。

儘管所剩時間不多，靠伊迦爾卡的破壞力說不定也能先把飛龍戰艦打下去。艾爾發動了身體強化魔法抵抗壓迫自身的慣性，然後命令伊迦爾卡用銃裝劍指向腳邊。從大小來看，源素浮揚器應該放在船體中央的某處。只要能破壞掉它，飛龍戰艦就只有墜落一途了。

就在展開的銃裝劍準備射出火焰的那一刻，有顆法彈從前方朝伊迦爾卡飛來。法彈就像被吸引過去一般，直直飛向伊迦爾卡的胸口，然後在即將命中前被銃裝劍打落，飛散在天空中。

「！真不死心，還想做無謂的掙扎嗎!?」

放出法彈的是龍騎士像。在這蘊含破壞力的慣性作用下，多羅提歐的技術竟能奇蹟似地舉起魔導兵裝並精準鎖定伊迦爾卡。就個人而言，他的確也是名實力高超的騎操士。

「呵呵呵……可恨的鬼神，就算不能毀了你……也不會讓你妨礙我等的宏願。在所剩不多的時間裡，就陪我到黃泉一趟吧!!」

瘋狂與殺意以龍的面貌顯現，朝伊迦爾卡不斷發射法擊。所有的法彈都被伊迦爾卡擋下來了，但是那正合多羅提歐的意。他的目的不在破壞鬼神，而是要像這樣牽制住它，盡量多爭取一點時間就好。伊迦爾卡也不能毫無防備地承受法擊，只能任憑令人焦躁的時間一分一秒流逝。

「這樣啊，寧可做到那個地步也不准我擊落。但是，別以為伊迦爾卡的力量只能拿來破壞！」

伊迦爾卡防禦法擊，除了原本固定的執月之手外又站穩雙腳，讓自己更穩固地定著在飛龍戰艦上，然後將魔導噴射推進器轉往與飛龍航路垂直的方向，開始全力噴射。兩具大型魔力轉換爐所產生的龐大輸出動力，讓爆裂的火柱產生強烈推力壓迫飛龍戰艦。

不久，理應擁有巨大質量的飛龍戰艦，航道開始搖晃。

「居然……無論如何就是要妨礙我!!但是光憑那種程度……！」

從不同方向而來的激烈能量令飛龍愈來愈難以駕馭。在半毀的龍騎士像內，多羅提歐就像吐血一般發出咆哮。

他不停朝伊迦爾卡射出法擊，同時拚了老命施展高明的操縱技巧。鬼神的推力與飛龍的推力互相碰撞，使船的航向有如暴風雨中的小船一樣搖擺不定。

翻騰躍動、來勢洶洶的飛龍不斷靠近，從新生王國的本陣也能清楚看見那一幕。

「陛下……請看那個！飛龍……飛龍要掉下來了!!」

護衛本陣的近衛騎士在感到歡喜之前，就開始出現慌亂的跡象。強敵飛龍墜毀這件事原本值得慶祝，但如果朝著自己頭上落下來的話，那就是另一回事了。

連普通的飛空船墜落都會引發劇烈衝擊了，何況是飛龍那樣體積巨大的船。萬一被波及，肯定無力回天吧。

「不、不妙！它打算直接撞過來!?快把陛下帶到安全的地方!!」

話是這麼說，不過到底還能逃到哪裡去?不只近衛兵陷入混亂，和埃莉諾一起坐上卡爾托加・歐爾・克謝爾二世的伊莎朵拉看著幻象投影機上愈來愈大的飛龍影像，也臉色發青地說：

「埃莉諾，怎麼辦?不趕快逃的話會被波及……」

「我們又能逃到哪裡去呢?而且照那樣的速度看起來，現在開始行動也來不及了。」

飛龍搖搖擺擺地前進，實在很難預測它會掉落在哪裡。再說，靠著幻晶騎士的雙腳能不能逃過也是未知數。

埃莉諾只堅信一件事——有艘飛空船正從逐漸逼近的飛龍背後火速追了上來，她的護衛騎士就坐在那艘船上。

「……我相信你一定會保護我，而且若是連你們都失敗了的話，大概也沒有人能阻止了吧……」

她合攏雙手祈禱，目不轉睛地望著天上的戰鬥。

「開始稀釋乙太!!別考慮後果了!!總之從那傢伙的側面撞過去就對了!推進器，把全部的魔力都燒進去!!」

「噢!可是已經到極限了啊!!」

老大在船長席上扯開了嗓門吼道，抓著操舵輪的巴特森則自暴自棄地回應。為了配合飛龍戰艦的比乙太高度，他們從剛才開始就一直在調整乙太濃度，更將魔力注入魔導噴射推進器、瘋狂噴射出猛烈的火焰，直到瀕臨自毀的程度。多虧伊迦爾卡的努力，飛龍戰艦漸漸慢了下來。兩艘船之間的距離不斷縮短，但還是有一段令人焦急的距離。

「我們得盡量拖住那傢伙才行！奇德，動手吧!!」

「好！怎麼可能讓你過去!!」

對空衝角艦的動力源是人馬騎士，駕駛座裡的雙胞胎啟動了內藏式多連發投槍器。伊迦爾卡飛離後，從衝角艦這裡也可以操作。因為魔導火箭已經用完了，所以現在裝填的是普通的魔導飛槍。

飛槍立即朝著飛龍投射過去。正與伊迦爾卡戰鬥，同時還得拚了老命穩住方向的多羅提歐沒有餘力躲開他們的攻擊。

靶子很大，因此魔導飛槍無一遺漏地一支支陸續刺進飛龍的各部位，卻還不足以將它擊墜。飛龍戰艦的外裝防禦力比普通飛空船還要高上許多，就算用內藏式多連發投槍器一起射擊，也沒辦法輕易將其擊墜。

「怎麼會、居然……沒有停下來！慘、慘了啦！」

亞蒂益發焦躁地大叫。飛龍散佈著令人畏懼的惡意與壓迫感，不斷逼近本陣，已經沒有時間了。

「還差……一點！再一下子就能趕上了！有沒有什麼辦法……」

對空衝角艦終於追上飛龍戰艦與其並列，但兩艘船的速度有些微差距，連是不是來得及對飛龍戰艦採取行動都很難說。

「飛龍的背上……那是！伊迦爾卡在戰鬥嗎!?」

這時，奇德注意到飛龍的船體中央噴起火焰，以及船首的幻晶騎士朝著火焰的源頭——伊迦爾卡不斷發射法擊的光景。

他一眼就能明白那一幕代表了什麼。那是利用魔導噴射推進器對抗飛龍的伊迦爾卡，以及妨礙他的敵人。

他當下靈光一閃。只要打倒敵人，讓伊迦爾卡可以自由行動就好了。他很清楚伊迦爾卡的火力強得有多離譜，只要幫他排除多餘的阻礙，就算是飛龍也會馬上被啃食殆盡。接著，當他確認過自己的狀況，又忍不住慌張起來。剛才已經把魔導飛槍全部發射出去，他們如今沒有遠距離攻擊的方法了，而且根本沒時間重新裝填。

什麼都好，就沒有什麼能夠射向遠處的東西嗎？當他環顧四周，一把豎立放置在機體附近的騎士長槍躍入眼中。

「啊——可惡，不小心想到一個超爛的點子。」

奇德語帶苦澀地說完，然後深吸一口氣。

他很快便下定決心。先將澤多林布爾與固定的鋼索分離，並且讓獲得自由的機體站起，接著拿起騎槍飛馳而出，跑到頂部甲板上傲然而立。

「喂，奇德!?你在做什麼！你走的話船的魔力就……」

「抱歉！妳一個人稍微撐一下。我去把那艘船……痛扁一頓，讓它停下來。」

澤多林布爾壓低姿勢，開始在後腳上積蓄力量。看到這裡，亞蒂也明白奇德的意圖了。

「嗚喔喔喔喔喔喔喔啦啊啊啊啊啊啊啊!!」

緊張的亞蒂還來不及開口制止，奇德的澤多林布爾就發出勇猛的嘶鳴聲衝了出去。一口氣跑到對空衝角艦頂部甲板的最末端，縱身躍入空中。

由於兩艘船還差一點就要併行，所以他和飛龍戰艦之間的距離並不遠，穿越猛烈氣流、跨過天空的澤多林布爾成功降落在飛龍的背上。

「什麼……是什麼人!?也罷，從那艘船上過來的總不會是同伴。那麼不論來者是誰！都阻止不了我!!」

突然出現在舞台上的登場人物讓多羅提歐大吃一驚，但又馬上憤怒地啐道。他的目的和手段都已經簡化到最單純的形式，也根本沒什麼好猶豫的了。

慌了手腳的反而是艾爾。

「澤多林布爾!?是哪一個!?不對，來這邊幹什麼!!」

「還用說？當然是來海扁那傢伙的！艾爾，接下來就拜託你了!!」

奇德單方面地拋下這句話，就讓澤多林布爾跑了起來。為了不讓他靠近，龍騎士像的攻擊目標也開始轉向他。人馬騎士在法擊的槍林彈雨中飛馳穿梭。

他靠著揮動盾牌和騎槍彈開攻擊，可惜沒辦法完全擋下來，在途中挨了好幾發法彈，使得裝甲被打掉的澤多林布爾在轉眼間增加許多傷口，它卻完全沒有放慢速度，仍舊不顧一切地埋頭猛衝。

「再撐一下！澤多林布爾，我們上──!!」

「還差一點，就差那麼一點!!別過來，別來妨礙我!!」

眼看人馬騎士來勢洶洶、銳不可當，龍騎士像終於忍不住把所有法擊全部集中到它身上，可惜為時已晚。澤多林布爾踏出最後一步，舉起騎槍毫不留情地直接撞上去。

「這……這、是……什……麼！」

人馬騎士飛撲而來，手上的騎槍貫穿了龍騎士像的胸膛。一般來說，胸口是幻晶騎士駕駛座的位置，龍騎士像自然也不例外。

看著從正面貫穿機體還有自己身體的巨大騎槍，多羅提歐一時之間露出茫然的神色，隨後，原本想嘆氣的他吐出了紅黑色的血塊。

「咕喔、咳……殿、殿下……無法帶著、好消息去見您……萬分、抱歉……」

這就是甲羅武德王國騎士——多羅提歐・馬多尼斯的最後一句話。

主操控機的龍騎士像被破壞，飛龍戰艦完全失去了控制。

後方放出的魔導噴射推進器火焰變細消失，船體開始減速。

「喝啊!!少年他們成功啦！趁現在衝上去!!」

老大的命令還沒吼完，對空衝角艦就朝著飛龍戰艦撞了過去。開啟最大的動力，把飛龍從新生王國軍陣地所在的方向推離。

「嗚嗚，慘了。不知道光靠一架澤多林布爾能撐多久……」

船的魔導噴射推進器貪婪地吞噬魔力，劇烈消耗的程度一架澤多林布爾實在應付不來。當亞蒂垮下臉發出呻吟時，有道人影飛了過來。

「……艾爾!!」

從伊迦爾卡這裡，當然也清楚看見了奇德魯莽的攻擊。從龍騎士像來的阻礙一消失，艾爾就猛然展開行動。

「畢竟奇德拜託過我嘛。」

回到對空衝角艦上的伊迦爾卡再次射出執月之手，然後抓住船的銀線神經。等到魔力通路連接完成，他就一口氣提高了輸出動力。兩具大型爐咆哮著將龐大的魔力注入對空衝角艦，獲得魔力的推進器也隨即增加力量。

「不可以喔，甲羅武德的龍，你該待著的地方不在那邊。來吧，回你該去的地方!!」

受到伊迦爾卡和對空衝角艦的全力推動，終於大大動搖了飛龍的前進方向。

以新生王國軍本陣為目標的飛龍戰艦偏離航道，將它的頭轉向四方盾要塞，已經沒有人能夠改變它的方向，多羅提歐的計畫在此時徹底宣告失敗。

對空衝角艦推著飛龍戰艦不停前進，在兩艘船即將越過四方盾要塞的城牆時，艾爾讓伊迦爾卡舉起了銃裝劍。他切換流向魔導噴射推進器的魔力，放出猛烈的法擊。

威力遠遠凌駕於一般法擊的轟炎之槍刺進飛龍的側腹部位，在內部盡情肆虐過一番之後，貫穿了另一邊的船腹。

飛龍身上四處爆出烈焰，伴隨著破裂的裝甲和結晶肌肉碎片散落到空中。倖存的安岐羅沙也遭到破壞，一架接著一架脫落。最後當船上的一切毀滅，支撐飛龍停留在空中的源素浮揚器也隨之分離崩解。

失去了浮揚力場的船體突然劇烈搖晃了一下，然後一口氣從空中墜落。

「唉——光靠氣勢就衝過來了，但是這樣有點不妙……吧？」

身處澤多林布爾的座艙中，奇德感覺到船開始搖晃墜落，他抓著長槍刺入龍騎士像，不禁為自己的衝動行為感到後悔，畢竟澤多林布爾可是沒有飛行能力的。

繼續留在這裡，最後就會跟飛龍同歸於盡，一起接受大地熱情的擁抱，可以的話還真想拒絕啊。

「奇德！馬上放棄機體，跳到這邊來!!」

結束船體破壞作業的伊迦爾卡朝他跑了過來。在漸漸落下的飛龍戰艦上，一聽見艾爾的呼喚，奇德馬上毫不猶豫地從澤多林布爾的駕駛座裡跳了出來。

高空吹拂的強風開始擺弄他的身體，讓奇德整個人有如狂風中的樹葉一般翻滾飄盪。伊迦爾卡的手朝他伸了過去。

「……抓住了！」

伊迦爾卡精密地調整魔導噴射推進器，極為謹慎地接住他的身體。精細的動作正是能直接控制機體的艾爾拿手絕活。

一抓好奇德後，伊迦爾卡立刻往飛龍的船首用力一蹬，縱身躍入空中。全力運轉的魔導噴射推進器驅使伊迦爾卡飛越蒼穹，然後降落在對空衝角艦的頂部甲板上。

「……真是的，你這次還真亂來。」

伊迦爾卡鬆開手，看到坐在上面的奇德一臉筋疲力盡地發出乾笑聲。他頂著被風吹得亂七八糟的頭髮，仰望救了自己的巨大鬼神，有點心虛地說：

「沒有啦，那時候只是拚了命……啊、還有……抱歉，艾爾，我把澤多林布爾弄壞了……」

在他們背後，失去乙太加持的飛龍戰艦墜落速度愈來愈快，被留在船首上的澤多林布爾也成了陪葬品，機體絕不可能全身而退吧。

這個時候，一陣壓縮空氣洩出的聲音響起，伊迦爾卡的胸部裝甲打開了。從駕駛座內輕盈跳出來的艾爾，從胸部裝甲沿著手臂走到奇德身旁。

接著，他在仍累得站不起來的奇德面前立定，然後摸了摸有點緊張的奇德腦袋。

「你拚盡全力行動我不會生氣，只覺得有點亂來不太好而已。至於澤多林布爾的問題，就算掉下去摔得粉身碎骨，只要再修理就好了。如果你能沒事，當然都無所謂。」

在他們對話的期間，飛龍戰艦終於摔落到地面上。

在四方盾要塞城牆的內側，等著新生王國軍的甲羅武德軍騎士們目瞪口呆地仰望上空。遼闊的天空中，有個物體正冒著煙往下掉落。那是他們的守護龍——飛龍戰艦的遺骸。已停止所有機能的飛龍，速度毫無衰減，朝他們當頭掉了下來。甲羅武德軍裡也有人發出慘叫逃跑，可惜不管要做什麼都已來不及。

飛龍的屍體狠狠砸向地面，激起漫天塵土。失控的魔導兵裝噴出火焰，龍身陷入無止盡的崩壞。如今，它已失去強化魔法的保護，再也無法維持形貌，只能認命地摔個粉身碎骨。

受到飛龍墜落波及的甲羅武德軍陷入悽慘的地獄。管它是不是黑騎士，受到直擊的一切全被砸個稀爛，而四處飛濺的碎片又引發了另一輪破壞。就算黑騎士抵禦衝擊的能力再優秀，也無一例外地全遭到毀滅。

就這樣，翠玉龍騎團待命的後援部隊，也隨著飛龍戰艦一同踏上了黃泉。

圓滿達成使命的對空衝角艦慢慢減緩速度，在上空飄浮。在頂部甲板上，默默目送飛龍最後一程的艾爾和奇德背後，一個影子降了下來。

「啊——！只稱讚奇德太不公平了!!人家也很努力耶！」

從澤多林布爾一躍而下的亞蒂發動了不必要的強化魔法，硬是跳上伊迦爾卡的掌心。一搶回（？）艾爾就牢牢地把他抱進懷裡。讓艾爾摸過自己的頭以後，才露出心滿意足的表情。

這個時候，對空衝角艦的搭乘人員也陸續聚集到頂部甲板上，歡呼著跑向伊迦爾卡身邊。有好一段時間，甲板上充滿了對銀鳳騎士團的讚嘆聲。

很快的，船就回到原本的航路，前往與新生王國軍會合。

第四十七話　收復王都

飛龍戰艦慘烈的死狀令戰場上所有人沉默下來。畢竟它不是普通的飛空船，曾經是新生克沙佩加王國最強大的威脅，也是甲羅武德王國的守護之龍。正因為如此，茫然抬頭仰望的人以甲羅武德軍居多。

在這彷彿一切事物都靜止下來的科德爾列平原上，忽然響起女王的聲音：

「……現在正是越過四方盾要塞的好時機。前進吧，新生王國的騎士們！」

她的宣示成為火種，立刻點燃起新生王國軍足以燎原的狂熱，令他們乘勢攻向益發混亂的甲羅武德軍。克服了重重困難之後，困境轉變成勝利的預兆，正在他們眼前大放光明。

「全軍前進……！還差一步就能奪回我們的王都了……!!」

國王騎揮下指揮杖，下令攻擊。隸屬於新生王國軍的所有騎士們，莫不回以英勇雄壯的吶喊。由於其中一方加強了攻勢，使得原本維持著微妙平衡的戰況輕易地倒向一方。

面對在女王的指揮下勢如破竹的新生王國軍，甲羅武德軍裡卻再無人能夠統帥全軍。儘管前線的指揮官們努力奮戰、試圖勉強支撐戰局，卻都只是無謂的掙扎。地上的黑騎士們一架接一架地倒下，天上的飛空船也被大量魔導飛槍一艘艘打了下來。甲羅武德軍受災的狀況有增無減，只能眼睜睜看著戰力不斷流失。

「可惡……不行了。後退！我們已經毫無勝算……只能盡可能讓機體逃脫……！」

甲羅武德軍已經失去像樣的戰力，主要還是因為飛龍戰艦在墜毀時牽連到四方盾要塞的後援部隊，讓他們受到毀滅性的打擊。

他們眼看就要潰敗，戰場上各處的戰鬥逐漸被壓制下來。有人被殺，有人則是僥倖逃脫。最後，四方盾要塞終於升起新生克沙佩加王國的旗幟，讓它自豪地在空中飄盪。

少數倖存的黑騎士和飛空船狼狽不堪地從新生王國軍的追擊中逃了出來。他們已經不具備軍隊的機能，只是一群殘兵敗將。

「追上甲羅武德軍！把侵略者一個不剩地趕出我們的國土！新生克沙佩加王國萬歲！女王陛下萬歲!!」

新生王國軍發起的勝利吶喊，響遍這片成為決戰舞台的科德爾列平原。

以雷馮提亞為核心的打擊部隊追逐著甲羅武德軍的殘黨開始進攻，他們最終的目的就是收復戴凡高特。

舊王都戴凡高特的陷落，成為宣告大西域戰爭開始的信號。在這塊土地上既是克沙佩加王國滅亡的象徵，同時也是甲羅武德王國統治的憑據。因此，收復舊王都這件事，可說不僅是女王埃莉諾，更是克沙佩加所有人民的宿願。

銀鳳騎士團第三中隊跑在前頭，後面跟著新生王國軍。背後拖著的貨車上載著一、二中隊的卡迪托雷，揚起塵土勇往直前。

「好！衝第一個啦！開闢前往舊王都的道路——！」

「前進！為了弔祭艾德加隊長而戰！」

「喂！機體先不說，我本人還活得好好的耶!?」

大家嘴上吵個不停，腳下也沒忘了把擋路的黑騎士踢開。對上人馬騎士凶猛的突擊力，零散的牽制火力幾乎發揮不了什麼效果。

眼看新生克沙佩加王國的旗幟愈來愈近，戴凡高特裡的混亂也擴散開來。留在城裡的飛空船陸續起飛，試圖逃往西方。這座都市幾乎沒有防禦能力，黑騎士的數量也不夠組成戰力。一旦敵方突破四方盾要塞，就不可能抵擋住他們的軍隊。

「看來是我們輸了。」

卡特莉娜疲倦地坐在寶座上，望著試圖離開城市的飛空船，事不關己地喃喃說著。這時，一名下人慌慌張張地來到寶座前。

「殿下！四方盾要塞淪陷，翠玉龍騎團開始撤退了！克沙佩加軍已攻到城下！請殿下也趁早逃脫!!」

即使看到下人心急如焚的樣子，她也沒什麼反應。下人不明白王女為什麼不趕快行動，焦急地想強行將她帶走。

然而，他的動作卻在聽見城外傳來的爆炸聲時，震驚得停了下來。

爆炸的巨響來自上空。意圖逃出戴凡高特的其中一艘飛空船在剛離開城市不久的階段，就突然爆炸了。船體噴出火焰與七彩光芒墜落，最後狠狠摔到地面爆裂。

原因不言自明。空中有一架拖曳著轟鳴聲飛翔的幻晶騎士，正是鬼神。魔導噴射推進器發出高亢的噴射音在空中自由來去，它跳上飛空船並陸續將其擊落。擊敗飛龍而變成最強存在的鬼神已徹底支配了這片天空。

「……沒用的。到了這個地步，他們怎麼會放過我？」

當卡特莉娜目睹飛龍戰艦逐漸墜落的光景，她就已經明白了。對上那個象徵破壞的鬼神，她根本無處可逃。

◆

雷斯瓦恩特・維多有如城牆般列隊站立，雷馮提亞布署在四周鞏固防禦。國王騎卡爾托加・歐爾・克謝爾二世在這樣的陣仗中穿過戴凡高特的城門。

「……父親大人，我終於回到這個地方了……」

銀鳳騎士團已徹底壓制城市周遭的陸空系統，因此新生王國軍得以堂堂正正、抬頭挺胸地穿越舊王都。他們將前進路上懸掛在路旁的旗幟依序撤換，向所有民眾宣布這個國家回到原本的主人手中。

在走向王城的途中，埃莉諾對身邊的人說道：

「戴凡高特曾是甲羅武德王國的中央護府，也有甲羅武德的王族為了統治這個地方而來。抵達王城後，我希望可以和被抓住的王族見面談談。」

身邊護衛的近衛兵們不禁掀起一陣騷動。有鑑於甲羅武德王國至今的所作所為，見了他們的王族不曉得會發生什麼事。

打贏戰爭後，還有所謂勝戰的應對方法。如果能夠活捉王族，就該思考怎麼處置她。畢竟，拘泥於血統主義的不只有新生克沙佩加王國，甲羅武德王國也是如此。手上俘虜了王族，在之後交涉談判的場合便能占盡優勢。

「陛下，請千萬不要輕率行事。」

「我明白。」

眾人行進間，卡爾托加・歐爾・克謝爾二世終於抵達了王城。

一行人到了王城後，便下了幻晶騎士走進城內，搭乘幻晶甲冑的迪特里希和諾拉前來迎接女王與騎士團的到來。他們也卸下鎧甲，在女王面前屈膝跪地。

「恭候多時，抓住的甲羅武德王族就在謁見廳裡。」

「辛苦各位了，我馬上過去。」

騎士團將女王圍在中央，通過寂靜的走廊，這裡是他們很熟悉的場所。即使換了主人，城裡的布置也沒有更動，他們因此能直接走向謁見廳。

謁見廳裡擠滿了藍鷹騎士團的幻晶甲冑部隊。比真人大上一倍的巨大甲冑圍住王座，正在監視一名人物，它們圍繞的中心是一名坐在王座上的妙齡女性。即使被威勢逼人的鎧甲騎士包圍，她仍舊完全不動聲色。

女王一進入謁見廳，騎士團就一分為二，讓路給埃莉諾通過。她向身邊示意，要幻晶甲冑部隊稍微往後退。

「……看來妳就是甲羅武德王國國主‧巴爾托梅洛王的女兒。」

「正是，陛下。我是甲羅武德王國第一王女，名為卡特莉娜。」

那模樣真的能稱之為戰敗者嗎？在王座的襯托下，卡特莉娜那副毫不膽怯、莊重威嚴地端坐其上的模樣，幾乎要讓人誤以為兩者的立場強弱互相顛倒。

如果是以前那個懦弱的埃莉諾，大概根本沒辦法在她面前正常交談吧。不過，身為女王，她已經克服重重困難來到這裡，背負著眾人的期待，希望自己變得更堅強。因此她無畏地挺直背脊，正眼直視卡特莉娜開口：

「我只問妳一件事。當我們快要收復這座城市的時候，妳沒想過要逃跑嗎？」

「逃也沒用吧……妳應該心裡有數，連小孩子也知道逃出去的船會有怎樣的下場。」

此時，城外傳來了烈焰的爆發聲，聲音的來源降落在王城的屋頂上。從柱子間望過去的景色中，可以看見鬼面六臂的鎧甲武士靜靜地站在那裡。

「……鬼神。到底要我怎麼逃過那個怪物的手中呢？這座城市已被那些東西包圍，輕率逃跑的船也被抓到了。」

在卡特莉娜說話的期間，埃莉諾一步步走向王座。那樣的行為可說毫無防備，令身邊的騎士們不由得緊張起來。接著，女王走到面前的時候，卡特莉娜站起身讓到一邊去。

「敗者總不能一直霸占這個位子。還給妳吧，陛下。」

埃莉諾沒有立刻坐上王座，仍緊盯卡特莉娜開口：

「……妳將會變成我們的俘虜。在今後與貴國的交涉中，也需要妳扮演相應的角色。當然，這段期間我們不會虧待妳。」

「真令人意外。妳不當場殺了我嗎？我們算是妳的殺父仇人吧？」

明明是在討論如何處置自己的性命，卡特莉娜的語氣卻很輕鬆，臉上甚至浮現笑意。只是她的目光嚴肅有神，像是在評估埃莉諾有多少斤兩。

「……對於貴國的所作所為，我也不是沒有自己的考量。可是，今後我的一舉一動都必須顧慮到身為新生王國女王的立場，而我認為，留妳一命會比殺了妳對我國更有利，所以我不會那麼做。」

聽女王這麼說，卡特莉娜竟老實地點頭同意。

「如妳所願。我已做好心理準備了，這次的敗北對我國而言也是致命打擊，必須避免更多的戰爭，這狀況對我們彼此都是一樣的吧。」

說到這裡，騎士們默默地走上前，來到卡特莉娜兩側催請她離開，甲羅武德的王女就這樣被他們帶離了謁見廳。在與甲羅武德王國達成交涉前的期間，她會被幽禁起來。

目送他們的背影走出去以後，埃莉諾才轉而面向王座。

自從先王奧古斯狄駕崩以來，足足過了一年多，女王終於回到克沙佩加王國的王座上了。

◆

這是發生在新生王國的旗幟湧向戴凡高特以前的事情。

有一艘飛空船悄然地從設在王都一隅的港口起飛。船上甚至沒有裝載安岐羅沙，只是艘普通的飛船。保有過半數飛空船的翠玉龍騎團，已經以甲羅武德軍主力之姿向科德爾列平原推進，這艘船隸屬於不同於龍騎團的單位。

一名在艦橋上操控船隻、看起來很軟弱的男人對吊兒郎當地坐在船長席上的人物開口問道：

「……工房長，我們就這樣逃出來真的好嗎？戴、戴凡高特還有……卡特莉娜殿下人明明還在那裡！而且四方盾要塞烽火四起不就表示……」

癱坐在船長席上發呆的人聽他這麼問，睡眼惺忪地看過去。他是甲羅武德王國中央工房長——奧拉西歐‧高加索。

儘管身居高位，奧拉西歐的衣著卻顯得邋遢，毫無威信可言。他用一點幹勁都沒有的態度回答：

「唉，我猜也是那麼回事。很遺憾的，那個王都會被他們收回去。不然怎樣？你希望奮戰到底嗎？」

「不，小的不是那個意思……」

那名氣質軟弱的男人，年輕的臉龐上還留著一絲猶豫。發現這一點的奧拉西歐厭煩地嘆了口氣。

「就算我們技術人員留在那裡也做不了什麼。在戰鬥中根本派不上用場，也不是足以說出『不管到哪我都會追隨您』的那塊料。重要的是，將我們的技術帶回本國，之後才能在接下來的戰役派上用場，這是基於戰略考量採取的行動啊。對了，卡特莉娜殿下一定也是這麼希望的。」

奧拉西歐確實言之有理，但就算擺明了會戰敗，難道他對自己『第一個』溜之大吉的行為不覺得心虛嗎？他的態度讓年輕男人還是有些無法接受。雖說如此，他想保住性命也是不爭的事實，所以硬是把到嘴邊的話又吞了回去。

奧拉西歐從船長席上無精打采地看著他天人交戰的樣子，然後勾起嘴角說：

「話是這麼說，但這次的敗戰未免也太慘痛了。接下來要怎麼走，完全端看『卡爾托斯殿下』心裡的盤算。」

他腦海中浮現那個男人五官精悍的面容。如今，對克沙佩加王國的侵略已變得極為困難，在本國的國主代理會怎麼行動，就連奧拉西歐心裡也沒底。

這個時候，原本一直心不在焉的奧拉西歐冷不防站了起來。

「還有飛龍戰艦！那可是我的最高傑作!!雖然是倉促趕工建成的，但誰能料到會被區區幻晶騎士打倒……它真的墜毀了嗎？」

他扭起嘴角擠出笑容。與他所說的內容相反，從他的語氣裡完全聽不出『惋惜』的感情。

「真是，想飛上天空還真困難，但是這一切沒有白費，當然也得到教訓了。」

奧拉西歐自言自語地嘀咕，將視線轉向腳下——在飛空船的機庫中放著他過去的研究成果。那些的確是拿來當護身符的備品沒錯，但就是為了把自己的心血結晶安全帶出來，他才會搶先逃離戴凡高特。

何況若是就這樣逃回甲羅武德本國，說不定會因為棄卡特莉娜於不顧而遭受懲罰。為了避免受罰，至少需要帶點『伴手禮』回去，現在那件禮物可以說是他的一切賭注。

「還沒完成，要將天空據為己有的路還很長……總有一天，我會做出所到之處無人可擋的最強船艦，現在就暫且當作學到了寶貴的一課吧。」

他危險的低語聲被四周的雜音給蓋過了。騎士像提升輸出動力，讓一路往西的飛空船更加快了速度。

當起風裝置的沉吟聲也跟著他的船遠去之後，不知從哪飄來的雲漸漸湧向戴凡高特一帶，為新生王國軍與甲羅武德軍交戰時萬里無雲的晴空添上一層層黯淡的色彩，沒多久便淅淅瀝瀝下起雨來。

雨水不停落下，像是要澆熄戰場上的熱度一樣。

◆

接獲報告而聚集到謁見廳的貴族們全都安靜了下來，大氣不敢喘一聲。

在甲羅武德王國的王都・王城的謁見大廳裡，第一王子兼國主代理『卡爾托斯・伊登・甲羅武德』聽著帶回來的報告，因為太過憤怒而扭曲了他端正的五官。

「……王都被奪回後，克沙佩加領各地群起反攻。新生克沙佩加王國的中樞雖然沒有什麼大動作，但似乎暗中把戰力陸續派往各地。繼克里斯托瓦爾殿下身亡後，卡特莉娜殿下又落入敵人手中，軍隊的士氣前所未有地低落……已經陷入不得不撤退的狀況……」

甲羅武德軍陷入苦戰的消息不斷傳回本國。每次聽取報告，卡爾托斯的眉毛就翹到更危險的角度。原本精明冷峻的風采再加上怒氣，讓他身上散發的壓力彷彿化作一把出鞘的利刃架在部下的脖子上。

「為什麼？克沙佩加不是一度被滅國了嗎？只不過放掉一個王女，那又怎麼樣？到底為什麼我軍會落得如此嚴重的慘敗！我可是連飛龍戰艦都送過去了啊!!」

新生克沙佩加王國的大逆轉戲碼，確實在極短的時間內就上演了。

儘管甲羅武德王國為了這一仗耗費十年以上的時間、做好詳盡的準備規劃，新生王國卻有辦法在短期內投入各式各樣的新型幻晶騎士，讓黑騎士在很早的階段便喪失了戰力優勢。他們失去了多架號稱無敵的飛空船，甚至連飛龍戰艦也沉沒了。

最慘的是，由於他的弟弟，也就是第二王子克里斯托瓦爾被殺，加上第一王女卡特莉娜淪為俘虜的緣故，侵略軍目前處於群龍無首的狀態。卡爾托斯自己也很清楚，現在的狀況要再一次進軍打倒新生王國已經是不可能的事了。

黑顎騎士團出發時那雄壯的軍容，令人完全無法想像這一次的慘敗，其所造成的損失也遠遠超過甲羅武德這個大國所能承受的範圍。卡爾托斯愈是細想，心中那股憤怒就愈讓他感到暈眩。

還不只如此，另一個部下所報告的內容，再次勾起了卡爾托斯的怒火——

「殿下，不僅如此，孤獨的十一國其中的四旗開始在國境西南邊集結，北部也有動作。只靠鉛骨騎士團恐怕應付不來……」

「居然一個接一個作亂！風向稍微有變就不安分起來。真是一群膚淺、專門乘人之危的土狼!!」

憤怒到極點的他終於忍不住站起來，大聲咒罵。在這麼短的時間內，西方諸國的風向已經變成強烈的逆風，不斷阻礙甲羅武德王國的腳步。

「以為我國是任人宰割的獵物嗎!?區區螻蟻竟敢不知分寸……必須給那些愚蠢的傢伙一點顏色瞧瞧！」

「可是，殿下，我們的戰力實在不夠。就算現在從克沙佩加召回軍隊也……」

新生克沙佩加王國復興的消息傳遍各地的同時，至今虎視眈眈、觀望戰況的西方諸國馬上有了大動作。

過去其他國家之所以採取靜觀的態度，是因為大國甲羅武德王國所握有的強悍軍力。克沙佩加王國可以說是甲羅武德的獵場，要想分一杯羹，還得考慮與精良強大的黑騎士為敵的後果。照理說，在侵略他國的期間，本國的守備也會變得薄弱，但是甲羅武德王國卻擁有能夠彌補缺口的龐大兵力。

就算趁他們展開侵略時從另一側奪取一些領地，一想到早晚還是會被黑騎士搶回去，就讓人不敢輕舉妄動。於是，各國也只能眼睜睜地看著碩大甜美的果實被蠶食殆盡。

現在，這個狀況又因為甲羅武德在克沙佩加遭遇空前慘敗而扭轉過來。既然甲羅武德強盛的軍力不再，那些害怕黑騎士報復、遲遲沒有出手的國家就如同飢餓的野獸掙脫枷鎖一般，沒必要客氣了。

「為什麼……到底為什麼會變成這樣……!!」

那天，在甲羅武德王國中樞的王城裡，國主代理卡爾托斯・伊登・甲羅武德因為受到過度的刺激倒下了。

之後，甲羅武德王國周圍的狀況日益惡化。一開始只是小規模的衝突，用不了多久，各國便展開正式的侵略。

即使條件極為不利，在甲羅武德王國內駐守的鉛骨騎士團依然奮戰不懈。無奈領土過於遼闊，根本無法應付從四面八方攻來的所有敵人。他們也只能不斷後退以維持戰線，看著身為大國血肉的領土遭到鯨吞蠶食。

然而，在如此嚴苛的戰場上，有支部隊還是能夠堅守前線，硬是打退了他國三番兩次的侵略。

「唉～結果只有我活下來啊。」

這是鉛骨騎士團內緊急編制出來的部隊，帶頭的據說是一架全身裝備著『劍』、造型古怪的幻晶騎士。

「好吧，也只能連大伙的份繼續揮劍了。」

由於他們捨身奮戰，嘗試侵略的各國都在最後關頭失敗，不得不放棄他們的野心。

◆

新生克沙佩加王國．正王都戴凡高特。

曾經是甲羅武德王國中央護府所在的這個城市，由新生克沙佩加王國收復後又過了好一段日子。

從四方盾要塞攻略戰到收復舊王都的一連串戰役，使甲羅武德軍同時失去這塊土地上最大的據點，以及身為總司令的王女。加上本國的形勢不斷惡化，於是迫不得已、只好完全撤出克沙佩加。

在這之後，新生王國就發布了從暫定王都馮塔尼耶遷回戴凡高特的宣言。原本只能隱忍服從過日子的國民們，紛紛為打倒侵略者、收復王都的新生王國與新女王埃莉諾獻上讚嘆，幾乎到了舉國歡騰的地步。

這一仗讓他們失去了很多東西，但如今克沙佩加的人民已準備再次勇敢前進。

某一天，在戴凡高特近郊的港口，以女王埃莉諾為首的馬蒂娜和伊莎朵拉等新生王國的諸位貴族們也到場了。銀鳳騎士團所有的飛空船——對空衝角艦正在裝載貨物。

「說真的啊！多虧有了這艘船，運送貨物也變得輕鬆不少。喂，銀色少年，就把這傢伙當成我們騎士團的東西吧，不管誰要我都不會交出去！」

難得看到老大心情那麼好的樣子，仰望著船、臉上露出笑容。戰時塞滿船艙的內藏式多連發投槍器現在都被拆下，重新改裝成運輸用的船。

大量物資被裝進船艙裡。一部分是他們打倒的敵方幻晶騎士心臟部位等裝置，其他尚未修復完成的自有幻晶騎士也在內。

「咦？不給老爺看可以嗎？」

「要看是可以，但不會交出去。這傢伙是我們的戰果！」

「看來你很中意呢。雖然可以交出這艘船再做新的……唉，反之亦然，總會有辦法的吧。」

巴特森與艾爾面面相覷，然後受不了般搖搖頭。搭著這艘船親赴戰場，似乎讓老大對它產生了感情，這個世界有史以來第一位的『飛天鍛造師』正朝著奇怪的方向發展潛能。

當大部分的貨物都裝好後，埃莉諾對埃姆里思說：

「……你們果然還是要回去呢。」

「是啊。女王回到王都，國內也沒有甲羅武德軍了，接下來已經沒有我們這些戰士能夠幫忙的事情。不管怎樣，那還是這個國家的事！必須由妳來做。」

這一天，銀鳳騎士團將啟程回到弗雷梅維拉王國。

她們就是來此送行的。

新生王國的貴族中，也有人對準備啟程歸國的銀鳳騎士團出言挽留。銀鳳騎士團可說是新生王國再興的最大功臣，竭力穩定國內局勢的這個時期中，戰力當然愈多愈好。

雖說如此，銀鳳騎士團終究還是從邦交國弗雷梅維拉王國借來的戰力。

他們不可能一直留在這裡，也不能總是依賴他們，銀鳳騎士團已經圓滿達成目的了。然而，對其中的成員來說就不一定是那麼回事。

在裝載的貨物中，有一架損壞特別嚴重的幻晶騎士殘骸，已經毀損到連原本的形狀都看不出來，其零件的份量大概比普通機體多了一倍。那是墜落地面，摔得稀爛的人馬騎士澤多林布爾。

埃莉諾出聲叫住一名呆呆望著殘骸的騎士。

「阿奇德、先生……」

聽到聲音，奇德嚇了一跳轉過頭。儘管人就在眼前，埃莉諾開口之後，卻閉上嘴沒再繼續說下去。她欲言又止的模樣，彷彿又變回以前那個軟弱的王女。

奇德也猶豫著不知如何開口。他的視線在空中游移片刻，最後下定決心說：

「我是銀鳳騎士團的一員……必須跟著一起回去。對不起，那時候明明發誓要成為妳的騎士。」

埃莉諾低垂著臉，顫抖了一下。她稍微握緊雙手，低聲說：

「不……沒關係的。因為你在我最痛苦……的時候……幫助我，給了我力量。阿奇德先生以我專屬騎士的身分，出色地……完成了任務。」

說完，她還是沒有抬起頭來，因為她無力這麼做。一滴水珠啪答跌落地面，在地上暈出水痕。

此時，奇德往後退了一步，然後致上最高的敬意行騎士之禮，形成和那時一樣的畫面。不同的只有少女已成為女王，少年則即將離開。即使如此，奇德仍像當時同樣期望成為她的助力。

「……女王陛下，希望您今後一切安好。若是貴國有困難，我隨時都會趕到您身邊。」

「……阿奇德先生也是，回到本國以後也請努力繼續在騎士之道上邁進。那個，我也會努力……盡量不麻煩你。」

埃莉諾總算抬起頭，她的表情上不見以前的脆弱無力，反而充滿符合女王身分的堅定意志。只有滑過臉頰上的一道痕跡保留了過去的影子。

當艾爾在遠處靜靜注視著兩人道別，亞蒂突然從背後抱上來。她毫不掩飾不滿的樣子，問艾爾說：

「吶、艾爾，還是把奇德一個人留下來吧？」

「說得真過分呢，但這實在不是我個人可以決定的事情。」

看到懷裡的艾爾同樣一臉為難，亞蒂接著轉向埃姆里思開口：

「那少爺的話……能不能想想辦法⁉」

「好，交給我吧！……我是很想這樣講啦，不過銀鳳騎士團好歹是跟著老爸的騎士團，我不能隨意處置其中一員。至少要跟老爸說一聲！唉，這事我自有考量，現在就先這樣吧，不會讓他吃虧的。」

埃姆里思充滿自信地挺起胸膛。雖然就他的情況來說，也沒人看過他缺乏自信的樣子就是了。

「……里思哥哥。」

另一個人開口向他說話。看到伊莎朵拉站在有點遠的地方，埃姆里思沒怎麼放在心上，照樣不客氣地大步走近她，然後才發現伊莎朵拉的表情跟平常比起來顯得有點僵硬。在他覺得奇怪以前，她便說道：

「里思哥哥……謝謝你來救我、媽媽還有艾莉。那個時候我們真的覺得已經不行了，沒想到可以從那樣的情況下拿回這個國家。」

「因為之前受到伯母還有妳的照顧啊，不可能不來救妳們的吧！」

「你說得沒錯，接下來得靠我們重建國家了。之後就交給我們，然後……等到穩定下來以後，你還能再來嗎？」

這是正題。聽見伊莎朵拉有點緊張地這麼問，埃姆里思一手扶著下巴擺出沉思的動作，沒煩惱多久就給出了答案：

「那就不知道囉！畢竟帶了一大堆禮物回去，在本國搞不好還會忙上好一陣子。不過這不是問題，下次輪到妳過來找我們了吧？」

伊莎朵拉睜大眼睛僵在原地，片刻後便露出微笑，點點頭說：

「是啊，那就去里思哥哥的國家看看吧……我會努力讓這個國家更穩定的。」

「嗯，就是那股氣勢！對了，等妳來的時候，讓妳瞧瞧狩獵魔獸的情形吧！畢竟西方沒有魔獸嘛。妳就好好期待吧，很有魄力而且很好玩喔！」

「那就不必了。」

伊莎朵拉當場拒絕了這個提議。

眾人各自道別過後，銀鳳騎士團的團員們有的上船，有的則是坐上幻晶騎士。在克沙佩加王國人們的目送之下，對空衝角艦緩緩升上空中。

「那麼，銀鳳騎士團出發。回到我們的國家吧……也準備了不少禮物回去呢！」

天上的飛空船先行，地上的人馬騎士拖著貨車跟在後方。

號稱東方最強的銀鳳騎士團，在克沙佩加這塊土地上同樣獲得了勝利，凱旋而歸。

◆

以克沙佩加王國滅亡為起始的這場戰役，在之後導致甲羅武德王國的崩壞，最後將戰火延燒到整個西方諸國。覬覦甲羅武德王國這塊肥肉的各國互相敵視，但是在某個時間點過後突然全部收起矛頭。

停戰的契機是某項流向各國的情報。該情報是關於甲羅武德王國所有，最先進且屬於最高機密兵器——飛空船的開發技術。

一般認為情報流出的直接原因，是各國對甲羅武德王國發起侵略所造成。至於到底是如何散布到周邊各國，其中卻存在著許多謎團。

有人說是技術人員從陷入困境的甲羅武德王國帶出來的；也有人說是看過飛空船的各國獨自展開研究的成果；甚至有人言之鑿鑿地說，是肇因於記載了相關技術的可疑文件，趁著戰亂發送到各國的緣故。

總之，因為這項技術的傳播，各國競相展開飛空船的開發與建造工程。這種兵器在大西域戰爭中展現出的實用性，各國有目共睹，不可能光顧著競爭而就這樣放著不管。戰鬥技術的失衡會造成多麼致命的後果，在這場戰爭中各國都已切身體會。

當然，不只普通的飛空船，他們也想更加瞭解擁有強大戰鬥能力的飛龍戰艦，但構成飛龍的重要技術，大部分都跟著中央開發工房長奧拉西歐・高加索一起消失了。

到頭來，他們所知的只有包含源素浮揚器在內的各種飛空船基礎技術，但是這也足以在西方諸國掀起巨大的變革。能夠不受限於地形移動的飛空船普及，將人們的運輸能力提升到了極限。

沒多久，他們就像受到引導一般飛向澤特蘭德大陸之外。這是延續大西域戰爭的第二幕，以不同形式進行競爭的世代。

也是後世稱之為『大航空時代』的序幕。

接續《騎士&魔法6》

輕小說

LIGHT NOVELS

騎士＆魔法 5

（原著名：ナイツ＆マジック5）

作者：天酒之瓢

插畫：黒銀

譯者：郭蕙寧

日本主婦之友社正式授權繁體中文版

【發行人】范萬楠
【出　版】東立出版社有限公司
台北市承德路二段81號10樓　TEL：(02)2558-7277
【劃撥帳號】1085042-7
【戶　名】東立出版社有限公司
【劃撥專線】(02)2558-7277　總機0
【美術總監】林雲連
【文字編輯】陳　瑮
【美術編輯】李瓊茹
【印　刷】勁達印刷廠
【裝　訂】台興印刷裝訂股份有限公司
【版　次】2017年04月12日第一刷發行
2017年06月14日第二刷發行